AFAT
Hakkı Açıkalın

CİNİUS YAYINLARI
ÇAĞDAŞ TÜRK YAZARLARI | ROMAN

Babıali Caddesi, No. 14 Cağaloğlu - İstanbul
Tel: (0212) 5283314 — (0212) 5277982
http://www.ciniusyayinlari.com
iletisim@ciniusyayinlari.com

Hakkı Açıkalın
AFAT

Yayına hazırlayan: Zeynep Gülbay
Kapak tasarımı: Diren Yardımlı
Dizgi: Neslihan Yılmaz
BİRİNCİ BASKI: Nisan, 2011

ISBN 978-605-127-232-0

Baskı ve cilt:
Kitap Matbaacılık
Sanayi ve Ticaret Ltd. Şti.
Davutpaşa Cad. No. 123 Kat 1
Topkapı, Zeytinburnu
İstanbul
Tel: (212) 482 99 10

Sertifika No: 16053

© HAKKI AÇIKALIN, 2011

© CİNİUS YAYINLARI, 2011

Tüm hakları saklıdır.
Bu yayının hiçbir bölümü yazarın yazılı ön izni olmaksızın,
herhangi bir şekilde yeniden üretilemez,
basılı ya da dijital yollarla çoğaltılamaz.
Kısa alıntılarda mutlaka kaynak belirtilmelidir.

Printed in Türkiye

AFAT

ROMAN

Hakkı Açıkalın

Cinius Yayınları

Önsöz mahiyetinde;

Bu kitabın ismi Sehr Aswad (Kara Büyü), Dafni (Antik Yunan'da Kehânet Merkezi olan şehir), Ysaths (Beyaz tilki), Kairouan, Bâbil, Yeruşalaim, Qudüs, Orhaayya, Athina, Saint-Petersburg, Broussa, Tarsos, İskenderiyye, Nouakşott veya İstanbul olabilirdi. Hiçbiri değil. Bu eserde herkes kendi hayalindeki şehri bulabilecek midir? Hiç sanmıyorum. Kimileri bir hasreti, kimileri elem ve ıstırabı, bazıları bir ressamı, bir şairi, bir nakkaşı, bir hattatı, bir büyüyü, bir gizemi, ihtirası, iktidarı, siyah bir aşkı, kendisinden daha yaşlı bir kadına duyduğu iç parçalayıcı bir tutkuyu, bir intikamı, bir nefreti, garezi, örgütlü hayatı, gayrimeşru işleri, memnu ilişkileri, devrimi, başarıyı, belayı, cinneti arayacaktır. Kuşkusuz herkes kendi şuur seviyesi ölçüsünde bir şeyler bulacaktır.

Bir cenaze taşıyıcısının edebî kimliğini, onu hiç tanımadan açımlamak ne kadar mümkündür? Hele bir kefen terzisininkini? Bu romanın kahramanlarından biri ve belki de en gizemlisi bu kişidir. Fakat, ne adını biliyoruz ne de romanda bu karaktere rastlıyoruz. Cache-cache oynayan bir varlıktır. Onun evrenine doğru sürüklenmek istemiyorsanız kendi kefeninizi kendinizin dokumanızı teklif ediyorum. Tutkunuzu sınamak isterdim, size ulaşma zorluğum olduğu için deneklerimi kendim seçtim. Rüyanızda annenizi öldürüp yaktığınızı, vebadan ne kadar korktuğunuzu biliyorum fakat, boynunuzda keskin bir hançer gibi dolaşan 600 kanatlı cinnetin sizi gezdirdiği masal âlemlerinin hiçbirinden haberdar değilim. Kendime almak istediklerim arasında kimlerin hâk sahibi kimlerin sahtekâr olduğunu da bilmiyorum ve üstelik böyle bir hüküm vermeyi de doğru bulmuyorum.

Başkarakterleri iç dünyalarından koparıp onların enerjileriyle besleniyorum, onlardan geriye kalan ise ürpertici bir kıskançlık ve zavallılık. Yetmezlikler ve kat'l fantazmları istihbarat raporlarına, kimseye hissettirmeden, böylece giriyorlar, özellikle de yüksek bir sahnede hikâye anlatıcı – *narratör* – üstlerini sürekli öldürdüğünü yaşıyor ve yaşadığını anlatıyor. Bu arada şehrin tam ortasında hayaletler birbirlerine kurşun yağdırıyorlar. Şehir, bir kurşun tabuttur artık ve enfeksiyon riski sıfırdır. Dış dünyaya kayıtsızdır. Eskide kalan ne varsa hasretle ve ayinle anılıyor, matemler düzenleniyor. Ve bu cümleden olmak üzere *Jeni – Stin Arhi* kitabımı bu evrene paralel olarak kaleme alıyorum.

Birbirinden hiç ayrılmayan aşk ve ölümün keskin kokusuna karşı insan burnunun geliştirdiği adaptasyon aslında bir hissin iptalinden başka bir şey değildir. Yazı geçmişi ölümsüzleştirebilir ve yeniden yaşatabilir. Özellikle de kara yazılı geceleri hortlatabilir. Onirik bir sahnede geriye itilmiş arzular tatmin bulabilirler, semboller rollerini en güçlü ve en özgür biçimde oynayabilirler. Ve, ölüm ucu açık bir ebediyet tercihinin ilkelerini vaaz eden el yazması eserler arasında loş bir ziyanın altında medfundur.

Tutkularının esiri olmaktan gurur duyan bir beşeriyet, türkuazın her hakkını mahfuz olamaz. Keyfiyet budur.

Ve kalpteki iki kurttan biri Âfât...

Bu romanın kahramanı olan Âfât – *kendi ifadelerinin bir hülâsası olarak* - hayatını ve gençliğini insanların ama özellikle de bir halkın mutluluğuna, özgürlüğüne, onuruna ve başarısına adayan bir efsane adam. Bu uğurda bir gözünü yitiren, vücudu sayısız yaralarla ve kurşunlarla dolu olan bir servet. Ölümle simbiotik bir hayatı var. O bir mitos, bilâ tevazu bir filozof, ruhunun peşinden giden bir kurt. Tabiatın en büyük dostu. Sabır küpü. Kimselerin kategorize edemeyeceği cinsten bir militan.

Âfât; Arabî 'Âfet' (felâket) kelimesinin çoğulu. Bu Âfât ise felâketlerin üzerine giden bir Âfât. Ona şu şiiri atfediyorum:

«Uzun müddet aç oturdu ruhum, onların
sofrasında!»diyemem –
Çünkü çocuk çağımda anladım – hadi diyelim sezdim zü-
gürtler sofrasını – o yazar! bu bilgin! şu hazret!
Ben onlarla olamam – dedim
Bir ses aldı aklımı başımdan

İşte benim Bilgem
Ne güneşler doğup battı üstümden
Pek ateşliyim hâlâ ve yakmada
Beni kendi – düşüncem! (Salih İzzet).

DR. HAKKI AÇIKALIN - 2008
Öğretmenim Jésus Maşiah'a adanmıştır...

Beklenmeyen bir prologos...

Ucu açık bir zamandayız... İ.Ö 586, İ.S 70 veya 948 yılı olabilir, başka tarihler de. Yer meçhul.. "Şehir bu akşam çok ajite görünüyor," diye mırıldandı fobik genç muhafız, gecenin taze havasını soluyarak.

Sahile doğru bir yılan gibi kıvrılarak akan yokuşa bir göz attı. Evler, birbirlerinin üzerine binmiş, çiftleşme döneminde dişilerinin üzerinde şehevî sesler çıkaran sırtlan siluetlerine benziyordu. Ay, parkeli yokuşun üzerine kalîl ve haris bir ışığı âdeta damlatıyordu. Bulutlar, saman renkli damların üzerinden tembel koalalar misali ağır ağır geçiyorlardı.

"*Neden korkacağım ki?*" diye sordu kendine.

Bir karaltı, yakamozlarla dolu denize yakın bir yerde alçak sesle konuşuyor gibi görünüyordu. Deniz çok parlaktı. Yokuşun bittiği yerde deniz vardı ve genç muhafız denize kadarki yılankavî inişi izliyordu. Tahkimli bir şehirdi burası ya da en azından muhafız böyle düşünüyordu. Geceden ve gecenin esrarından korkması için bir sebep görünmüyordu. Bulunduğu yerden fırlatacağı bir taş denizin çok yakınına kadar ulaşabilir, karaltıya değebilirdi. Bu garip gölge tam da bu sınırda duruyordu. Bir moloz yığınının hemen ön tarafında mevzilenmiş gibiydi. Muhafız gölgenin varlığından artık emindi.

"O noktaya en son baktığımda hiçbir şey yoktu," dedi yüksek sesle, *acayip bir durum. Belki de bir ışık oyunudur.*

Seküler bir düzende eğitilmişti ve koyu pozitivist bir akılla yürüyordu. Memuru olduğu şehir-devlete çok derinden bağlıydı ancak sorgulama düzeyi çok düşüktü. Kendisinin dışındaki doğayı hiç bilmiyordu yani paranormal bir inancı bulunmuyordu, mümin bir dünyalı idi. Metafizik bir durumla karşı karşıya olabileceğini aklının ucundan bile geçirmiyordu; ışık oyunu, illüzyon – yanılsama, göz yorgunluğu, gece karanlığının yol açabileceği herzeler, serserinin biri, bir tedhişçi, tinerci bir çocuk, bir fahişe, bir kedi... Bunların hepsi mümkündü...

Yokuştan aşağı doğru inmeye başladı ve eli belindeydi. Değerlerine bağlı bir adamdı ve bekârdı. Denize yaklaştığında bir çift gözle karşılaştı. Moloz kütlesinin önünde duran siluet aniden yerinden fırladı ve harekete geçti. Yüzü, gözlerine kadar bir peçeyle örtülüydü. Genç, köşeli yüzlü, zayıf, parlak sarı-elâ gözlü bir erkekti. Muhafız silahını çekti ve bağırdı:

"Dur orada!"

Birden, bir bulut Ay'ı tuttu ve genç adamı görünmez kıldı. Gök zifirî bir karanlığa büründü. Muhafız belinde bulundurduğu saldırmayı çekti ve boşlukta sallamaya başladı. Fakat saldırma hiçbir nesneye temas etmedi. Kalbi galop ritmiyle atıyordu ve kendisine doğru yaklaşan adımları net bir biçimde işitiyordu. Bulutların hızla Ay'ın önünden uzaklaşmasını isteyen gözlerle gökyüzüne baktı.

Bulutlar muhafızın sesini işitmişçesine çekilip gittiler. Genç adam aydınlığın içinde göründü. Fakat, bu beliriş kısa sürdü. Acaba, muhafız bulutların kaybolmasını dilemekle hata mı etmişti? Aydınlık her zaman karanlıktan daha üstün, daha faydalı ve daha kurtarıcı mıydı? Medet ya Aydınlık şiarı ve duası muhafızı kurtarabilecek miydi?

Bir anda, muhafız bir çift iri köpek dişi, bir hayvan ağzı ve kabarmış koyu gri kıllarla karşılaştı. Kulakları sağır eden bir uluma uyuyan şehri yatağından kaldıracak güçteydi ancak hiç kimse uyanmadı, erkek ve dişi evlerden duyarsız birkaç ışık yanar gibi oldu, hepsi o. Görsel ve işitsel eylemi temas izledi. Bir vahşi varlığın dişlerinin arasında ezilen kemiklerin çıkardığı sese benzeyen sesler duyuldu. Şehir çok lâkayttı.

Muhafız çığlık bile atamadı, olay çok hızlı gelişmişti. Çökmüştü, son bir çabayla ayağa kalkmak istedi ancak ayakları ona ihanet ediyordu. Üzerinde yükseldiği temel onu terk etmişti; giden eski paradigma gelen ise ölümdü. Ölüm ayaksızdı. Çaputtan bir bebek gibi yere yığıldı, boylu boyunca. 'Boş çuval dik durmaz' atasözünü hatırlatan bir hâli vardı. Altında bir kan gölü oluşmuştu.

Aldığı ikinci darbeyle tamamen denatüre oldu. Bir daha sağına veya soluna dönmemek üzere sırtüstü yere serildi. Yüzünde henüz bir 'Risus Sardonicus' oluşmamıştı. Rigor Mortis için ise henüz erkendi. Ancak ruhunun kabzedildiği, atmayan şahdamarlarından, çok inandığı ışığa karşı gözbebeklerinin vermediği refleksten ve kıpırdamayan külçe gibi bedeninden anlaşılıyordu.

Ruhu yanı başında idi ve bedeninin maruz kaldığı acıları anbean yaşıyordu. Almakta olduğu diş darbelerini ruhun görmemesini istercesine âdeta bir post-mortem refleksle başını göğe, yıldızlara çevirmek istedi. Özgürdü artık ve belki de en büyük mahkûmiyete hazırlanıyordu. Ölmüştü ve hayat muhafız için yeni başlıyordu.

Şehr-i Âfât, kimilerine göre müstahkem mevki, aslında çok emin bir yer değil miydi acaba? Siluetlerinden korkulan şehirler ne kadar güvenilir olabilirdi? Oysa ki, siluet sanat demekti ve sanat hayatın ta kendisi sayılırdı. Ars Longa Vita Brevis yani 'Sanat uzun, hayat kısa' deyimi bu pek de emin olmayan şehirde zemin mi buluyordu. Karmaşık suallerle başlıyordu bu hikâye, *'Contes de la Bécasse'* (Çulluk Hikâyeleri) kadar masum ve sade olmayacağını tespit edebilmek için çok birikimli olmaya lüzum yoktu. Zaten, enteresan bir ölümle başladığına göre hayatta kalmak için direnenlerin hâlet-i ruhiyeleri de mâh cemâlle örtüşür cinsten olmasa gerekti. Ortalıkta dolaşan hayali gerçek bu kez bir muhafızı, aslında ve herhâlde bir köleyi, bulmuştu. Sistem, inanmış bir kölesini kaybetmişti. Muhafızın ismi *Benav*'dı, kimliğinde böyle yazıyordu...

BİRİNCİ BÖLÜM

Tarık sürekli gıcırdayan yatağında uzanmış durumdaydı ve parmaklarıyla karyolanın kenarına tambura çalar gibi öfkeli bir biçimde dokunuyor, boş gözlerle pencereye bakıyordu. Güneşin batışına dair neticeler pencereden içeri değişik kılıklarda sızıyor ve Âfât'ın vücudu üzerinde ilginç gölge oyunlarına yol açıyordu. Tarık, uzaktan Şehri temaşa ediyordu. İçinden, *bu şehrin ismi aslında Şehr-i Lânet olmalıydı,* diye geçirdi.

Ani bir hareketle ayağa kalktı. Yerdeki pantuflalara bir tekme attı. Pantuflardan biri kapının kenarında bulunan akordu bozuk kontrbasın üzerine düştü. Tarık bir kontrbas hayranıydı; virtüöz olmayı ve büyük ve elit bir kitlenin önünde bu sanatı icra etmeyi hayal ediyordu. Fakat, bir türlü bu idealini gerçekleştirememişti, öyle ya fakirhaneden yetişme bir adam için bu iş lüksün ötesindeydi.

"**İşte bulunduğum yer, sefil bir fakirhane**," diye söylendi Âfât.

Tarık boğazını temizleyerek odada turlamaya başladı. *Yitip gidiyorum* diye iç geçirdi, hüzünlü bir ifadeyle. Ve, Âfât'a dönüp;

"*Düşünüyorum ki, senin yeminli düşmanın Kreon, üstatlar malikanesinde güneşin batışını seyrediyordur, istiğrak içinde. Avrupalılar, 'contemplation', TDK 'dalınç' diye karşılıyorlar. Yunanlar ise, dialogismôs veya enâtenisi derler. Sen hangisini tercih edersen et,*" diye devam etti.

"**Ben en kolay olanı tercih ederim, ihtiyar arkadaşım.**"

"*Artı, daha çok inandığını seçersin herhâlde,*" pencereden uzakları izlerken, "*herkes bunu görüyor. Bu son zamanlarda Kreon için sadece nefretten söz ettin. Peki, senin şarkıların nerede kaldı, ya hikâyelerin? 18. yaş gününe ne oldu, herhâlde hayat 18'inde durdu da rüştünü ispat etmekten vazgeçtin?*"

Âfât karyolanın kenarına oturdu. Ellerini iki dizini sıkıca kavrayacak biçimde birleştirdi:

"**Şarkılar ve hikâyeler bitti. Her şeyin sonuna gelindi. Her gece, sabah uyanmamak için dua ediyorum.**"

Tarık'ın gözleri faltaşı gibi açıldı:

"*Sen ne diyorsun?! Kreon'a karşı güttüğün bu kin âdeta kan davasına dönüştü. Şikâyetçi olmayı bırak, sızlanıp durma, eyleme geç! Eğer intikam almak istiyorsan, buyur, önün açık!*"

"**Anlamıyorsun, intikam hissi beni öldürecek.**"

Tarık öksürmeye başladı, odanın havası çok rutubetliydi:

"*En azından şarkılarından birini söyle bana Âfât, eski günlerin hatırına."*

"Sana söyledim, artık şarkı falan kalmadı. Kalanlar sadece ölüme dair nefesler."

"O hâlde onları seslendir, Allah aşkına!"

Âfât derin bir nefes aldı ve dokunaklı bir sesle şarkısını söylemeye başladı:

"Her yarayla tatlı bir ölüm gelir,
Soluğunuzu kesmek ve gençliğinizi tüketmek için.
Her küçük acı bir kılıç darbesidir.
Yüreğimizde ve bedenimizde,
Böylece, çok eski bir ruh gemi azıya alır.
Üzerinde elemlerin ve gözyaşlarının
                              mührü bulunan hayat,
Neden yılların erozyonudur
Ve neden bana düşen, zamanın abaküsüyle eğlenmek?
Yaprakları sararmış eski bir kitapta
                              kaydımı bulamamak?
Eğer uzun bir hayat arzu ediyorsan,
Sen,
Yaralardan ve ıstıraplardan kaç
Ruhunu kurtar
Yoksa
Bir vampir gibi
Ölümün üzerine git
Git ki, hiç yaşamamış olmaktansa hakikati,
Onu katlet.
Ölümün eşiğinde, son nefeste

*Gençliğinin nerede bulunduğunu soracaksın.
O kaçmadı, yalnızca saklanıyor,
Kabuk tutmuş ruhunun maskının ardında,
Orada, canlı ve dipdiri..."*

Şarkı bitmişti. Tarık bir şeyler söylemek istedi ancak ağzından hiçbir şey çıkmadı. Yorganını avuçlarının arasına alıp iyice sıktı. Âfât'a bakıyordu. Genç adam çoktan yatağa sığınmıştı bile. Kozasının içinde kelebek olmayı bekleyen bir tırtıl gibi içine kapanmıştı; görünen tek şey kafasını bir hâle gibi kuşatan simsiyah parlak saçlarıydı.

Bu kadarı çok fazla. Bugün, bu çocuğu cinnete sürükleyip altüst eden meselenin ne olduğunu keşfedeceğim. Bir aydan beri, gece yarısı pencereden çıkıp karanlıklara karışıyor. Bu gece onu takip edeceğim.

Tarık için, gece yarısını önceleyen saatler umutsuzluk dolu bir ağırlıkla aktı. Yatağında hatırlayamadığı kadar sağa sola döndü. Ve nihayet...

Odanın büyük ve eski duvar saati küçük bir kilisenin daha doğrusu bir şapelin çanınınkini andıran seslerlerle çalmaya başladı. Kalbi çarparak ikinci darbeyi bekledi. Bunu on tanesi daha izlediğinde gece yarısının geldiğinden emin oldu.

Âfât'ın karyolası gıcırdadı.

Uyumakta büyük güçlük çeken Tarık, Âfât'ı önce pencereden bakarken sonra da karyolanın altından tahta bir kutuyu gürültüyle çekerken gördü. Kutudan siyah bir tül çıkardı ve uzun uzun baktı. Sonra, onu tekrar yerine koydu ve kutuyu kapatıp geri itti. Çevik bir hareketle pencerenin kenarına sıçradı ve gecenin karanlığında kayıp gitti.

Tarık, dışarıya göz atmadan evvel beşe kadar saydı. Âfât'ın çapraz duvardan istinat kalaslarından yararlanmak suretiyle indiğini gördü. Samoğlu'nun kiraladığı binanın damına atladı. Damın etrafında dolaştı ve oradan da atik bir biçimde toprak yola indi. Çok hızlı ve hareketliydi, takip etmek zordu. Dikkatli bir biçimde önünde bir labirent gibi uzanan boş sokağı süzdü. Sonra, fakirhaneye doğru baktı ve iyice uzaklaştığının farkına vardı.

Ya şimdi, ya hiç, diye karar verdi Tarık.

Yatağın kenarındaki bavula uzandı ve içinden bir hançer çıkardı. Hançer on yıldır yerinde duruyordu fakat keskinliğinden hiçbir şey kaybetmemişti. Hayat akut hâdiseler üzerinden yürüdüğü için diyalektik keskinliğini arttırarak sürdürüyordu. Tarık, hançeri eline aldı ve âdeta hatıralara dalarak baktı. Hançer bir uzun yoldu, boğazında gezip duran...

* * *

Yaz sıcağının vazgeçilmez varlıkları olan karasinekler her tarafı işgal etmiş durumdaydı. Ahşap kulübenin, virane demek daha doğru olacaktır, kapısı açık olmasına rağmen hava çok boğucuydu.

Sıcak ve ağır bir koku...

Beş yaşındaki çocuk bunlardan hiç şikâyetçi değildi. Bir

köşede durmuş, sırtını ısıtan güneşe rağmen titriyordu. Cildi porselen beyazlığındaydı. Kahverengi kâkülleri gözlerinin önünde, denizin derinliklerinde hürce salınan bir medusa gibi gizemli bir görüntü oluşturuyordu. Tül gibiydi ve ardındaki dünya merak uyandırıyordu. Kıpırdamıyor, oturmuş bir vaziyette, koridora açılan kapıya bakıyordu.

Koku oradan geliyordu.

Çocuk, yüzünü güneşe çevirdi; başını kollarının arasına aldı. Gözleri yarı açık hâlde uyuklamaya başladı. Uyusa da, uyanık da olsa üşüyordu. Uyandığında güneş tepedeydi ve dışarıda birisi garip bir şarkı söylüyordu:

"Sizi öldüreceğim aptal köpekler!
lime lime doğrayıp domuzlara vereceğim!"

Çocuk zorlukla ayağa kalktı. Pencerenin kenarlığına dayanarak dışarıda ne olup bittiğine bakmak istedi. Evi kuşatan korunun içinde, güneş parıltılarının altında bir şey kıpırdadı. Yırtık elbiseler içinde bir oğlan, taştan taşa atlayarak şarkı söylüyordu. Elindeki hançerle çalılara vurarak deli gibi aynı şarkının sözlerini tekrarlıyordu:

"İt oğlu it!" diye bağırıyordu arada.

Çocuk güçlükle yürüyerek kapıya yaklaştı ve oğlan onun dışarı çıkmasını iri bir dal parçasıyla engelledi:

"Al bunu, lânet olası!"

Çocuk, hakareti duyunca kulaklarını tıkadı. Davetsiz misafir 9-10 yaşlarındaydı. Meraklı fakat ürkek, küçük çocuk evden dışarı çıkmaya cesaret etti ve utangaç bir edayla ilerledi. Elinde hançeriyle oğlan, çocuğu çalılara doğru kaçırtan vahşi bir çığlık attı. Çocuk derin bir nefes aldı ve oğlanın yanına yaklaşmaktan çekindi. Aniden, oğlan hançerini çekerek çalıların üstüne atladı.

"*Aaah! Geber it herif!*"

Çocuğun saklandığı çalıların üstünde dallar uçuştu ve zavallı korkudan ölecek vaziyette ulumaya başladı. Hançer harekete geçti: Oğlan çalıları karıştırıyordu.

"*Kimsin sen?*" diye sordu, kalçasına inen darbenin sahibi oğlan.

Çocuk, boş gözlerle oğlana baktı, hiçbir şey anlayamıyordu.

Oğlan siyah saçlarını arkaya doğru savurdu:

"*Neyse, pek önemli değil. Benimle avcı oyunu oynamak ister misin?*" Çocuğun dudakları titriyordu, hiçbir şey söyleyemedi. "*Gel, gel, sana vurmayacağım,*" tebessümle karışık bir ifadeyle, "*bana bir çavuş lâzım.*"

Çocuk, gözleri öfkeden parlayan oğlanın elini tuttu ve ayağa kalktı.

"*Benim adım Tarık,*" dedi oğlan, "*ya seninki?*"

"*Âfât,*" diye geveledi çocuk.

Tarık hançerini beline soktu.

"*O halde oynamak istiyorsun?*"

"**Ne oynamak?**" diye sordu çocuk.

"*Avcı oyunu veya canavarlarla savaş,*" diye cevapladı Tarık, elini belindeki hançere vurarak.

"**Hangi canavarlar?**"

"*Bütün hepsi. Büyükler, küçükler, en büyükler, devler veya en küçükler, neredeyse hiç hükmünde olanlar.*"

Âfât utangaç bir ifade ile gülümsedi.

Bu eğlenceli olurdu. Av hoştur. Bir sürü şeyle savaşılabilirdi, kaşlarını kaldırdı ve eve baktı. *"Hııı... anneme soracağım."* Âfât eve yöneldi. Oğlan onun ardından şaşkın bakıyordu.

Bu çocukta garip bir şey var, diye düşündü. Onu takip etti. Eve birkaç adım kala, Tarık çok berbat bir koku aldı, bu, çürümüş et kokusuydu. Gitgide dayanılmaz hâle geliyordu. Âfât, kokudan hiç etkilenmeden içeri girdi. Tarık burnunu eliyle kapattı. Çocuk evin içinde gözden kayboldu, kapı aralık kalmıştı.

Tarık'ın gözleri birden faltaşı gibi açıldı ve irkildi.

Evin kapısının üzerinde kırmızı boyayla çizilmiş kocaman bir çarpı işareti vardı. Bu, felâket habercisiydi. Kara veba!

Tarık nefesini tuttu, birkaç adım geriledi, hançerini çekti ve kaçmak istedi. Fakat bir şeyler onu engelledi.

Sopa yemiş çakal gözleri, transparan cildi, kavrulmuş dudakları ve utangaç gülüşüyle bu zavallı çocuk...

"Âfât?! Çık oradan." (Evin içinde bir şey kıpırdadı).

"Âfât?!" diye bağırdı ses tonunu yükselterek.

Hançerini çekti ve evin etrafında dolaşmaya başladı. Pencerelerden biri açıktı. Tarık, bakışlarını açık olan pencereden içeri yoğunlaştırdı.

Parmaklarını çatırdatan çocuk ısrarlı ve sabit bakışlarla yatağa uzanmış olan bir kadını, annesini süzüyordu. Kadın çoktan ölmüştü...*"Âfât, derhâl oradan çık!"*

Âfât pencereye şöyle bir baktı ve kapıya doğru yürümeye başladı.

"Üzgünüm, annem bu oyunu çok tehlikeli buluyor."

Tarık içeri girmekten imtina ederek çocuğa bir işaret yaptı ve yaklaşmasını bekledi.

"Gel, buradan gel."

Çocuk pencerenin kenarına ulaştığında Tarık onu omuzlarından yakaladı ve pencereden doğru dışarı çekti.

"Haydi, buradan gidelim."

"Hayır, bu çok tehlikeli olur," diye ayak diredi Âfât. Tarık, Âfât'ın elini sıkı sıkı tuttu.

"Hayır," diye bağırdı Âfât, elini Tarık'tan kurtararak, *"Annem izin vermedi."*

Üzgün bir biçimde geri döndü ve içeri girdi.

"Bekle!" diye bağırdı Tarık.

Çocuk bir darbe daha yemekten korktuğu için hızla kaçtı. Sonra, korku dolu gözlerle arkasına baktı. Tarık kafasını iki yana salladı ve hançerini ona uzattı.

"Bu hançeri yanında taşırsan daha az tehlikeli olur. "

Âfât'ın gözleri parladı. Gülümsedi. Yavaşça Tarık'a doğru yürüdü.

"Bu benim mi oldu?"

"Evet," dedi Tarık, *"eğer benimle gelirsen."*

"Nereye gideceğiz?"

"Şehre," dedi hançerini çocuğa uzatırken.

"Beyaz yüksek duvarların bulunduğu yer mi?"

"Evet orası, fakirhaneler ve malikâneler şehri ya da Lâinler diyarı…"

* * *

Bir keresinde fakirhanenin tavan arasında çok eski bir kitabın yaprakları arasında birlikte gezintiye çıkmışlar ve şu hiç anlamadıkları paragrafla karşılaşmışlardı:

Tablonun içindeki ressam! Tablo yapmakla tablonun içinde olmak arasındaki fark; öznenin, 'tarih'i yalnızca bilmesi ve öğrenmesi değil, aynı zamanda duymasıdır da. Her özgün süreçte bir sembol öne çıkarken bir sembol de, "kripto"luk görevini üstlenir. Ve ressam, şu ya da bu sembol olarak öznesini tabloya yerleştirir. Bu nasıl anlaşılacaktır? İkonografik bir kod mudur? Karakter midir? Sıradan bir eskiz midir?

Çözüm, metodu yakalamaktan geçer. Yöntem, bir yönüyle geleneksel pratiği önce dekode etmek ve resimle ön işaret sistemleri arasındaki ilişkiyi kurmaktır. Daha sonra kendi kodunu yerleştirerek onu tanıtmak gerekir. Kodun figüratif olması gerekmez. Bu, eserin dışında yer alan bir referans da olabilir. Bu referansı yakalayamayan militan adayı, iradî ya da gayri iradî bir itaatsizliğe hatta muhalefete düşer. Bundan sonrası, aynı çözümleme tekniğini her tabloya, dünya tablosuna ve evrene doğru geliştirmektir. Metodu geliştirmek için, ressamın psikanalizini yapmak bir ön adım olarak ele alınabilir. Eser sahibi, hangi psişik süreçlerin sonucunda eserini üretmiştir? Ve eğer tabloda bir işaret bırakmışsa, bu ne tür bir işaret olabilir?

Cevap, psişik sürecin bilince taşınması sonucu, onun tabloya ne tür imgelerle yansıyacağını bilmektir. Bunu beceren militan, rahatlıkla bir «Mizaçlar Teorisi» oluşturabilir. Bu yönüyle O, «Mizaçlar Teorisi»ni gerçekleştirmiş bir usta militandır. O, «İhtiyatın kinayesi»ni de en ince detaylarına kadar katman katman tahlil edebilecek kudrete ulaşabilmiştir. Sıra, tablosunda saklanmaya gelmiştir. Bu tablo, şimdi diğer «Mizaç Teorisyenleri»ni beklemektedir.

Sonra, huzursuz oldular, belki de ecinniler bastı ve hemen en yakınlarında bulunan İncil'e sarıldılar, mizgini seviyorlar ve orada huzur bulacaklarını düşünüyorlardı. Fakirhane Lazaristlerin elinde bulunduğu için her koğuşa birer İncil konulmuştu:

"O saatte, şakirtleri İsa'ya gelip dediler: Göklerin Melekûtu'nda en büyük kimdir? İsa, yanına bir küçük çocuk çağırıp onu ortalarında durdurdu ve dedi ki: Doğrusu size derim; siz, dönmez ve küçük çocuklar gibi olmazsanız Göklerin Melekûtu'na asla giremeyeceksiniz. Bundan dolayı, kim bu küçük çocuk gibi kendini alçaltırsa, Göklerin Melekûtu'nda en büyük olur" (Matta 18. Bab, 1-4. Âyetler).

Rahatladılar... Çocuk arılığına ulaşmak, militanlaşmanın doğru yönü müydü?..

Acı tatlı bir hatıra, diye düşündü Tarık, hançeri tutarken, *şimdi Âfât'ın bana ihtiyacı var.*

Âfât'ın ardına düştü. Onun için endişeleniyordu. Büyük şarkıcının malikânesini geçti. (Yıllar sonra bir Kürt liderin yakalanması operasyonunu yönetecek olan bir Yunan dışişleri bakanı da *Megalis Tragudistis* – Büyük Şarkıcı kodunu kullanacaktı). Güney vadisine çıkan geniş yolu aldı. Zenginler iki tepenin arasındaki bu vadide oturuyorlardı.

Yetimlerin ve yoksulların buralarda ne işi olabilirdi? Semt, iç içe geçmiş yüksek duvarlarla örülü bir garnizon görünümündeydi. Âfât çekinik adımlarla yürüyordu. Tarık, görkemli duvarlarla ve ardındaki esrarlı ve, gölgeleri farklı hayal varlıklarına benzeyen binaların siluetleriyle ilgileniyordu. Yüzlerce aynalı penceresiyle bu binalar bir mücevherat koleksiyonunu andırıyorlardı. Tarık bu tepeyi, Olympos Pantheonu ile kıyasladı. Mitolojiye çok ilgi duyuyordu. Yaşadığı, aslında yaşamadığı şehrin esatirini ise pek fazla bilmiyordu. Âfât'ın nereye ulaşmak istediğini bilmediği gibi.

Âfât caddeden ayrıldı. Medar Paşa malikânesinin ahırlarına yakın bir yerlerde gözden kayboldu. Tarık hızlı adımlarla ardından koştu ve kısa bir süre sonra bir merdivenden çıktığını görebildi. Kendisi farklı bir yerden yüksek duvara tırmandı. Ayaklarının altında bir hayal bahçesi uzanıyordu, ancak kitap sahifelerinde görülebilecek cinsten, çeşit çeşit yapraklı çalı, küre veya koni biçiminde budanmış ağaçların arasındaki yılankavi patikalar âdeta hareket ediyordu. Ayın lacivert ışığı bu mekâna ayrı bir huzur ve dinginlik halesi sunuyordu. Malikâne pencerelerle donanmış heybetli bir dağa benziyordu ve bahçenin tam orta yerinde yükseliyordu.

Bahçenin büyüsüne kapılan Tarık'ı, yakazasından Âfât'ın görüntüsü uyandırdı. Bir çitin kenarında hızlı adımlarla yürüyordu. Tarık, kendini bahçeye bıraktı. Uzaktan, arkadaşının çitin sonuna vardığını ve uçuruma paralel taş bir rampayı takip ettiğini gördü. Âfât dar vadinin kenarında oturup ayaklarını sallandırdığında Tarık'ın kalp atışları artmaya başlamıştı.

"Bu adam buraya ne yapmaya geldi?" diye sordu kendi kendine.

Bir kez daha bir 'hymnus' ile karşılaştı. Âfât'ın dokunaklı sesi duyuluyordu:

"Karanlık bir kadın gelir,
Batın'da bekleyenler arasından
Sert elleriyle teslim alır çocukları
Ve oradan mezarlarına kadar götürür.
Büyük oyuncular, kervan dışında değillerdir,
Malikânelerinin ardına saklansalar da.
Dekadans onları da yutar.
Tutar dirseklerinden ölüme doğru.
Duvarın tepesinden aşağı sarkar hayat,
Yüzünü şafağa çevirmiş
Bir bakire misali,
Bağını koparmayı bekleyen kerubimdir,
Düşen şehri temaşa eden.
Koza yırtılır, ruh uçar,
Alnında asırların yalnızlık mührüyle,
Seremoni yasaktır
Sükûn gelip geçer.
Zihnin dehlizlerinden
Neşterin bıraktığı iz,
Parlar zifirde
Azizenin lahdi kımıldar."

Tarık dikkatle dinler. Kulaklarını elleriyle istikamet üzere kılar ki, rüzgâr hiçbir şey alıp götürmesin. Âfât'ın sesinden hayli etkilenir.

Âfât uçurumun kenarında ayağa kalktı. Kollarını bir düşmana meydan okur gibi iki yana doğru açtı. Başı hafifçe öne doğru eğilmişti. Buna *anthropos pozisyonu* demek de mümkün sayılabilir:

"*Lânet üzerinize olsun!*" Sözleri uçurumun dibinde yankılandı. "*Hayatımı altüst ettiniz! Ey ilâhlar, sizden tiksiniyorum!*"

Tarık ona yaklaştı. Âfât'ın saçları Çin porselenlerindeki deniz ejderlerinin yelelerine benziyordu.

"*Âfât, yolunda gitmeyen nedir?*"

Âfât arkasını dönmeden konuştu:

"*Tarık?!*"

Tarık cevap verdi:

"*Burada ne işin var?*"

Âfât:

"*Atlamaya hazırlanıyorum.*"

Tarık:

"*Neden? Büyük şarkıcı Kreon yüzünden mi?*"

"*Elveda Tarık!*"

Öne doğru bir adım attı ve gözden kayboldu.

Tarık afallamış bir vaziyette uçurumdan aşağıya sarktı. Âfât tek çığlık bile atmadan boşlukta dönüyordu. Düşüş, bedeninin sınırlarını her an değiştiriyordu. Tarık gördüklerine inanamıyordu.

Bir çatırtı duyuldu; Âfât bir kaya çıkıntısına çarpmıştı.

Sonra bir gürültü.

Tarık, nefesi kesilmiş bir hâlde uçurumun kenarından uzaklaştı. Kendini, bordo yaban güllerinin arasına, şebnemli çimlerin üzerine attı, başını ellerinin arasına aldı. Bir cümle kafasına balyoz gibi vuruyordu:

Âfât öldü, Âfât öldü…

Dikenler her tarafını yırtmış bir hâlde, Tarık bir uyurgezer gibi patikadan aşağıya, Güney tepesinin alt tarafına aktı. Uçurumun dibinde bir taş yığınının ortasında Âfât'ın bedeni uzanmıştı.

"Ey ilâhlar, ey ilâhlar!" diye bağırıyordu, Tarık, ellerini sıkarak.

Asırlar evvel, o kütle uçurumdan kopup aşağıya düşmüş olmalıydı. Yassı şekli ve oyma kalemiyle düzeltilmiş gibi duran kenarları, orada ezilen beden için ideal bir dolmen oluşturuyordu. Her yerde kan vardı. Âfât'ın kazağı kanı çekmişti. Başı yassı taşın üzerindeydi, gözleri kapalıydı ve dudağının kenarından kan sızıyordu. Tarık, arkadaşına dokunmak istedi.

Âfât'ın dudaklarında pembe bir sıvı kabarcığı belirdi. Tarık elini hemen geri çekti. Kaslarında belli belirsiz bir kıpırtı oldu; gözleri açıldı ve uçurumun tepesine sabitlendi.

Yaşıyor olamaz! diye düşündü Tarık.

Âfât'ın göğsü inip kalktı.

"Yaşıyorsun," dedi Tarık, tebessüm ederek, *"yaşıyorsun paşam!"*

Gözyaşlarını elinin tersiyle sildi ve Âfât'ın yaralarına bir göz attı. Elleri titremeye başladı ve tebessümü kaygılı bir gülümsemeye dönüştü. Arkadaşından biraz uzaklaştı ve ellerini ağzının iki yanına götürerek avazı çıktığı kadar bağırmaya başladı:

"Yardım edin, yetişin!"

Uçurum, yardım çağrısının yankısını her tarafa iletti. Hiçbir cevap alamadı. Bütün gücünü toplayarak ergenlik sesiyle uludu:

"İmdat, yetişin!"

Uçurumun kenarında bulunan bir kulübede ışık yandı, Büyük bir pencerenin kanadı açıldı, bir ışık huzmesi yolunu buldu. Tarık bir kafa fark ettiğini düşündü.

"Yardım edin! Hey! Yukarıdaki! Lütfen bize yardım edin!"

Kısa bir süre sonra ışık söndü. Tarık pencere kanadının yavaş yavaş kapandığını işitti.

Taş yığınının yanına geri döndü. *Ölmedi, fakat az sonra ölecek,* diye geçirdi içinden. Âfât'ı patika üzerinden uçurumun tepesine taşıyamayacağını biliyordu.

Bir kukumavın acıklı sesi geceyi yardı. Âdeta bir kurt uluması gibiydi.

Tarık titreyerek kulak kabarttı. Hayvanî çığlık, aynı Âfât'ın melankolik sesi gibi bir kez daha gök küreyi kesti. Bir başka uluma sesi, bir öncekine cevap verdi, bunu diğerleri takip etti. Sesler uçurumun tepesinden geliyordu ve hareket hâlindeydiler.

"Ne yapacağım? Ne yapmalıyım?" diye mırıldadı Tarık.

Âfât'ı kanlı kazağından tutup çekti. Bedeni hareketsizdi. Bir kere daha denedi; Âfât inledi. Ulumalar artık homurtulara dönüşmüştü. Onları saydı; 1, 2, 3, 4, 5... 10 kadar olmalıydılar. Kan ter içinde kalmıştı. Arkadaşının yüzüne baktı.

"*Âfât, ne yapmalıyım?*"

Yukarıdan aşağı doğru, tırnaklarını taşlara sürterek inen varlıkların gittikçe belirginleşmeye başlayan gölgelerini fark etti. Başını kaldırdığında, bir sürü kızgın gözle karşılaştı. Sanki çok itinalı ve büyük bir sanat ruhuyla işlenmiş bir kesme yakut nümayişiydi ve cazibe doluydu.

Koşar adım geri çekilmeye çalışırken, *beni gördüler, hemen kaçacak olursam belki beni yakalayamazlar* diye düşündü.

Varlıkların arasından, kurtların birbirleriyle hırlaşmalarına benzer sesler yükseliyordu.

Uçurumun berisinden, "*Brütüsler, kaba yaratıklar!*" diye bir ses duydu Tarık.

"*Eyvah, bunlar kurt-adamlar!*" diye ürperdi. "*Fakat, kurt-adamlar da kurtlar da konuşmazlar... En iyisi buradan gideyim, beni değil Âfât'ı bulacaklar... Neler saçmalıyorum, Allah'ım? Seni bırakamam paşam. Onlarla savaşmak kaçmaktan daha iyidir.*"

Yerden iri bir taş aldı. Bir elinde hançer diğer elinde taş arkadaşının yanına oturdu.

Hayvanlar, homurtular çıkararak uçurumdan aşağı iniyorlardı. Tarık titremeyi kesti:

"*Beni kolay teslim alamayacaklar. Postumun pahalı olduğunu göstereceğim.*"

Karanlıkta gözleri parlıyordu ve her tarafta çok keskin ışık huzmeleri yayıyorlardı. Bunların ardında ise daha büyük bir ışık kaynağı vardı ve Tarık bunun bir fırtına lambası olduğunu fark etmekte gecikmedi:

"*Kurt-adamlar fener taşımazlar,*" diye mırıldandı. "*Acaba köpekleriyle gelen bir bekçi mi?"* Havlamayla uluma karışımı seslere kulak kabarttı. *"Evet, bunlar köpekler! Hey, buraya! Yardım edin! Arkadaşım yaralı!"*

Patikadan cevap gelmekte gecikmedi:

"Geliyoruz, delikanlı!"

"Senin köpeklerini kurt zannettim," dedi Tarık, asabî bir tebessümle. *"Çabuk ol, kanaması çok."*

Az sonra, hemen yanı başında koro hâlinde havlayan bir köpek sürüsüyle karşılaştı, Tarık. Eldivenli ve fener taşıyan bir adam her bir elinde beş canavar tutuyordu. Köpekler, Hades'in karanlıklar ülkesini bir diğer deyişle Elen cehennemini bekleyen üç başlı Kerberos'a benziyorlardı. Tasmalı şeytanlar gibi de düşünülebilirdi. Kıyamet gününde, Hz. Azrail'den kaçan ve Hz. Âdem'in mezarının arkasına saklanan şeytana, *'şimdi ona secde et!'* nidası geldiğinde bunu reddetmesi ve Alûn meleği Azrail tarafından cehenneme götürülmesini çağrıştıran bir tablo hâsıl olacak mı diye düşündü Âfât'ın, kendi bedenini seyreden muzdarip ruhu.

Dazlak kafası ve keskin bakışlarıyla adam sanki birçok çağı birlikte bünyesinde barındırıyordu. Grek burnunun altında ince siyah bir bıyık zarif ağzının üst sınırını belirliyordu. Kaliteli elbiseleri vardı ve parfümeydi. Tarihin derinliklerinden çıkıp gelmiş bir asilin, kaypak modern çağa meydan okuyan edasıyla sordu:

"Şimdi, söyle bana, nerede yaralandın?"

"Benim bir şeyim yok," eliyle yerde yatan arkadaşını işaret etti, *"yaralı olan arkadaşım."*

Adamın yüzünde şaşkın bir ifade uyandı. Lambayı yerde

yatan kişinin üzerine doğru tuttu. İlk bakışta alnında derin bir anatomik kesi görünüyordu. Parçalanmış olan kazağının gözenekleri arasından kol ve boyundaki derin yırtıklar fark edilebiliyordu. Ciltte kanla kaplı yaygın şişlikler mevcuttu. Adam, Âfât'ın üzerine eğildi. Kanlı kazağıyla beraber Âfât'ı iki el bileğinden kavradı. Yaralının göğsüne dikkatlice baktı. Sol tarafta, zahirî bir yara göze çarpıyordu. Ceketini ve gömleğini çıkardı ve onları yırtmaya başladı. Duygusuz bir ifadeyle, *"Bu kumaşlardan bir sargı yapmamız ve yaralının göğsünü sıkıca sarmamız gerekiyor,* "dedi ve *"hâlâ soluk alıyor, bu bir şeydir,"* diye ekledi.

Tarık sükûnet içinde arkadaşına baktı kaburgalarının hareket ettiğini gördü.

"Muhtemelen kırığı yok," dedi, tok bir sesle, *"ona kim saldırdı?"*

"Hiç kimse," diye kaçamak bir cevap verdi Tarık, *"düştü."*

"Nee?" diye yarı şaşkın yarı sinirli bir tepki verdi adam, gözlerini uçurumun tepesine dikerek. *"Bu mümkün değil, ölmüş olmalıydı."*

"Evet," dedi Tarık, zorlukla işitilebilecek bir sesle. *"Ben de öyle düşünüyordum."*

Adamın kurumuş dudakları üzerinde bir tebessüm belirdi.

"Adım Vakur, Malikâne'nin sorumlusuyum. Çığlıklar duydum. Onu benim eve götüreceğiz, yıkayacağız, tedavi edeceğiz ve uyumaya bırakacağız... Fakat yarın, izahat bekliyorum, öyle değil mi?"

"Tabii ki..."

Adam felsefeyle çok yakından ilgiliydi. Yolda giderken bir sürü şeyi bir arada düşünüyordu:

Tabiat düşünün çeşitlilik arz etsin ve taklit edilsin. Tabiat düşünün, yapay olsun ve öykünülsün. Çeşitlilik denen şey o kadar şiddetlidir ki, içinde bütün ses tonlarını bulabilirsiniz; pazardaki sesler, işportacı çığırtıları, öksürükler, sümkürmeler, aksırmalar vs... Meyveler arasında belki en dikkat çekici olan üzümdür ancak hurmaların da bir tınısı olduğunu iyi biliyoruz. Ne dediklerini anlamasak da, Liktis meyvesinin, okaliptüsün, ahlatın ve kestanenin kulaklarımıza dokunan ama anlamadığımız sesleri tabiatın sadece çok küçük bir çeşitliliği sayılır. Hepsi bu mu? Bir de cinslerine bakacak olsak, her üzüm cinsinin ayrı bir sesi ve üslubu olduğunu ezbere biliriz. Hangi üzümün birbirinin aynısı olan iki tanesi vardır?

Hiçbir şeyi bir diğerinin tıpatıp aynısı olarak yargılamadım. Eserim bir ressamınkinden oldukça farklıdır. Beni onlardan uzaklaştıran etken çizimlerimin harflerin içine saklanabilme özelliği olsa gerek.

İlâhiyat bir bilimdir fakat kaç bilimdir? İnsan bir bütündür, tek bir kişiyi ele alın. Peki, eğer onu teşrih edersek? Kaç kişi çıkacak ortaya? Başı mı, kalbi mi, midesi mi, toplardamarları mı, her bir toplardamarı mı, kan mı, kanın bileşimi mi? Mizah mı, mecaz mı, gülmeleri mi, öfkesi mi, ruhu mu? Daha çok sayarsam, milyonlarca birbirine benzemez yapıtaşı daha da aşağısı, quantlar ve quarklar, tahionlar ve ötesi önüme gelecekler. Kaç kişiyiz, sahi?

Bir şehir, bir köy... Bunlar, uzaktan bakıldığında birer

şehirdir veya birer köy. Ancak yaklaştıkça, onların evler, ağaçlar, damlar, kanallar, yapraklar, otlar, karıncalar, örümcekler, karıncaların ayakları ve sonsuzluğun bir yüzü hatta bizzat kendisi olduğunu göreceksiniz. Bütün bunlar köy adı altında zarflanmıştır.

Lisanlar rakamlardır. Harflerle yüklenmiş harfler yerine rakamlarla yüklenmiş harfler gibi. Sonra kelimeler. Öyle planlanmıştır ki, tanınmayan bir dili önünde sonunda deşifre edilebilsin. Geometri bir mucizedir.

Tabiat kendisini taklit eder. İyi bir toprağa atılmış tohum, iyi mahsul verir. İyi bir zihne atılmış prensip, semereli olur. Sayılar uzayı taklit ederler, onlar çok farklı bir tabiata sahiptirler. Efendi tektir, ben onun uşağıyım. Kök, dallar, ürünler; prensipler, neticeler.

Bu çocuklarda bir sır olmalı, kökte, dalda veya prensipte. Bu bilgiye ulaşabilmek için kellemi feda etmeye hazırım...

İKİNCİ BÖLÜM

Vakur iki eliyle bir pansuman bezini iyice sıktı. Bezden akan kırmızımsı sıvı aşağıdaki tası yarıya kadar doldurdu. Daha sonra dikkatlice yaralının cildinde kapsamlı bir debritman yaptı. Yani ölü dokuları deriden temizledi. Gözlerini masanın üzerinde asılı duran yağ lambasına dikti. Bezi yere attı ve bir diğerini aldı.

Tarık bir koltuğa yayılmıştı. Gözlerini Âfât'ın yaralı bedeninden kaçırdı ve odayı keşfetmeye koyuldu. Pencerelerin arasında, büyük çaydanlıktan çıkan dumandan kararmış bir alçı kaplama bulunuyordu. Ketenden bir yatağa gözü takıldı ve şunu düşündü:

Birçok hastalık iyi bir ateş ve konforlu yataklar sayesinde iyileşebiliyor olmalı.

Kanla karışık sıvıdan zengin bir bezi sıkmakla meşgul

olan Vakur'a doğru döndü. Vakur da yüzünü ona doğru çevirdi.

"İsminin Tarık olduğunu söylemiştin, arkadaşınınki nedir?"

"Âfât."

"Özel bir mülkiyetin üzerinde olduğunuzu biliyor musun?"

"Eee, evet yani hayır," diye geveledi Tarık. "Kaybolduk... Bir kestirme bulmak istiyorduk. Orada bir uçurum olduğunu bilmiyorduk."

"Peki, geçelim. Kazara mı düştü?" diye sordu Vakur, "Orada bir hendeğe açılan rampa var."

"Ee evet, eh... Yani, ne evet ne hayır..."

Tarık koltuğun içine âdeta gömüldü. Konuşamayacak kadar yorgundu. Uşağın protezmiş gibi duran gözleri iyice yuvalarından dışarı çıkmış bir vaziyette idi. Tarık dudaklarını ısırdı. *Ona hakikati söyleyemem*, diye düşündü, *onu tanımıyorum*. Adamı yanıltmayı denedi:

"Benim hatam. Rampanın kenarında yürümesi için bayağı tahrik ettim. Bu tür durumlarda hiç reddedici davranmazdı. Ayağı kayana kadar her şey iyi gidiyordu."

Vakur kuşkulu bir gülümsemeyle, Tarık'ın gözlerinin içine baktı.

"O hâlde bu bir kestirme arayışı mıydı, yoksa bir tahrik mi?"

"Önce bir kestirme bulduk sonra onu rampanın kenarından yürümeye tahrik ettim."

Vakur bir sorgulayıcı kimliğine bürünmüştü.

"Onun gibi bir kişi böyle bir düşüşten sonra nasıl hayatta kalabilir? Bunun için bir ilâh olmak gerekir! Âfât bir ilâh mıdır?"

"Ne bileyim ben!" diye kendini savundu Tarık, yüzü kıza-

rarak. *"Bunu senin bana söylemen gerekir, nasıl kurtulabildiğini! Bu senin uçurumun!"*
Vakur'un bakışları yumuşadı.
"Bak, yakından bak! Onu henüz tam olarak incelemedin!"
Tarık başını hareketsiz bedenden çevirdi.
"Bak ona!" biçiminde ısrar etti Vakur.
Rahatından olan Tarık arkadaşının yanına gitti. Ölmüş gibi bir hâli vardı. Derisi, siyah, kırmızı ve mavi izlerle kaplanmıştı. Burnu şişmişti ve gözlerinin etrafında kahverengi-siyah halkalar oluşmuştu. Hayatta olduğunun tek işareti solumasıydı.
"Bu basit bir tahrikten fazla bir şey," dedi Vakur. *"Arkadaşın uçuruma atlamadan evvel korkunç bir çığlık attı, öyle değil mi? Bunu işittim."*
Tarık gözlerini iyice açarak onu dinledi fakat kırmızı dudakları sıkıca kapanmıştı.
"Çığlık beni ağır uykumdan uyandırdı. Kalktım ve mumları yaktım, daha sonra hiçbir şey işitmedim. İhtiyar kulaklarımın bana bir oyun oynadığını düşündüm. Fakat bir türlü uyuyamadım, çok ajiteydim. Senin imdat çağrılarını duyduğumda, köpekleri hazırlamaya koyuldum."
Vakur yeni bir kendir şeridi aldı ve Âfât'ın kolunu sarmaya başladı.
"Seni uyandırdığım için üzgünüm."
Sonra karga gözlerini Tarık'ın üzerine dikti.
"Dinle genç adam. Sana gerçekten yardım etmek istiyorum. Dünya karanlıktan, tehlikeden ve ölümden ibaret. Fakat eğer bana karşı dürüst olmazsan hiçbir şey yapamam. Şimdi, söyle bana dün

gece neler oldu?"

"Sana daha önce de söylemiştim... Düş - tü!" diye bağırdı Tarık.

"Ben de sana diyorum ki, birisi onu itti," diye diretti Vakur, aynı ses tonuyla. *"Ve eğer onu kimse itmediyse, o zaman kendisi uçurumdan aşağı atladı!"*

Tarık başını ellerinin arasına aldı ve ocağın önüne oturdu. Üzerinde Vakur'un bakışını hissediyordu.

"Yarın sabah göreceğiz," dedi Vakur.

Tarık cevap vermedi. Alevlere yoğunlaşmıştı. Rengarenk alevler her türlü klişeyi deviriyordu. Bu Tarık'ı kısmen de olsa rahatlatıyordu. Âfât'ın yine ve her zaman olduğu gibi kafasına estiği gibi hareket ettiğini ve etrafındakileri dikkate almadığını düşündü. Tarık'ın düşünceleri onu beş yıl öncesine, bir başka uçurumun başına geri götürdü. O sefer, Âfât'ı tutabilmiş ve uçurumdan aşağı düşmesini önleyebilmişti.

***

"Neden oraya yalnız gitmek istiyorsun? Sorun nedir?" diye sordu Tarık. Gözleri sık bir ormanla kaplı yüksek dağa çevrilmişti. Bütün gün bu ormanı tavaf ettik ve tek bir tavşan bile görmedik.

Âfât derin bir nefes aldı. Bir kozalağa tekme attı.

"Yanlış anlama Tarık, fakat sen tavşan avı sırasında çok gürültü çıkarıyorsun, böyle olmaz, tavşan kaçar."

Tarık celâllendi:

"Sen, yalnız başına da gitsen tek bir tavşan bile bulamayacaksın, bundan emin olabilirsin. Bu ormanda tavşan yok."

"*Sen endişelenme,*" dedi Âfât, Tarık'ın omzuna vurarak, "*güneş batmadan önce iki tavşanla beraber geri döneceğim.*"

"*Fakat... Fakat ya kurtlar?*" diye kekeledi Tarık.

"*Dinle dostum, eğer kurtlardan korkuyorsan, şu büyük kayanın üzerine çık orada otur, amfitiyatronun üst bölümüne bakıyor o kaya,* dedi Âfât. *Her akşam, burada bir gösteri vardır. Fenerlerle aydınlatılır ve bekçiler gelir. Bu maceraya atılacak hiçbir kurt yoktur.*"

Tarık arkasını döndü ve kayayı incelemeye koyuldu. Tekrar Âfât'a doğru döndüğünde kimseyi göremedi. O, çoktan ortadan kaybolmuştu. Tarık onu takip etmeyi denedi fakat, Âfât çok uzaktan ona yerinde kalmasını işaret etti.

"***Orada otur, seni bıraktığım yerde bulacağım.***"

Tarık, çaresiz amfitiyatroya bakan kayanın üzerine tırmandı. O, daha kayaya tırmanmıştı ki, fenerlerin yandığını gördü. Uçurumun aşağısında taştan oyulmuş oturma yerlerinin yavaş yavaş dolmaya başladığını görebiliyordu. Kendisinden 50 ayak kadar aşağıda, sahnede bir adam sessizliği sağlamaya çalışıyordu.

Tarık onu tanıdı. Bu *Yorgos Kreon*'du. Şehrin en ünlü sanatçısı ve idarecisi olarak kabul ediliyordu. Devletin ta kendisiydi. Bu adamın bir diğer özelliği ise, Âfât'ın annesinin katili olmasıydı.

"*Bu durum Âfât'ın hoşuna gitmeyecek,*" dedi Tarık, derin bir nefes alarak.

"***Benim hoşuma gitmeyecek olan neymiş?***"

Tarık arkasını döndü.

"Hiç!" dedi.

Âfât'ın elinde iki tane tavşan vardı.

"Hiç' demekle ne demek istiyorsun?" Ve elindeki tavşanları çimlerin üzerine bıraktı.

"Ahaa, tavşanları buldun demek!" diyerek konuyu değiştirmeye çalıştı Tarık. *"Birkaç dakika içinde iki tane yakaladın, ha?"*

Âfât cevap vermedi ve uçurumun kenarına doğru yürüdü. Tarık onu tutmaya çalıştı:

"Dikkat et, geri çekil!"

Âfât'ın yüzü kıpkırmızı kesilmişti.

"Yorgos Kreon!" dedi yumruğunu sıkarak. ***"Ondan nefret ediyorum Tarık, bütün varlığımla ondan tiksiniyorum."***

"Evet, evet, biliyorum, çok iyi anlıyorum," diye seslendi Tarık, ağır bir ses tonuyla, alnından soğuk terler dökülüyordu. *"Oradan çekil, düşeceksin."*

"Kendimle alay ediyorum," dedi Âfât, dişlerini sıkarak. *"Birazcık şansım varsa tam onun üzerine düşerim."*

"Haydi, gel. Eğer oradan çekilirsen, söz veriyorum o herifin üzerine tüküreceğim."

Âfât'ın yüzünde bir mutluluk ifadesi oluştu.

"Ciddi mi söylüyorsun?"

"Tabii ki, kesinlikle."

"İnsan yanıltıcı bir kudrettir. Bu da onun sefaletini anlatır." Bunu yapabileceğinden pek emin değilim.

"Peki, çekil oradan şimdi."

Âfât geri çekildi. Onun durduğu yere Tarık geldi.

"Eğer isabet ettirebilirsen seninle gurur duyacağım."

Tarık boğazını temizledi, şeytanî bir gülüşle, 'izle' der

gibisinden, Âfât'ın karnına elinin tersiyle vurdu. İşaret parmağını diliyle ıslattı ve rüzgâra doğru tuttu. *Kreon* sahnenin üzerinde sağa sola gidip geliyordu. Tükürüğünü biriktirdi ve uçurumdan aşağı doğru bıraktı. Tükürük yavaş yavaş amfitiyatroya doğru indi. Âfât nefesini tutmuştu.

Hedefe ulaşılmıştı: *Kreon*'un kafası.

Âfât, tüm tiyatroyu inleten bir kahkaha patlattı. Büyük sanatçı, bekçiler ve dinleyicilerin hepsi başlarını yukarı kaldırdılar.

İki arkadaş derhâl oradan ayrıldılar.

"*Yakalayın onları!*" diye bağırdı *Kreon*.

Tarık muzaffer bir edayla, "*Hemen uzaklaşalım, amacımıza ulaştık,*" diyerek Âfât'ı kolundan çekti. "*Bana bir şey borçlu değil misin?*"

Tavşanları orada bırakarak ağaçların arasında kayboldular. Birkaç dakika sonra ormanın derinliklerindeydiler. Bu, *Kreon*'un aldığı ilk darbeydi ve bir sanatkâr için çok ağır sayılmalıydı...

* * *

Vakur şafak sökmeden önce uyanmıştı. Misafirleri derin bir uykudayken evden ayrıldı. Pencerenin kanatlarını açmış, efendisinin kahvaltısını hazırlamış ve alıp götürmüştü. Hizmetini bitirdiğinde güneş gökteki yerini *Nyx*'ten devralıyordu. Eve geri döndüğünde delikanlılar hâlâ uyuyorlardı.

Kısa bir süre sonra Tarık uyandı. Mahmur gözleriyle odayı taradı. Ocak, ihtiyar adam, uçurum... Âfât yorganı hemen üzerinden attı. Vakur orada değildi.

Güneş ışınları odayı iyice doldurmuştu. Âfât da oradaydı. Kaliteli yatakta uykusuna devam ediyordu. Tarık arkadaşının yanına oturdu. Yaralının şişkin gözleri hafifçe açıldı. Tarık sarsıldı. Sabahın canlı ışıklarının altında yaralar daha iyi seçilebiliyordu ve hâlâ ağırdılar.

"*Uyanık mısın?*"

Âfât'ın kirpikleri kıpırdadı. Şişmiş olan dudakları aralandı fakat ses çıkmadı. Kızgın gözleri tüllendi ve elleriyle yatağı sıktı. Tarık'ın yüzüne baktı ve mırıldadı:

"**Bana ne oldu?**"

"*Hişt konuşma,*" dedi Tarık, işaret parmağını dudaklarına götürerek. "*Vaktimiz yok.*"

"**Neredeyiz?**"

"*Sus,*" dedi tekrar Tarık sesini yükselterek. "*Dün akşam seni takip ettim. Hatırlıyor musun?*"

"**Beni takip mi ettin?**" diye sordu Âfât, metalik bir sesle. Korkmuş görünüyordu. Yataktan doğrulmaya çalıştı fakat yaraları ve bandajları buna izin vermedi. "**Bana ne oldu?**"

Tarık yavaşça başını salladı.

"*Dün gece olup bitenleri hatırlamıyor musun?*"

Âfât gözlerini yumdu ve umutsuz bir ses tonuyla bağırdı:

"**Hiçbir şey hatırlamıyorum!**"

"*Uçurum... Güney Tepesi'nin uçurumu... Hatırlamıyor musun?*"

Âfât'ın yüzü çaput gibi oldu.

"**Eee, ben, ben atladım, değil mi?**"

"*Evet, atladın,*" dedi Tarık, acı bir tebessümle. "*Neden*

atladın Âfât? Seni bu kadar mustarip kılan şey nedir? Yorgos Kreon mu?"

Odanın kapısı yavaşça açıldı ve Vakur içeri girdi. İki arkadaş toparlandılar. Vakur, içten bir duyguyla onları selâmladı.

"*Günaydın.*"

"*Günaydın,*" diye cevap verdi Tarık, çenesinin titrediği neredeyse fark ediliyordu.

Âfât, arkadaşına sorgulayıcı bir ifadeyle baktı.

"*Arkadaşını görmekten memnunum,*" dedi Vakur, hafif alaycı bir tonla.

"*Konuşmak için hâlâ halsiz, epey zayıf düşmüş,*" dedi Tarık.

Vakur'un gözleri uzaklara daldı. Âdeta dar patikalarda, uçurumların kenarlarında koşturuyordu.

"*Ben de öyle düşünüyorum, özellikle dün akşam olanlardan sonra. Ama kahvaltı onu yeniden hayata döndürecek ve belki de dilini çözecek.*" Yemek dolabını açtı. Mönüde yumurta, kızarmış ekmek, kavrulmuş mantar ve yabanî sarımsak vardı. (Kürtler bu sarımsağa Sir-û Sâ yani Köpek Sarımsağı derlerdi. İri ve acı bir sarımsak çeşidiydi ve malikânenin sahibi bu sarımsağa çok düşkündü. O nedenle, kocaman bahçenin bir bölümünde ekilmesini istemişti).

"*Nasıl, bunlar hoşunuza gider mi?*"

"*Evet, neden olmasın?*" dedi, Tarık, Vakur'un varlığından huzursuz olduğunu göstererek.

"*Çok güzel,*" diye cevapladı Vakur ve mutfağa geçti.

Tarık, Âfât'ın yatağının ayakucuna oturdu. Bir dakika kadar sonra Vakur elinde bir yiyecek çantası ve koltuğunun altında bir bağ odunla geri döndü. Ocağın önünde diz çöktü, körüğü harekete geçirdi. Biraz sonra tereyağı erimeye ve kokusu odaya yayılmaya başladı. Tarık burnunu çekti ve kokunun güzelliğinden etkilendiğini mimikleriyle dışa vurdu.

"Bir arkadaş," diye fısıldadı Âfât'a. "Bizi o kurtardı. Ona, senin uçurumdan atladığını söylemedim. Oradan düştüğünü söyledim. Bana inanmadı. Neden atladın?"

Âfât gözlerini çevirdi, acıyla derin bir nefes aldı.

"Ben... Ben hiçbir şey bilmiyorum." Kafasını iki yana salladı. "Bilemiyorum."

"Kreon'dan dolayı, değil mi?"

"Hem evet, hem hayır," diye cevap verdi Âfât güçlükle. "Evet, bir biçimde Kreon'dan dolayı. Umutsuzdum, hepsi bu. Hayır, çünkü başka bir şeyler var ve bunları izah edemiyorum. Klasik düşüncelerle, felsefe, mantık, akıl veya bilim yoluyla, maddî dünyanın standart verileriyle kolay kolay açıklayamadığım şeyler. Beynim, kafatasımdan dışarıya fırlayacak gibi oluyor. Cinnetin eşiğine gelip geri dönüyorum ve bir gün dönemeyeceğimi fark ediyorum. Her gün daha derin bir kuyuya sarkıyorum ve aklım kâfi gelmiyor. Kreon bir sebep fakat onun arkasında bilemediğim büyük bir sır var. Hissediyorum ancak en ufak bir fikrim yok. Bir cinnet mustatili..."

"Bunları senden ilk defa duyuyorum ve kafam iyice karışmaya başladı. Sana neler oluyor, bilemiyorum. Her neyse, yine de kendini salıvermemen gerekir. İnanıyorum ki, eninde sonunda intikamını alacaksın. Kreon, anneni katletmesinin bedelini er geç ödeyecek. Bu kesin."

"*Sen anlayamıyorsun.*" Âfât başını iki yana salladı ve doğrudan Tarık'ın gözlerinin içine baktı. "*Sence ne yapabilirim? Buna karşı mücadele etmeye çalıştığımı biliyorsun, kendimi terbiye etmek, intikam duygusundan kurtulmak için ne kadar uğraştığımı biliyorsun. Ancak, bir arpa boyu yol gidemediğim de ortada işte. Ne kadar utanç verici bir şey! Nerede olduğunu, nasıl işlediğini bilemediğim, benim dışımda bir bilinç bana şiddetle hâkim oluyor ve buna karşı en ufak bir direnç gösteremiyorum.*"

"Sana yardım edeceğim," dedi Tarık, arkadaşının elini sıkarak. Gözlerini kıstı. "*Kreon'un hesabını göreceğiz.*"

"*Mesele Kreon değil. O sadece bir perde, bir örtü,*" Âfât acıklı bir tebessümle Tarık'ın yüzüne baktı, "*Ah bir bilseydin işin giriftliğini,*" der gibi bir ifadeyi gizliyordu gülüşü. "*Yok, yok, pardon, haklısın, sorun Kreon. Kötülüğün kökeni Kreon.*"

Tarık, Vakur'a gözüyle işaret etti.

"*Vakur sana olup bitenler hakkında sorular soracak. Ona anlatırsın artık.*"

"*Ona olup biteni anlatmaya niyetim yok. Hem, ne değişebilir ki?*"

"*Öyleyse, bir hikâye uydur,*" dedi Tarık fısıldayarak.

Vakur, Âfât'ın dizlerinin üzerine büyük bir tahta tabak koydu. Bir tane de Tarık'a getirdi.

"*Arkadaşın Tarık, senin isminin Âfât olduğunu söyledi. Birden fazla felâketi üzerinde taşıyabildiğine göre güçlü bir adam olmalısın. Kızıl Bina'dan geliyorsunuz, değil mi? Sana, benim ismimi söylediğini zannetmiyorum. Adım Vakur Novalan. Asil bir Boşnak soyadı olduğu söylenir, şimdilerde pek kullanılmıyor. Hizmetindeyim."* Bir sandalye aldı ve Âfât'ın karşısına geçip oturdu.

Tarık haşlanmış yumurtaları ellerinde bir ucundan diğerine aktarmak suretiyle soğutmaya çalışıyordu. Sonra onları bir tabağın içine bıraktı. Çok sıcaktılar. Âfât da, utangaç bir gülüşle kahvaltıya saldırdı.

"Kızıl Bina size kahvaltı ve kap kacak vermiyor mu?" diye sordu Vakur.

"Kâselerde yiyoruz," diye cevap verdi Tarık. Âfât gülümsedi. Cildi gergin, göz kapakları morarmış ve yarı açık vaziyetteydi. Onun bu hâlini gören Tarık'ın iştahı kaçmıştı. Fakat fakirhane alışkanlıkları nedeniyle hızla tabağını tüketti.

"Belki, Âfât'ın biraz dinlenmesi gerekir. O..." dedi Tarık.

Vakur, elini Tarık'ın kolunun üzerine koydu.

"Yemek zorunda. Yoksa ayağa kalkamaz. Âfât, geçen gece uçurumun tepesindeyken seni harekete geçiren neydi?"

Âfât başını kaldırdı, ağzı mantar doluydu. Terbiyeli bir tebessümle baktı Vakur'un yüzüne. Yüzü karakalem bir eskiz gibiydi.

"Bu... Bu kişisel bir mesele."

"Sana sadece yardım etmek istiyorum," dedi Vakur. *"Bana güvenebilirsin. Neden aşağı atladın?"*

Âfât, Tarık'a göz ucuyla bir baktı ve kaşlarını kaldırdı.

"Bir tavşan avlıyordum."

Vakur'un yüzü soldu.

"Gecenin bir yarısı?!"

"Ya, ne zaman? Öksüzler ve yetimler ve tutunamayanlar için gece yarısı, avlanmak için en ideal zamandır. Tabii ki, başka şeyler için de..."

Vakur, sandalyenin arkalığına iyice yaslandı, bakışlarını Âfât'a sabitledi.

"O hâlde, tavşanı rampanın diğer tarafında avlıyorsun."

"Hayır."

"İyi o zaman, nasıl düştün?"

"*Tavşan yaralıydı. O nedenle peşine düştüm*," dedi, alaycı bir ifadeyle. "*Koştukça kovalıyordum. Tavşanlar böyledir. Rampanın kenarına kadar koştu, ona yaklaştım ve atladı.*"

"Sen de aynısını yapmaya mı karar verdin?"

"Hayır. Bu tavşanın sonu oldu, diye düşündüm. Fakat bilâhare, rampanın aşağısında beni çağıran hüzünlü sesini işittim."

Vakur yerinden doğruldu.

"Konuşan bir tavşan!"

"Evet, bir biçimde öyle!" dedi Âfât. Sonra, zorlukla yerinden doğrulmaya çalıştı ve Vakur'a yaklaşarak tahrik edici bir üslûpla sordu:

"Hiç kurt avına katıldın mı?"

Vakur garip bir ifadeyle Âfât'ın yüzüne baktı.

"Benim efendim bu tip sporlar için yeterince ihtiyar. Şimdi, tavşana geri dönelim."

Âfât kıs kıs güldü.

"Kurt avında avcılar bir düzine kadar tavşan kullanırlar. Şafak sökmeden, onların boyunlarına, kaçmaya teşebbüs ettikleri takdirde boğulacakları derecede sıkı birer ip bağlarlar. Tavşanların iplerini yere sabitlerler. Bunlar bir süre sonra bağırmaya başlarlar. Çığlıkları bütün ormanda yankılanır. Avcılar kulaklarını tıkarlar zira bu tiz çığlıklar kulak zarlarını yırtabilir.

Kurtlar hemen gelmezler. Onların gelişine kadar, 7-8 tavşan işkenceden geçer. Tavşanların çığlıkları kurtlar için yumuşak bir klasik müzik partisyonu etkisi yapar." Vakur yutkunur. *"Bir keresinde bir grup avcının bir kurt-adam gördüğünü duymuştum. Ancak onu ellerinden kaçırmışlar."*

Vakur ayağa kalktı ve kızgın bir ifadeyle;

"Bu kadarı yeter! Dün gece çığlık atan tavşanlar işitmedim. Senin çığlıklarını işittim."

"Yanılıyorsun, onun çığlıklarını da işitmiş olmalısın ve dahası, eğer o çığlıkları işitmiş olsaydın senin de derin bir acıyla bağıracağından eminim."

"İp olmadan, tavşanın arkasından atlamayı nasıl göze alabildin?"

Vakur rahatsız olmuştu ve ses tonunu yükseltti.

"Senin hayal gücün çok gelişkin Âfât."

"Hayır, değil. İlgisi yok. Çığlık atan tavşan 5 ayak aşağıda bir kayanın üzerinde duruyordu. Ona erişmeye çalıştım. Fakat kaydım ve aşağı düştüm."

"Tarık bir kestirmeden gittiğinizi söylemişti. O, seni rampanın kenarında yürümeye özendirmişti ve sen düşmüştün," diye itiraz etti, Vakur. Amacı, diyalogun seyrini yeniden kendi denetimine almaktı.

Âfât, ironik bir ifadeyle Tarık'ın yüzüne baktı.

"Bir kestirme?" Gülerek, *"A, evet. Nereye ulaşmak için? Bu yol hiçbir yere çıkmıyor ki! Bunu söylemekten sıkıldım, fakat Tarık ne söylediğini bilmiyor. Görüyorsun işte, beni takip etti. Hiç ara vermeden izledi. Daha ne?"*

"Eğer seni izlediyse, olup biteni görmüş olmalıydı."

"Görmüş olabileceği tek şey, uçuruma doğru koşuşum, rampaya sıçrayışım ve boşluğa düşüşümdür. Benim gibi çevik birinin bütün hareketlerini anı anına ve uzun süre izleyebileceğine gerçekten inanıyor musun?"

Kısa bir kahkahadan sonra Âfât kendini yatağın üzerine bıraktı.

Vakur iyice daralmıştı.

"İkimiz de biliyoruz ki, mesele bir tavşan değildi. Ancak, bana hakikati söylemek istemiyorsan o başka. Elimden bir şey gelirse yardımımı esirgemem. Bu ülke, habis güçlerin egemenliği altında, bunu iyi görmek gerekir. Sizlerin, bu güçlerin yolu üzerinde bulunduğunuzu hissediyorum. Bana güvenmezseniz yapacağım bir şey yok."

"Sana hakikati anlattım," dedi Âfât, omuzlarını silkerek.

Vakur kaşlarını kaldırdı ve ona doğru eğildi:

"Bana yaralarını göster."

Vakur, Âfât'ın baldırını saran bandı çözdü. Tarık, Vakur'un omuzlarının üzerinden yaraya bakıyordu. Önceki gün yara, kemiğe kadar açıktı; iri bir deri parçasından başka orayı örten bir doku yoktu.

Vakur soğukkanlı bir biçimde yaraya baktı sonra yüzünü Âfât'a çevirdi.

"Rafael'in ordusu bu gece seni ziyarete gelmiş olmalı."

Tarık, merakla sordu;

"O da kim?"

"Rafael büyük bir melektir, Arhanj dedikleri meleklerden. Arş Melekleri'nden biridir. Alûn Melekleri de denir. Onun ordusundan kastım da, emir melekleridir. Bunlar insanların sıhhatinden sorumludurlar."

Âfât pansumanlarla kaplı bedenini göstererek gülümsedi.

"Öyle bir halim mi var?"

Tarık başını kaşıdı.

"Belki de, geceleyin, meşalenin ışığında yaralar bize, olduklarından daha korkunç görünmüş olabilir.

Size elimden geldiği kadar yardımcı olmaya çalıştım. Fakat siz bana gerçeği söylemediniz... Gelecekte bana ihtiyacınız olursa beni nerede bulacağınızı biliyorsunuz. Sizi Kızıl Bina'ya götüreceğim. Eşyalarınızı toplayın ve giyinin."

* * *

Şahika Bender, ağzına kadar dolu kâselerin bulunduğu mutfak masasında oturuyordu. Fakirhanenin kuzinesinde kaynayan üç çorba tenceresinin arasında mekik dokuyan *Cabbar* isimli iri kıyım aşçının hâlini izlemekten hince bir keyif duyuyordu. Ocakta lahana çorbaları fokurduyordu. Mutfak pek temiz sayılmazdı.

"*Şahika hanım,*" dedi *Cabbar*, "*size en yakın olan tencereyi ocaktan alabilir misiniz, zahmet olmazsa.*"

Kadın, ayaklarını ritmik hareketlerle birbirine vurdu ve uzun bir kahkaha atarak ayağa kalktı.

"*Dul kaldığımda, biraz dinlenmeyi düşünüyordum, heyhat işe bakın ki, 100 tane fukara ile beraberim. Ne talihsiz biriyim! Senin kaderin de, Cabbar, onları doyurmak!*" Yeniden bir kahkaha patlattı. "*Sen de buralarda çürüyorsun işte.*"

Kadının kahkahalarından daralan *Cabbar* kahır dolu bir gülümseme fırlattı. Mutfak işleri *Cabbar*'ı fazla yormuyordu fakat Şahika hanımın tarzı onu çoğu zaman çileden çıkarıyordu.

"*İşini bilen bir aşçı, günlük bir tas çorbanın dışında da bu gereksiz yaratıkları beslemeyi bilir,*" dedi Şahika hanım duyarsızca.

"*Ne yapayım yani? Et bulmak için ava mı çıkayım? Sebze mi yetiştireyim? Bostan mı satın alayım?*"

Şahika hanım tencereyi ocaktan henüz indirmiş, masadaki yerine geri dönüyordu ki, siyah bir landonun fakirhanenin önünde durduğunu fark etti. Pencereye iyice yaklaştı ve camın buharını elinin tersiyle sildi. Tebessümü, hain bir sırıtmaya dönüştü. Daimî misafirlerinden ikisi, inatçı Âfât ve hayalperest Tarık, iki at tarafından çekilen zarif bir landondan iniyorlardı. Fakat onları takiben arabadan inen beyefendiyi görünce gözleri parladı. Hemen kapıya doğru seğirtti ve misafirler içeri girmeden evvel kapıyı ardına kadar açtı. Genç insanlar ve gizemli beyefendi bu beklenmedik ilgi karşısında çok şaşırdılar. Kadın, Vakur'a yöneldi, bir reverans yaptı, sonra sert bir biçimde elini sıktı.

"*Efendi, bir köleye ihtiyacın var mı? Been...*"

'Efendi' elini kadından kurtardı ve teklifi saçma bulduğunu yüz ifadesine yansıttı.

"Hayır, hanımefendi. Size bu iki genci getirdim."

"Gerçekten mi?" dedi alaylı bir gülüşle. "Onları satın alsanız daha iyi olmaz mıydı?"

"Hayır, hanımefendi," diye cevap verdi Vakur, soğuk bir edayla. "Bu gençler dün gece efendimin malikânesinin sınırları içinde yaralandılar ve..."

"Evet, yani bir özel mülkiyetin sınırlarını ihlâl ettiler!" biçiminde alaycı bir ifade kullandı, kadın, gözlerini kapayarak.

"Ve onları tekrar ait oldukları yere getirdim," dedi Vakur.

"İhlâl," diye tekrarladı kadın. "Sakin ol, efendi... Ne halt ettikleriyle bizzat ilgileneceğim."

"Cezalandırılmayacaklar," dedi adam, Âfât'ın kolundaki sargıları işaret ederek.

"Bu adam çok acı çekti. Eğer gözetmen veya herhangi biri onu cezalandırmaya kalkarsa bunun hesabını siz verirsiniz."

Kadın hafifçe sırıttı.

"Peki, başka bir sorunuz yoksa ayrılacağım," dedi Vakur ve arabaya döndü.

"Eğer sana bir faydam dokunursa, efendi..."

"İyi günler hanımefendi."

Vakur landon'a bindi, dizginleri eline aldı ve hareket etti.

* * *

Âfât yatakta uzanmış, bandajları sarkmış bir vaziyette geceyi seyrediyordu. Kendini, gücünü toplamış hissediyordu. Tarık ise melankolik bir ifadeyle ona bakıyordu.

"Bu maceradan iyi sıyrıldın Âfât."

Âfât yorganı gözlerine kadar çekti.

"Bu sabah bana intikamdan söz ettin."

"Evet, bu doğru..." diye cevapladı Tarık, umutlanarak.

"Vee, sanıyorum bu intikam fırsatını yakaladım. Bu yaz, ustalar yarışmasında Kreon'u tahrik etme fırsatı bulabilirsin."

Âfât bir kahkaha attı.

"Kreon, bu şehrin en büyük şarkıcısı, yani efendisi!"

Yuhanna İncili'nden bir pasaj okuyan bir papaz ciddiyetindeki Tarık arkadaşını kolundan tuttu.

"Âfât, sen ölüm şarkılarını ve bütün ölüm şiirlerini biliyorsun. Ve bu şehrin hatta bu ülkenin en iyi sesi sende. Onu alt edebilirsin."

"Ben, yarışmaya iştirak edemem," dedi Âfât öfkeyle.

"Sıradan bir yetimim. Daha da ötesi, katılımcıları Kreon belirliyor."

"O, senin kim olduğunu bilmeyecek bile. Bir maske takacaksın ve özel bir kostüm giyeceksin. Birçok katılımcı böyle yapıyor."

"Peki, maskeyle kostümü nereden bulacağım?"

"Sen, bana söyledin," dedi Tarık alaycı bir sesle, *"elbise bulmanın bin tane yolu olduğunu."*

"Aklını mı kaybettin sen?" dedi gülerek Âfât.

"Hiç de değil. Kreon'a duyduğun nefret seni intihara sürükledi. İntikamını almalısın. Bu, tek umudumuz."

Âfât derin bir nefes aldı.

"Şarkıyı çalışmam gerekiyor."

ÜÇÜNCÜ BÖLÜM

Büyük şarkıcı Kreon'un malikânesini kuşatan heybetli duvarın önünde durdular.

"İçeri nasıl girmeyi düşünüyorsun Âfât?" diye sordu Tarık. Bina bir kaleyi andırıyordu. Şehrin göbeğine tünemiş dev bir kuş, bir Anka gibi görünüyordu. Bütün şehre hâkim bir yerde duruyordu. Sekizgen yapısı, onun sadece damının görülmesine izin veriyordu. Binaya, kubbeli bir köprüden gidiliyordu ve bu köprü yüksek çitlerle çevriliydi. İki adam bu çitlerin hemen dışında bulunan çalıların kenarında gizlenmişlerdi.

"*Eşyayı cepheden görmek gerekir,*" dedi Âfât. "*Bu duvar en az 12 ayak yüksekliğinde. İster 12 ayak olsun, isterse de 12 metre. Oraya çıkmaya hiç niyetim yok.*"

"*O hâlde nasıl girmeyi düşünüyorsun?*"

"Atlamak...! veya düşmek..."

"Yalnızca kurbağalar bu işleri becerebilirler. Bizim de kurbağaya benzer bir hâlimiz yok."

"Çok fazla soru soruyorsun, bu senin fikrindi."

"Ben sana yarışma için bir kostüme ihtiyacın olduğunu söyledim fakat, bunu birisinden çalalım demedim!"

Âfât'ın canı sıkılmışa benziyordu.

"Bir ay boyunca beni maskeli bir yarışmaya katılmam konusunda bunalttın. En azından bu akşam için, bırak biraz eğleneyim. Sakin ol. Bak, bir araba geliyor."

Nalların sağır edici gürültüsü gitgide yaklaşıyordu. Çalıların başladığı dönemeçte siyah-yeşil bir arabayı çeken dört siyah küheylân belirdi. Arabacı siyah paltolu, kızıl kemerli, yün siyah tüylü şapkalı, iri bir adamdı. Arabanın arka tarafında aynı kıyafete sahip bir uşak küçük bir platformun üzerinde ayakta duruyordu.

"Arabanın arka tarafında bulunan boş basamağı görüyor musun?" diye eliyle işaret etti Âfât.

"Evet, sakın bana..."

"Kesinlikle öyle, bu basamak üzerinde malikâneye gireceğiz."

"Nee? Yerden iki parmak ve tekerleklerden bir parmak mesafedeki bir basamak üzerinde?"

"Aynen öyle," dedi Âfât.

Bu arada, araba kubbeli geçide doğru yaklaşıyordu.

"Sen belki hareket hâlindeki bir arabanın arka basamağına atlama konusunda çok çeviksin ama ben değilim. Ne yani, en ufak bir hatada tekerleklerin altında ezilmemi mi istiyorsun?"

"Hepsi bu kadar değil. Eğer başarırsan hareket hâlinde inmen de gerekecek, kapıya en yakın çalılığa saklanabilmen için."

"Reddediyorum."

"İstediğini yap!"

"Her şey çok açık, ben bu çılgınlığa atılamam."

Tarık tam kararını açıklıyordu ki, dört tane siyah küheylân tarafından çekilen büyük bir araba kıvılcımlar çıkararak yolun başında göründü. Arabanın içinden bas sesli bir erkeğin dokunaklı bir şarkı söylediği duyuluyordu. Tarık, Âfât'ı tutmaya çalıştı fakat artık çok geçti. Âfât kaşla göz arasında arka basamağa sıçradı.

Âfât huzursuzdu. Orada, perdenin arkasında bir gözün kendisini takip ettiğini hissediyordu. Dikkatle basamağın durumunu kontrol etti. Yere atlayacağı zaman arabanın en az sarsıntıyla yoluna devam etmesini istiyordu.

Araba, malikâneyle yolu birbirine bağlayan hareketli köprüye girdi. Malikâneye giriş yapıldıktan sonra kalın yapraklı ağaçlarla kaplı bir bahçeye ulaşıldı. Alçak bir dal, geçiş esnasında Âfât'a hafifçe dokundu. Bu dal, bahçenin büyüsüne kapılan Âfât için bir uyarı oldu ve ânî bir hareketle aşağı atladı ve kendini, yabanî asmalarla kaplı bir duvarın dibindeki çalıların arasında dört ayak üzerinde buldu. Derin bir nefes aldı. Bir yandan etrafı incelemeye çalışırken diğer yandan ellerindeki sıyrıklara bakıyordu.

Büyük şarkıcının parkı, bir bahçede bulunabilecek şeylerin çok üzerinde bir muhtevaya sahipti. Çimenler, patikalar, çeşmeler ve yer bitkileri sekizgen kalenin dörtte birini işgal ediyordu. Her yerde, malikâne lambalarla ve meşalelerle aydınlatılmıştı. İlk bakışta ışıkların ahenkli bir dans gösterisi sergiledikleri izlenimi ediniliyordu. Bu ışıklar, duvarlara çok ince mimarî tekniklerle oyulmuş girintilere yerleştirilmiş olan eski zaman zırhlı giysilerinin demir halkalarını maskeliyordu. Asma ve sarmaşıklarla örtülü duvarların altında küçük ağaçlar ve egzotik bitkiler, Kelt dansözlerini andırıyorlardı. Bütün yollar, bahçenin ortasında bir zümrüt gibi parlayan muhteşem çeşmeye çıkıyordu.

Bu göz kamaştırıcı manzaranın içinde meraklı şahsiyetler de vardı. Bazıları sıradan siyah bir palto giymişlerdi ve başlarında şapkalar bulunuyordu. Diğerleri, fantazmagorik motiflerle süslenmiş maskelerinin ardında bir gizem oluşturmaya çalışıyorlardı. Meselâ bir tanesi atmaca suretli bir maske takmıştı ve tüylerle kaplı bir şapkası vardı. Bir diğeri, balık başlı bir maske taşıyordu ve elbisesi pullarla kaplıydı. Enstrümanlarının akortlarını yapmakla meşgul olan müzisyenler bile maskeliydi.

Âfât'ın gördüğü her şey, büyülü lambalar, iştah kabartıcı yiyecekler, envai çeşit şarap, müzik ve şarkılar, onu çifte duyguya sürüklüyordu. Bir yandan rengârenk bir hayal âlemi içinde esrime hissi diğer yandan ezilen insanları düşündükçe artan bir kin ve nefret duygusu. Tam bir ambivalans içindeydi. Bu bahçe, bu malikâne bir gün bir fukaraya ait olabilir miydi? Eğer olursa bu bir devrim sayılabilir miydi? *Hayır, ne alâkası var, devrim kapsamlı bir süreçtir*, diye düşündü.

Parlak siyah araba, saklandığı yere bir adım mesafede

durdu. İnsanların konuşmalarına kulak kabarttı.

"*Güzel efendim, ta Kara Harabe'den buraya kadar bir yol yaptırmış olmanız ne kadar hoş,*" dedi aşırı frapan giyimli bir adam.

O sırada, arabadan parlak tunikli bir siluet indi. Eldivenlerini çıkardı. Hafif ve müzikal bir sesle şunları söyledi: "*Bekçileriniz arabamı tanıdığı için, bölgenizde seyahat etmenin maliyeti çok düştü.*"

Bu cümleden ne çıkartılması gerektiğini tam olarak anlayamayan muhatabı asabîce sırıttı. Adam yapay bir hayranlık ifadesiyle şunları eklemeyi ihmal etmedi:

"*Bu beyinsizlerin arabayı gasp etmek için durdurduklarını unutmaya henüz hazır değilim. Şimdi, muhafızların eğitimi* 'Efendi *Levi* için giriş serbest!' *cümlesiyle başlayacak.*"

Âfât'ın midesi bulanmaya başlamıştı. Bu iki adamı tanımıştı. 'Efendi Levi', *Aaron Levi*'den başkası değildi. Bildiği kadarıyla, Arasta'da 17 tane dükkânı vardı ve yağ ticareti ile uğraşıyordu. *Kidonia*'da büyük zeytinlikleri vardı. Aynı zamanda 'En büyük şarkıcı yarışmasına jüri üyesi olarak katılıyordu ve şehrin yönetimindeydi. Hakkında bir sürü gizemli hikâyeler anlatılıyordu.

Âfât birden bu adamın, annesinin eski bir arkadaşı olduğunu hatırladı. Şarkısını onun önünde söyleyecekti. *Kreon* da *Levi*'nin yanındaydı. Âfât uzun uzun düşmanına baktı. *Kreon* çok kaba ve çirkindi. Öne doğru çıkmış bir alın, yuvalarından fırlamış aşırı iri gözler, insanınkinden daha ziyade nasique adlı bir maymununkine benzer bir burun, ağız yerinde ise adeta derin bir yara... Garibe-i Hilkat...

Fakat yaşına göre çok dinç duruyordu. Bir de, gözlerinin etrafında koyu kahverengi halkalar dikkat çekiyordu.

Bu adam bir katil diye düşündü, Âfât büyük bir ıstırapla, *"Annemi öldürdü. Şu hâle bak, ne kadar memnun ve mağrur duruyor. İntikam mutlaka alınacaktır. Bu gece başlıyoruz."*

"Bu yıl yarışmalarda görev almayı düşünmüyorsun herhâlde," diye bir yorum yaptı Kreon, Levi'ye dönerek.

"*Senin iktidarından ziyade taşıdığın kana karşı bir iştah duyuyorum,*" dedi *Levi*.

Kreon, bu örtülü tehdit karşısında soğukkanlılığını korudu ve mükemmel bir manevrayla *Levi*'yi, tabiri caiz ise püskürttü:

"*Şöyle ya da böyle, hoş geldin.*"

Levi, buz gibi bir gülüşle, "*Mutlaka,*" diye cevap verdi.

Kreon kolunu *Levi*'nin omzuna koydu ve içeri doğru yürüdüler:

"*Uşağına söyle atları çözüp ahıra götürsün, biz leziz yemeklerin ve en kaliteli biraların tadına bakalım. Güzeller de eşlik etsinler.*"

"*Damak tadına güveniyorum Kreon, her ne kadar sen benim gusto anlayışıma anlam veremiyorsan da...*"

Âfât kendini toparladı, buraya intikamını almak için değil bir kostüm bulmak için gelmişti. En azından şimdi sırası değildi. Kreon'un kellesinin bedeninden ayrıldığını görmek kuşkusuz Âfât'ı mutlu ederdi fakat daha sonra muhafızlar aynı şeyi ona yapacaklardı. Plana göre hareket etmek en doğrusuydu.

Ayın görünür kıldığı bahçeleri gözden geçirdi. "*Acaba*

Tarık'ı beklemeli miyim?" diye sordu kendi kendine. *"Projelerimi boşa çıkarmasını istemiyorum ve gelmeyecek birini beklemenin bir anlamı yok. Lânet herif, muhtemelen gidip zıbarmıştır."*

Bir kostüm bulmak zorundaydı, bunun için de, hiçbir şeyin farkında olamayacak kadar sarhoş bir adam. Âfât bir aday aramaya başladı. Kafası iyice dumanlanmış olan bir grup davetli büyük çeşmenin etrafında laflıyorlardı. *Bana, yalnız biri gerekli, ortadan kayboluşu fark edilmemeli* diye düşündü Âfât.

Aradığı adamı bulmakta gecikmedi, kostümünü aldı ve bilâhare *Aaron Levi* ile ayaküstü tanışma fırsatını buldu. Birkaç cümle konuştular. Âfât ihtiyacı olan malzemelerle oradan ayrıldı.

DÖRDÜNCÜ BÖLÜM

Akşam karanlığında, Âfât amfitiyatroya girdi. Çocukluğunda, saatlerce bu amfitiyatronun tarihî taşları arasında oynardı. Bu akşam, alan seyircilerle dolup taşmıştı. Âfât, meşalelerle aydınlatılmış ve bayraklarla ve flamalarla donatılmış basamaklardan aşağıya indi. İçinde şehrin elitinin bulunduğu pahalı bir yarı-mağaranın önüne geldi. Bu tavernaya 'Kızıl Buz' adı verilmişti. Âfât içeri girmedi ve sahneye yöneldi.

"*Merhaba Gattopardo,*" diye selâmladı Âfât'ı, *Iulyâ Şarman.* Siyah saçları zarif, sakız beyazı elbisesinin omuzlarına dökülüyordu. Kadının gözleri elmas gibi parlıyor, kızıl dudakları tebessüm eylemlerini gerçekleştiriyordu.

"*Seni bu akşam burada görmeyi bekliyordum Gattopardo,*" diye devam etti genç kadın. Sözleri parfümeydi.

"**Ben de,**" diye cevap verdi Âfât, gözlerini kadından ayırmadan.

"*Hava serin,*" dedi ve Âfât'ın koluna girdi. "*Bana sarılmak ister miydin?*" diye devam etti.

Âfât bir süre tereddütte kaldı. Sonra kadına sıkı sıkı sarıldı. Genç kadının solunum kasları zorlanmaya başlamıştı. Âfât'ı hafifçe geriye doğru iterek kaslarının görevlerini rahatça yapabilmeleri için küçük bir mesafe kazandı. Âfât, kadının sarhoş edici nefesinden çok etkilendi ve büyük bir acı duydu. Ruhunda altüst oluşlar birbirini izledi. Sefaletle ihtişam arasında gidip geliyordu. Koku ise köprü oluşturuyordu.

Aniden, Âfât dişlerini hafifçe kadının dudaklarına geçirdi ve dudaklardan sızan bir miktar kan Âfât'ın ağzında ılık bir mecra buldu. Kadın geriye doğru çekilmek istedi fakat kendini alamadı. İkinci hedef kadının albatros zarafetindeki boynuydu ve köpek dişleri *karotid topları*na saplandı.

Kızıl bir huzme bembeyaz ipek elbisenin içine nüfuz etti. Kadının yutak bölgesi alev alevdi.

Âfât daha fazlasını istiyordu. Dişlerini daha derine götürdü. Isırıklar birbirini izledi. Kadının öleceğini biliyordu fakat kendini engelleyemiyordu. Dişler boyun omurlarına kadar ulaştı.

* * *

Âfât yatağından fırladı. Bu bir kâbustu. Belki de bir yakaza. Soluk soluğa kalmıştı.

"*Lânet olsun, kaderimden nefret ediyorum!*"

Tarık da uyandı, dirseğinin üzerine dayandı ve gözlerini ovuşturdu. Sonra oturdu ve gözleri uzaklara daldı.

"*Kâbus mu?*" diye sordu.

Âfât yorganı başına çekti.

"*Evet.*"

Tarık gözlerini kapadı. Ayın mavimsi ışığı onu rahatlatıyordu.

"*Ben de bir kâbus gördüm. Yarınki yarışmanın etkisiyle olsa gerek. Kan gördüm. Bembeyaz bir ipek elbise üzerinde bir damla kan. Sen... Her neyse.*"

O da yorganın altına girdi. Ağustos böceklerinin tartışmaları artık daha rahat işitiliyordu.

Yarışma sabahında Âfât güçlükle uyanabildi. Amfitiyatroya vardığında hâkimiyet Ay'a geçmişti. Âfât'ın hararetiyükseldi.

Maskesinin altında, "*Gerçekten de böyle olması mı gerekiyordu?*" diye sordu kendine, "*özellikle de bu gece.*"

Tarık müşfik bir şekilde elini Âfât'ın omzuna koydu.

"*Âfât, benim içeri girmeme izin vermezler. Seni rahatça görebileceğim bir köşeye gideceğim. Bir dakika, söylesene şurada oturan, kutlamalarda karşılaştığın genç kadın değil mi?*"

"*Hangi genç kadın?*"

"Konuşmaktan bir türlü kendini alamadığın kadın, İulyâ."
Birkaç basamak aşağıda, sahnenin tam karşısında oturuyordu. Âfât onu hemen tanıdı. İpek beyaz bir elbise giymişti. Âfât gördüğü rüyayı hatırladı. Maske çekilmez olmuştu ve birden çok vahşî bir iştah çenelerini, bir kedinin güvercini gördüğünde girdiği konvülsiyon moduna soktu.

"Haydi git, onunla konuş. Onu tekrar görme isteğin olduğunu biliyorum," dedi Tarık.

Âfât üç basamak aşağı indi ve donup kaldı. Kasları sızlamaya başladı. Yabancısı olduğu bir hâlle karşı karşıyaydı. Gülümseyen maskının ardında dişlerini sıktı. **Onun yanına gidemem,** diye düşündü.

İulyâ gülümseyerek başını Âfât'a doğru çevirdi. Âfât, onun yanına gitmesi gerektiği konusunda ikna oldu.

"Son karşılaşmamızdan bu yana bacağının iyileştiğini görüyorum," dedi genç kadın.

Âfât kadının elini öptü.

"Evet çok daha iyi. Bunu size borçluyum."

"Başkaları da sana yardım etti, ayağa kalkabilmen için," dedi genç kadın gülümseyerek.

"Beni ayağa kaldırmakla, bana tedaviye cevap verme coşkusu aşılamak ayrı şeyler," dedi Âfât maskesini kaldırarak.

"Yaranın enfekte olmamasına çok şaşırdım. Dayımın köpekleri genelde yaralı bir bacaktan hoşlanmıyorlar."

"Büyük ustanın böyle vahşî köpekler beslemesi de çok ilginç."

*"Genelde, sadece hırsızları ve katilleri hedeflerler. Köpeklerin

sana neden saldırdıklarını anlamaya çalışıyorum."

"Herhâlde beni de hırsız sandılar. Amacım Kreon'un yerini almak."

"Gerçekten mi?"

"Evet. Fakat senin alkışlarını alabilirsem, insanların en bahtiyarı ben olurum."

"Bu şehirde saçları seninki kadar parlak ve siyah birinin bulunması garip. Bu karakteristik özelliklere sahip olan sadece bir aile tanıyorum."

"Belki aynı soydan geliyoruzdur."

"Belki de, birbirimizle karşılaşmamız kaderin gereğidir."

Bir el Âfât'ın omzunu kavradı. Şehrin idarecilerinden biriydi.

"Şarkıcılar Kızıl Buz'da toplandılar. Bir sen eksiksin."

Âfât, gözlerini kadından ayıramadı.

"Bu akşam seni malikânede 'Baş şarkıcı' olarak kabul etmeyi ümit ediyorum."

"Göreceğiz," dedi Âfât ve birden kadının üzerine atlayıp onu dudaklarından öptü.

İulyâ›nın gözleri fal taşı gibi açılmıştı.

Âfât geri çekildi. Kalabalığı yararak yürürken, *"Acaba ona sarılmam bir hata mı oldu?"* diye sordu kendi kendine.

Aniden, birisi yavaşça kolundan çekti. Bu İulyâ idi ve Âfât›ı kendine doğru çekti.

"Sakın orada bulunanlarla yüzgöz olma ve içki içme!" diye fısıldadı.

İulyâ, Âfât›ın ardından uzun uzun baktı.

Kızıl Buz, Âfât'ın daha önce hiç görmediği türden bir

mağaraydı. Duvarlar ve tavan kızıl ve yeşil quartzla kaplıydı. Meşale ışıkları içinde yanıp sönen lambalara benzer parıltılar oluşuyordu. Alkol ve parfüm kokuları birbirine karışmıştı.

Put suretli bir kız Âfât'a yaklaştı:

"*Senin ismin ne?*"

"*Gattopardo*," diye cevapladı Âfât.

"*Ah, işte burada,*" dedi kayıtlara bakarak. "*Kızıl Buz'a hoşgeldiniz, Gattopardo Efendi.*"

Âfât, içicilerle işgal edilmiş masaların arasından ilerledi. Kızıl kristalden imal edilmiş bir sütunun üzerinde yuvarlak bir tezgâhın yanına geldi. Tezgâhın üzerinde birçok özel meze bulunuyordu. Hemen yanı başında *Yorgos Kreon* oturuyordu. Kadehini Âfât'a doğru kaldırdı.

"*Bir dakikanızı rica ediyorum.*" Herkes susmuştu. "*Hostesimiz son yarışmacının da aramızda bulunduğunu haber verdi.*" Hazirûn, tezgâhın üzerinden bir kadeh içki aldı, Âfât hariç. İulyâ›nın uyarısı aklındaydı. Sonra oradan teker teker uzaklaştılar. Tezgâhın üzerinde tek bir kadeh kalmamıştı.

Kreon ciddi bir ifade takındı:

"*Aramızdan biri kadehini almadı. Kimdir o? Herhangi birisi şarkısına başlamadan evvel herkesin kadehinin ellerinde olduğunu görmek istiyorum.*"

Âfât tezgâha yaklaştı.

"*Hâ, sen misin Gattopardo,*" dedi *Kreon*, aşağılayıcı bir ifadeyle. "*Hata olmasını istemiyorum. Hep birlikte hareket edelim.*" Kadehini kaldırdı ve geleneksel sözleri söylemeye başladı. "*Mutlu bir gönülle nûş edip hırahmân olalım. Zafer tacını taka-*

masak bile, mutlu mağluplardan olalım."
Kadehler birbirlerine temas ettiler ve hemen boşaldılar. Âfât'ın kadehi ise parmaklarının arasından kayıp gitti. Yere düşen kadehten çıkan ses kubbede yankılandı. *Kreon'*un yüzü sapsarı kesildi.
"Beceriksizliğimi mazur görün," dedi Âfât. *"Bir kadeh ver,"* diye ekledi hostese dönerek.
Hostes hemen bir kadeh koydu tezgâhın üzerine ve Âfât bir dikişte kadehi bitirdi.
Artık sahneye geçilmişti. *Kreon* konuşmasına başladı:
"Kış öldü, bahar öldü, Yaz ortasının gecesi sonsuzdur! Ülkemiz bir kahramanlar toprağıdır. Ozanlar coğrafyasıdır burası. Ay'ın bahşettiği yaz ortası gecesinde şarkılarımızı yarıştıracağız. Kahramanlarımızı seçeceğiz!"
Alkış işareti verildi. Kitle alkış tufanını başlattı.
"Kim bizim üzerimizde hâkimiyet kuracak? Aranızda virtüöz olan kim? Kim bu hayatın büyücüsü? Bu gece bize bunu gösterecek! Ozanlar başlasın artık!"
Ortalığı bir kakafoni kapladı. Ardı ardına şarkıcı müsveddeleri şarkı böğürüyorlardı. Şarkısını bitiren yarışmacı seyircilerin arasına karışıyordu. Kırmızı elbiseli bir adam bas sesle bir şarkı söylüyordu. Kraliyet zırhıyla sahneye gelen iri bir adam seyircinin tepkisiyle şarkısını yarıda kesmek zorunda kaldı. Tüylerle kaplı elbisesiyle bir tenor yolunun üzerinde gördüğü genç kızlara sarılıyor, soytarılıklar yapıyordu. Âfât henüz ortada yoktu.
Nihayet en son sırada Âfât sahnede göründü. Sahnede öylece, hareketsiz duruyor, şarkı da söylemiyordu. Nefes

almakta bile zorluk çekiyordu.

Tarık dudaklarını ısırmaya başladı.

"Aç ağzını artık Âfât!"

Âfât donmuştu adeta. Tarık çılgına döndü ve bağırmaya başladı:

"İntikam Âfât, intikam!"

Tarık'ın sözleri Âfât'ı etkilemiş görünüyordu. Kollarını kaldırdı ve derin bir nefes aldı. Sonra, şarkısını söylemeye başladı. Mükemmel sesi, seyircileri büyüledi. Herkes neredeyse donup kalmıştı. Bu melankolik ses bir kurdun acıklı ağlayışına benziyordu. Alkışlar dinmedi. Yeteneksiz şarkıcılar birer birer *Kızıl Buz*'a yöneldiler. Yarışmanın birinci bölümü sona ermiş ve finalistlerin açıklanmasına sıra gelmişti.

Kreon sonuçları açıkladı:

"Efendi Aaron Levi'nin talebesi Gattopardo, Gürkân Olyan, Elhân Tezer, Selîm Yakub ve Rengin Halûk Beratî." Büyük bir sessizlik oldu. Âfât yavaş yavaş sahnenin ortasına geldi ve halkı selâmladı. Tarık gözlerini kapadı ve delice alkışlamaya başladı. Bu ikinci bölümde finalistler kendilerini tanıtmaya çalışacak fakat diğerleri de onları eleştirebilecekti.

BEŞİNCİ BÖLÜM

Yarım saat kadar sonra bu adaylar tekrar sahneye geldiler. Âfât en son adaydı. *Kreon* sahnenin önüne geldi; *"İkinci tur başlıyor. Söyle bakalım Gürkân Olyan, senin gücün neye yeter, zaferi kazanırsan bu şehri nasıl yöneteceksin?"*
Kaslı, yeşil kıyafetli bir adam bir adım öne çıktı.
"Gücümü şehrin büyük efendilerinden alıyorum. Seçilmiş olmam bunun ispatıdır."
"Doğru, 20 yıldır efendi benim," dedi *Kreon*.
Finalistlerden biri, fıçı biçiminde giyinmiş olan *Elhân Tezer* alaylı bir ifadeyle sordu:
"Söyle bize büyük efendi, yoksa görevinden ayrılmaya mı zorlandın? Birileri seni tehdit mi etti?"
"Ben sana söyleyeyim," diyerek *Elhân'*ın sözünü kesti

Âfât. *"Çünkü o, kadınlar üzerinde egemenlik kurmayı çok sever."*

Gürkân Olyan protesto eder bir cümle kurdu:

"Ben, büyük efendinin sarsılmaz dürüstlüğünün şahidiyim."

"Seninki iktidar aşkı," dedi Âfât.

(Gülüşmeler).

"Sen bunu nasıl bilebilirsin, sanat ve edebiyat ikliminde bilinmiyorsun bile," diye cevapladı *Gürkân*.

"Çocuklar bile senin sömürgenliğinden haberdar!" dedi Âfât.

Gürkân Olyan taktik değiştirdi:

"Öyleyse beni ikna et. Eğer bir insan kadınlar üzerinde hükmetme kapasitesine sahip ise – ki, onlar ilâhların en hayranlık uyandıran, en karmaşık ve en gizemli yaratıklarıdır – neden şehrin idaresinde söz sahibi olmasın. Zira, şehir en üstün ve en güzel kadındır."

"Fakat sen evlilik kurumuna saygısı olan biri değilsin! Şehir senin metresin mi olacak yoksa meşru eşin mi?" diye sordu, efemine bir delikanlı olan Rengin.

"Âşık bir koca gibi olacağım. Bu şehir buna lâyık. Ona sadık kalacağım."

"Evet, tabii, arkadaşlarının masasında," diye yorumladı Âfât.

"Sen bu şehir hakkında hiçbir şey bilmiyorsun, şaşkın kedi. Benim hakkımda da bildiğin bir şey yok."

"Yanılıyorsun, her ikinizi de tahmin edebileceğinden daha fazla tanıyorum. Şehrin üzerinde bir koca gibi hâkim olmak istiyorsun. Fakat bu şehrin hükmedilmeye ihtiyacı

yok! Şehir, parasını verip istediğini yapacağın bir fahişe değil. O, baldırı çıplakların anasıdır. Etrafını kuşatmış, şu dimdik duran kadınlara bak. Onları gerçekten yönetmek istiyor musun? İşte onlar şehrin ta kendisidir. Senin gibi bir zavallı onları nasıl yönetebilir, aslında onların seni yönetmesi lâzım."

(Alkışlar).

Kreon, öfkeli bir vaziyette boğazını temizledi ve diğer bir finaliste geçti:

"Elhân Tezer, sen ne diyeceksin, marifetin ne olacak?"

Geniş omuzlu aday, kocaman ağzını yayarak gülümsedi.

"Ben bir tüccarım, bu şehrin bütün sakinlerini üretken kılmak isterim."

"Hiç kuşkum yok!" dedi Âfât. *"Hatta yetimlerin ve fukaranın ürettiklerini sömürecek kadar hızlısın."*

"Şehrin bütün yoksullarına iş vereceğim."

"Sen onlara zaten iş verdin," dedi Âfât. *"Fakat henüz emeklerinin karşılığını vermedin. Ne zaman ödemeyi düşünüyorsun?"*

"Onları ılımlı bir biçimde kamçılamak aslında bir inceliktir," dedi *Gürkân Olyan*.

"Evet, hepsinin parasını ödeyeceğim. Şehrin serveti herkesi zengin etmeye yeter de artar."

"Şehrin zenginliği halkıdır, para değil," diye cevaplandırdı Âfât. *"Hangi ticari değerin bir ruhu vardır, hangisi akıp giden zamana karşı direnebilir, hangi maddî varlık tükenmez Elhân Tezer? Bunu bildiğinden emin misin?"*

"Ben verimliliği teklif ediyorum Gattopardo, parayı değil,"

diye cevap verdi *Elhân Tezer.* "*Bu şehrin geleceğinde, komşular dayanışacak ve zengin yoksulu destekleyecek.*"

"*Ensesinde ölüm cezası olduğu hâlde,*" diye atıldı *Rengin.*

"**Gürkân Olyan egemen bir koca olacak ve sen de mütecaviz ve vicdansız bir baba!**" diye bağırdı Âfât. "**Halka zulmederek hizmet veremezsin.**"

(Alkışlar).

Âfât'ın ısırgan müdahaleleri izleyicilerin hoşuna gidiyordu. Bunun üzerine yarışmacılar ona yöneldiler:

"*Gattopardo, peki sen söyle bakalım. Bu şehir sana emanet edilse, sen nasıl idare edersin?*"

Âfât hemen cevap vermedi. Halkın dikkatini yoğunlaştırmasını bekledi ve konuştu:

"**Beni kuşatan halkın yüreğidir.**"

İlk saldırıya geçen *Gürkân Olyan* oldu:

"*Senin kalbini çalan aynı zamanda kafanı da kırmış...*"

"**Kırılmış bir kafa, kafasızlıktan evlâdır fakat senin bunu anlayabileceğini zannetmiyorum.**"

"*Çatlak bir kafa yarım yamalak çalışır,*" diye söylendi, *Gürkân Olyan.*

"**Bu konuda bir örneğimiz var: Yorgos Kreon. O, zenginleri daha zengin ve fakirleri daha fakir kılıyor. Ben, çatlak kafamla zenginleri ve fakirleri birlikte düşüneceğim.**"

"*Senin kafan nasıl çatladı? Birden fazla defa yere mi düştün?*" diye sordu *Elhân Tezer.*

"**Kalbimi kıran şey kafamı da kırdı. Senin de göğsünün içinde bir yüreğin olsa idi ne dediğimi anlayacaktın.**"

"*Yüreğini neden bir maskenin arkasına saklıyorsun?*" diye

sordu *Halûk Beratî*.
"*Değerli Halûk, yüzler yalan söyler, doğruyu söyleyen kalbin ta kendisidir. Ağız, kalbin taşmasından söyler. Umarım bu akşam senin yüzündeki yalanı benim kalbimin doğrusu örter.*"
Rengin patladı:
"*Sen, sevgili Kreon'u mahkûm ediyorsun, değil mi?*"
Âfât elini kalbine koydu:
"*Ben...*"
Sesi çatallandı, hafifçe öksürdü:
"*Ben Yorgos Kreon'u, bir oğlun babasını sevdiği kadar seviyorum. Peki ama sen Rengin, efendinin yerine geçebilmek için neden bin bir takla atıyorsun?*"
"*Bu kadar yeter!*"
Yorgos Kreon'un tok sesi bütün amfitiyatroya yayıldı. Herkese, sahnenin gerisine doğru çekilmelerini işaret etti. Beklenenin dışında fazla çekişmeli geçmeyen kısa sayılabilecek bir final sürecinin neticesinde *Kreon* beş finalist arasından birinci olup şehrin idaresi için son aşamaya gelen ismi hızla açıklama eğilimindeydi. Açıkladı:
"*Efendi Gattopardo!*"
Âfât yarışmayı kazanmıştı. Geri kalan, şehir ekâbirinin eş deyişle efendilerin manevî onayı olacaktı.
Âfât, *Kızıl Buz*'da bir masada yalnız başına oturuyordu. İçten bir ses onu yalnızlığından uyandırdı:
"*Bu şeytan çocuk, talebelerimin en iyisi.*"
Âfât maskını indirdi ve tek parçalı gözlük taşıyan bıyıklı bir adamla karşılaştı.

"İyi akşamlar efendi Levi. Benimle iftihar ettiğini umuyorum."

Birden, Aaron Levi'nin bakışlarında iblisvarî bir ışıma gördü.

"Yargımı yarına, senin idareci efendi olarak ilân edileceğin güne saklıyorum."

'İdareci Efendi ilân edileceğin zaman'... Bu sözler Âfât'ın kulaklarında yankılandı ve uzun süre garip duygular yaşadı. Onun derdi şehri yönetmek değil, intikam almaktı. İşin bu noktaya geleceğini hayal bile etmemişti.

"Özgürce kaybetmeyi düşünüyordum. Bana, büyük usta olmanın, ustalığımı öldüreceğini söylemiştin."

"Evet, bu göreve kendini kaptırdığın takdirde, bu doğru Efendi Gattopardo! Sadece bu varsayım çerçevesinde! İdarecilik senin ustalığını harap eder, ruhunu derinden yaralar. Ama görevin yarın tescil edilmezse ustalığın sana kalacak."

"İyi ya, kazansam da kaybetsem de haklarım efendime geçecek. Sen bana iyi bir eğitim verseydin, belki benim sanat ustalığım tescil edilirdi."

Levi cevap vermedi. Gözleri ışıldıyor, dudaklarında meraklı bir tebessüm dolaşıyordu.

"Eğer idareciliğin tescil edilirse, eğitimin hakkında yeniden konuşalım Efendi Gattopardo. Sesine dikkat et, içki içme!"

Levi, loş kubbenin altında kaybolup gitti.

Hemen sonra, aniden dev bir gölge peyda oldu, Âfât'ın arkasında. Kan ter içinde fıçı gibi bir adam yanındaki sandalyeye çöktü. Haddehane körüğü gibi soluk alıp veriyordu.

"Başka boş masalar da var," dedi Âfât.

"*Ne o, yoksa benimle içmeyi red mi ediyorsun?*" diye söylendi adam. Elini Âfât'ın omzuna koydu. Kreon, diğerlerinin sıhhatine kadeh kaldırmadığını söyledi. "*Bakalım, şu kadehi yuvarladıktan sonra neler olacak? Bunu boşaltmadan buradan gitmeyeceğiz.*" Kaba bir biçimde Âfât'ın maskesini indirdi ve Âfât'ın alnı kanamaya başladı. Bir eliyle Âfât'ın başını geriye doğru çekti diğer eliyle kadehi ağzına dayadı. Alnından akan kan ağzına ulaşan Âfât'ın duygulanımı birden değişti ve bütün öfkesi ellerinde yoğunlaştı ve parmakları adeta birer Yemen hançerine dönüşüp adamın yüzünde ışık hızıyla dolaşmaya başladı. Kısa bir sürede adam bir külçe gibi devrildi. Artık *isimsiz*di ve anılmayacaklar arasına katıldı. Yüzünü kimse hatırlamayacaktı.

"*Şimdi üçüncü hesaplaşmanın sırası geldi!*" diye bağırdı Âfât ve amfitiyatroya doğru yürüdü.

Tarık, heyecanlı bir biçimde, Âfât ile *Kreon*'un sahnede bulunduklarını fark edebildi. İlk iki eleme sırasında arkadaşını can-ı gönülden desteklemişti fakat bu üçüncü aşamada kaybetmesini istiyordu. Âfât, şehri nasıl yönetebilirdi? Her şeyden evvel genç bir insandı. Muhafızlar ona itaat etmeyebilir, dikkate almayabilirlerdi. O zaman ne olacaktı? Ya şehrin egemenleri baş kaldırırlarsa ve daha da kötüsü onun bir yetim olduğunu anlarlarsa neler yaşanacaktı?

Kreon sahnenin ortasına doğru ilerledi. Kırılgan bir edası olduğu gözleniyordu. Basit ve sıradan bir ölümlü gibiydi. Âfât'ın tarif ettiği olumsuz yarı-tanrı'dan eser yoktu. Sesler kesildi ve *Kreon* halkın en çok sevdiği güfte olan *Ninive Baladı*'nı seslendirmeye başladı. *Kreon*'un güçlü sesi, Niniveli talihsiz prensesin tarihî hikâyesini seslendirdi. Hayvanların ve yeryüzünün büyük dostu olan bu prenses, nefret duygusunu bilmezdi. İlâhe Artemis›ten farkı buydu. Ona sahip olmak isteyen *Kutsal Sular*'ın ruhuna av olan prenses onların lideri *Mâav*'dan bir oğlan bir de kız çocuk sahibi oldu. Her ikisini de babalarına emanet etti ve kaderinden kaçmak isterken, gölün şeffaf alanını kat etti.

Alkışlar amfitiyatroyu doldurdu. Sıra Âfât'a geldi. Yürüyüşünün zayıflığı ile maskesinin dinamik gülüşü birbirlerini çeliyorlardı. Şarkıya başlamak için kolunu havaya kaldırdı fakat sesi boğuklaştı. Derin bir sessizlik oldu. Yavaş yavaş maskesini indirmeye başladı ve yere fırlattı. Alnındaki derin yaradan sızan kan bütün yüzüne yayılmış, kızıl doğal yeni bir maske oluşmuştu. Bakışlarını Kreon'un üzerine yoğunlaştırdı. Sessizliği yırtan bir tonla şarkısına başladı.

"Bizimkine çok benzeyen bir şehirde kurnaz ama akıl yoksunu bir usta şarkıcı yaşıyordu. Yurttaşların mutsuzluğu üzerine kurulu duygu ve heyecan kurgusuna sahipti. Lüks ve sefahat içinde, ülkesini terk etmeye zorlanan güzeller güzeli bir mülteci prensesi iğfal etti bu 'usta'. Kader, lâneti onun eline bir eldiven kıldı: Onu, masumların kanıyla beslenen bir vahşi yaratığa dönüştürdü."

Kreon kıpkırmızı kesilmişti. Âfât devam etti.

"Fenalığına ve lânetine rağmen, prenses onu seviyordu. Fakat oğulları, babasıyla aynı kaderi hak etmiyordu. Büyük Şarkıcı, prensesten, eğer oğlu lânetlilik işareti taşıyorsa onu öldürmesini talep etti. Prenses bir şey söylemedi fakat oğlunun hayatından endişe ettiğinden, babasına hiçbir

şey bilgi vermemeye karar verdi. Fakat Usta Şarkıcı'nın yüreğinde saplı duran ihanet ve fesat o kadar köklüydü ki, eşine inanmadı. Çocuktaki en ufak bir anormal işareti gözlüyordu. Çocuk 6 yaşına geldiğinde, semptomlar ortaya çıktı; lânetliydi! Bir muhafızı görevlendirdi ve prenses ile oğlunun kaldığı odayı ateşe vermesini emretti. Prenses yanarak can verdi, oğlu ise kurtuldu. Şerbetliydi. Alevler ona dokunmuyordu."

Âfât durdu ve kin dolu gözlerle *Kreon*'a baktı. *Kreon* dehşet içerisindeydi. Âfât sürdürdü.

"Oğlan, çocukluğunun geri kalan kısmını bir fakirhanede, pireler ve fareler arasında geçirdi. İntikam duygusunu bir an olsun yitirmedi. Taşıdığı lâneti bir güç olarak kullanmayı öğrendi ve planlarını icra etmeye başladı."

Baş Şarkıcı sahnenin kenarına geldi ve muhafızları çağırdı. Âfât mutlu olmuştu. Bu anı bekliyordu...

"Bir yaz gecesi, dolunay her tarafı laciverde boyamış. Oğlu babasıyla karşı karşıya ve onun aklını almaya gelmiş. O gece de kaderle bağlı olduğu güçleri yanına çağırmıştı. Bu kez aynı güçler oğlun yanında. Oğul babasını öldürür ve halkı 20 senelik lânetten kurtarır."

Âfât sustu. Çıt çıkmıyordu. Maskeyi yerden aldı ve yüzüne yerleştirdi ve halkı selâmladı. Her tarafı bir ürküntü kaplamıştı.

Kreon, Âfât'ın annesini ateşe atmış ama oğlan kurtulmuştu ve şimdi intikam saatiydi. Tarık, babaya kilitlenmişti. *Kreon*, muhafızlardan örülü duvarın arkasında duruyordu. Âfât gözünü ona dikmişti.

Çalıların ortasından bir çığlık duyuldu:

"*Kreon! Kreon!*"

Herkes başını o tarafa çevirdi. Tarık hariç.

Âfât son bir kez topluluğun önünde eğildi ve yavaş yavaş sahneyi kat etti. Çalıların yanına gitti ve basamakları çıktı. Tarık'ın yanına ulaştı.

ALTINCI BÖLÜM

"*Saçmalama Âfât, bana alnını göster,*" dedi Tarık. Alacakaranlıkta arkadaşının yarasını muayene etti ve sordu:

"*Sana buna yapanı adam bir daha görsen tanır mısın?*"

"*Onu kimsenin tanıyabileceğini sanmıyorum. Belki maske takmak gerekir. Endişelerimin en yenisi ve en yakıcısı kapıya geldi. En şiddetli hislerimi Kreon'a saklıyorum. Ne kadar çıldırdığını fark ettin mi?*"

"*Herkes bunu gördü Âfât. Onu çok korkuttun. 20 yıldır ilk defa böylesine korku duyuyor. Sen onun en büyük rakibi oldun. Onu neredeyse bitirdin.*"

"*Sahtekârlık yapmasaydı şimdiye kadar tamamen yok olacaktı. Dostum, artık yetim elbiselerini giyemem...*"

Tarık lafını kesti:

"Âfât, anlattığın hikâye gerçek mi?"

"Hangi hikâye?"

"Kreon'un karısını öldürdüğü ve oğlunun yetim kaldığı hikâyesi. Sen, anneni öldürdüğü için Kreon'dan nefret ettiğini söylüyordun..."

"Kesin olan bir şey var, doğru veya yanlış, hikâye işlev kazandı. Ete kemiğe büründü, canlandı. Onu, kendi kimliğinin dışına çıkardı."

"Evet, tabii ki, fakat eğer bu hikâye gerçekse sen Kreon'un oğlusun, değil mi?"

"Sen ne düşünüyorsun?"

"Mümkün olabileceğini düşünüyorum."

"Evet, bu doğru," dedi Âfât garip bir yüz ifadesiyle.

Tarık şaşkındı. "Hakikaten onun oğlu musun? Yani, bu bahsettiğin lânet..."

"Çok tehlikeli sayılmaz bu..."

"Anlat bana," dedi Tarık endişeli bir havayla.

"Alakar Soyu'nun yetişkinleri için klasik bir lânettir bu: Kumral ve beyaz halktan ayrılmak için parlak siyah saçlı olmak."

"Sadece bu mu?" diye sordu Tarık. "Fakat bu soyun parçalanan bebeklerinden de bahsediliyordu hikâyede."

"Ben biraz abartmış olabilirim."

"Bir an için senin... şeyyy... yani Kurt-adam olduğunu düşündüm."

"Bir an için ben de kendimi öyle zannettim."

"İşte geldik."

Kızıl Bina'ya vardıklarında kısa merdiveni duvara dayadı,

dama çıkmak için. Fakat bir an için tereddüt etti. Hayatında hiçbir şeyin değişmediğini düşündü. Olup bitenler onu ne annesine kavuşturmuştu ne de kaderinde bir değişiklik olmuştu. Hiçbir zaman olmadığı kadar yalnız hissediyordu kendisini.

"*Âfât, lütfen içeri gir,*" dedi yavaşça Tarık.

"*İntikamımı aldım değil mi? Acaba? Son olarak kimi istiyorum? Babamı?!*"

Ahşap sandıktan ipek gömleğini çıkardı. İntikam tamamlanmadı diye düşündü. Elbiselerini karıştırırken İulyâ›yı düşündü.

"*Haydi uyan Tarık, bu gece zaferimi kutlayacağız. Haydi, şehir bizi bekliyor. Gel, bak güney vadisine atlıyorum.*"

"*İyi, o hâlde Vakur'a benden selâm söyle,*" dedi Tarık, yatağında dönerek.

Âfât pencereden atladı ve yolda karanlıkta kayboldu.

Yolun diğer tarafında, siluetler barakalarına dönmüşlerdi. Ay loş ışıklarını onların karanlık gölgelerinin üzerine gönderiyordu.

"*Onların geri döndüğünü gördüğünden emin misin?*"

"*Tabii ki Nihân. Bütün lambalar kapalı ve oradan dışarı kimse çıkmadı. Uyuyorlar.*"

"*Güzel. İpleri alın ve bütün çıkışları tutun. Kaçmak isteyenleri bırakın gitsinler ancak Gattopardo'yu yakaladığınız yerde ve hemen öldürün. Bunun için de hançerlerinizi kullanın. Kaçmasına kesinlikle izin vermeyin. Sonra, her tarafa yağ dökün ve binayı ateşe verin. Kapıların ardındaki gürültüleri dikkate almayın; yardımlarına kimse gitmeyecek.*"

Âfât ay ışığının altında yürürken, rüzgâr müzik notalarını yolda gezdiriyordu. Hemen kulak kabarttı ve sesin geldiği tarafa yöneldi. Yaklaştıkça müziğe sesler de karışıyordu. Sesler, dar bir yolun köşesinde bulunan büyük konaktan geliyordu. Burası şehir rezidansıydı. *Kreon* ve diğer efendiler burada buluşurlardı. *Kreon* burada bir davet veriyordu ve davetliler arasında Âfât yoktu. Pencerelerden birinin önünde ‹Iulyâ›nın silueti belirdi. Çok zarif görünüyordu. Ortasında bir yakut bulunan altından bir taç alnını kuşatıyordu. Âfât için kutlamanın tek anlamı buydu. Fakat onun hemen yanında duran kumral genç adam kimdi?

Âfât konağa doğru yaklaştı ve bahçenin etrafından dolaştı, konağın arkasına geldi. Cam kapılar bir terasa açılıyordu. Etrafta bir muhafız bulunmuyordu. Duvara tırmandı ve oradan bahçeye atladı. İçeride ışık yanan pencerelerden birine doğru yaklaştı. ‹Iulyâ›yı görmek istiyordu fakat pencerenin önünde her tip belirmesine rağmen Iulyâ görünmüyordu.

Sonra birden Iulyâ pencerede göründü. Ânî bir refleksle döndü ve elindeki çiçeği aşağı düşürdü. Âfât ona, cam-kapı eşiğine gelmesini işaret etti. Kız, etrafını şöyle bir kolaçan etti ve ‹Âfât›a bir el işareti yaptı. Gözleri parlıyordu.

Âfât bahçeden bir gül kopardı ve terasa doğru ilerledi. Iulyâ da terasa yönelmişti.

"*Bu taraftan* Iulyâ," dedi Âfât sessizce.

Gülü ona uzattı. Iulyâ gülü çekinmeden aldı.

"*Neden buraya geldin? Aklını mı kaçırdın sen? Dayım... Ayy!..*"

Gülün sapını sıkıca kavrayan parmakları birden gevşedi

ve gül yere düştü.

Âfât kızın elini tuttu. Bir damla kan, inci tanesi gibi avucundan parmaklarına doğru yuvarlandı. Âfât tam dikenin battığı yerden öptü. Kız heyecandan gülümsedi.

"*Ben buraya şehrin en güzel yüzünü görmeye geldim.*"

Kız utandı ve elini çekti.

"*Eğer dayım seni burada görürse ölünceye kadar kırbaçlatır.*"

"*Onun ölümü mü, benimki mi? İulyâ! Onun zaferini kutlamak için burada kalma. Benimle gel!*"

"*Buradan ayrılamam. Seni yakalarlar ve kafanı kazığa geçirirler.*"

"*Eğer benimle gelmezsen, beni gelip almalarına kadar burada kalacağım. Her hâlükarda hayatımın sonundayım. Varlığımın son demlerinde beni reddetme.*"

Kız gülü yerden aldı ve yüzüne götürdü.

"*Burada tehlikedesin.*"

"*Senden daha fazla değil. Pencereden içeri baktım ve orada birçok kurdun dolaştığını gördüm.*"

"*Onlar efendiler!*"

"*Hayır onların beyinleri ve kalpleri çürümüş.*"

"*Gelemem!*"

"*Seni dikkate almadığı mı düşünüyorsun?*"

"*Hayır, Tabii ki tersini düşünüyorum.*"

"*Peki, dün gece dayının benim sesimi çaldığını görmek seni üzmüyor mu?*"

"*Sus! Ne kadar acı çektiğimi bilemezsin.*"

"*Benimle gel! Israr ediyorum.*"

"*Çok iyi biliyorsun ki, bu mümkün değil... Eğer...*"

Terasın kapısında bir gölge belirdi.
"İulyâ *sen misin? Neden dışarıdasın?"*
Âfât yaprakların arasına aktı. İulyâ bulunduğu yerden cevap verdi:
"Bir dakika Gürkân."
Adam terasta ilerledi.
"İyi misin güzelim?"
"Tabii ki, iyiyim. Sen git, ben geliyorum."
Âfât eteğinden çekti:
"Benimle gel!"
Gürkân kıza dönerek:
"Haydi, seni bekliyorum."
İulyâ Âfât›a baktı ve fısıldayarak:
"Bunu yapamam!"
"Bir şeyler mi söyledin İulyâ, *ya da ben ses halüsinasyonuna mı düştüm?"* dedi *Gürkân.*
"Beni seviyor musun? Evet ise gideceğim," diye sordu Âfât.
"Hayal görüyorsun Gürkân!" dedi İulyâ kızgınlıkla. Sonra yumuşak bir tonla devam etti:
"Seni seviyorum asil Gattopardo."
Âfât altüst oldu. Ânîden, Gürkân'ın İulyâ›ya fırlattığı çiçek bahçeye taşların üzerine düştü. Kız yere eğilip çiçeği almaya çalıştı ve Âfât›la göz göze geldi.
Gürkân, *"Yolunda gitmeyen bir şeyler mi var?"* diye sordu.
İulyâ elindeki gülle doğruldu ve Gürkân›a doğru döndü ve birkaç adım yürüdükten sonra onun koluna girdi.
"Bu gülü nereden buldun?" diye sordu Gürkân şaşkınlıkla.

İulyâ güldü:

"*Bir bahçede bulunduğumuzu biliyor olmalısın!*"

"*Fakat sana verdiğim çiçeği ne yaptın?*" diye sordu Gürkân endişeli ve dramatik bir ifadeyle.

Cam kapı kapandı.

Âfât esrimiş bir hâlde, saklandığı yerden çıktı ve rampadan aşağı doğru kaydı. Pencerenin önünde İulyâ›nın Gürkân›la kayıtsız bir ifadeyle sohbet ettiğini gördü. Yüzünü Âfât›a doğru döndü ve gülümsedi.

Bu gülümseme kutlamanın anlamı oldu. Âfât sarmaşıklarla kaplı duvara sıçradı çok çevik hareketlerle konağın arka tarafındaki taş çıkıntıların yardımıyla yukarı doğru tırmanmaya başladı. Vücudunu büyük bir heyecan kaplamıştı. Birkaç saniye içinde 2. kata erişti, oradan küçük bir kulenin basamaklarını hızla çıktı ve çatıya ulaştı.

Derin bir nefes aldı ve kaygan kiremitleri geniş fulelerle kat etti. Bir yılan çevikliğiyle büyük demir çanı kuşatan koruncağa doğru kaydı. Boşlukta duran çana erişmek için koruncağın kenarına tutundu ve ayaklarının yardımıyla çanı harekete geçirdi.

Klang, klang, klang...

Çan, kutlama gecesini sabote edercesine geceyi böldü. Pencere kanatları ardına kadar açılmaya ve müziğin esintileri atmosfere karışmaya başladı. Davetliler ise bahçeye çıkmıştı. Çan, nihayet sustu. Korunağın kenarına, iç tarafına asılarak saklanan Âfât kıkır kıkır gülüyordu.

Birden keskin bir duman kokusu, genzini yaktı. Gözleri

uzakları taramaya başladı ve dumanın fakir bir mahalledeki önemli bir binadan yükseldiğini gördüğünde neşesi bir bıçak gibi kesildi ve kalbinin sıkıştığını hissetti. Dudaklarından bir isim döküldü:

"Tarık!"

Kollarına bir acı hücum etti. Âfât bu acıya direnmedi. Vücudunu bir ateş kapladı. Gergin cildinin altında kasları uzadı. Dişleri birbirine geçti ve ıstırapla bağırdı. Kaynamakta olan bir su kütlesi gibiydi. Yüzü uzamaya ve öne doğru incelmeye, elâ gözleri kırmızıya dönmeye başladı. Kiremitlere tutunan artık parmaklar değil sivri tırnaklı pençelerdi. Sonra, korkunç bir ulumayla konağın çatısından aşağı adeta uçtu.

Büyük bir paniğe kapılan davetliler konağın içine doğru kaçtılar. Uluyan bir kara gölge Ay'ın önünden bir mızrak gibi geçti. Gürkân korkudan bayılan İulyâ'nın üzerine kapanmıştı. Kulakları sağır eden bir ses şimşeklere eşlik etti. Gökler âdeta gölgeyi yönlendiriyordu. Bir rüzgâr onu uçurdu. Sonra, gökyüzü *status quo ante*'ye yani yıldızlı hâline döndü.

Rüzgâr bu kez yoksul mahallenin çölleşmiş sokaklarında her şeyi birbirine katıyordu. İstikameti ise bir saman yığını gibi yanmakta olan Kızıl Ev'di. Sokaklara fırlayan az sayıda insan, ellerinde meşalelerle fakirhaneyi kuşatan ve yanmasını seyreden kara cübbeli ve yüzleri yağlı kara adamlardan korktukları için hiçbir şey yapamıyorlar, korku içinde olup biteni seyrediyorlardı. Sadece, binanın kuzey kanadında bulunan 12 yetim kaçmayı başarabilmişlerdi. Hepsi kan ter ve is içindeydi. Kara cübbeliler onları, ahırdan çıkan hayvanlar gibi kontrol ediyorlardı.

"Bu, o değil Nihân," diye söylendi birisi.

"*Bunlar arasında yok,*" diye hayıflandı Nihân. "*Öyle görünüyor ki, bu alçak ateşlerin arasında pişti. Haydi, artık gidelim. Burada bizi ilgilendiren bir şey kalmadı. Peki, âmirlere ne diyeceğiz?*" deyip arkasını döndü ve yürümeye başladı.

Nihân'ın muhatabı olan kişi, onun arkasından yürümeye başlayacaktı ki, bir gölge üzerine çullandı. Kişinin eklemleri çatırdadı, burnu kanla doldu. Bütün bunlar birkaç saniye içinde gerçekleşti ve kimsenin ruhu duymadı. Toprak adeta adamı ayaklarından kendi içine çekmiş ve derinlere doğru sürüklüyordu.

Kemiklerinin birer birer kırıldığını hissetti. Toz zerrelerine dönüştüğünde artık dönüşmeye başlamıştı. Artık o, toprağın malıydı ve organik materyal değeri taşıyordu. Biraz daha yaşayabilseydi '*Eylemci*'nin yüzünü teşhis edebilecekti.

Eylemci Varlık, cansız bedeni bıraktı. Uzun boyuna ve ağır cüssesine karşın şaşırtıcı bir süratle hareket ediyordu. İdeal bir anatomisi vardı.

Nihân, arkasını döndüğünde karşılaştığı manzara karşısında donup kaldı. Tetani hâlindeydi. Eylemci onun üzerine atladı. *Nihân* kemerinde bulunan hançerini hatırladı. Binadan yükselen alevlerin kızıl ışığı hançerin üzerine düştü.

"Geri çekil canavar!" diye bağırdı, "bu bıçak gümüştendir!"

Eylemci tebessüm etti ve tiz bir sesle konuştu:

"*O nerede?*"

Nihân'ın kanı dondu. Bu varlık konuştuğuna göre düşünü-

yordur, diye geçirdi içinden. *"Maddenin başkalaşımı mı, Ruhun kudreti mi?"* diye sordu kendi kendine.

"Kim nerede?"

"*Arkadaşım nerede?*" diye gürledi Eylemci Varlık.

"*O güvende, dışarı çıktı, çıkmasına izin verdik.*"

"*Yalan söyleme!*"

Eylemci Varlık, Nihân'ı kemerinden tuttu ve havaya kaldırdı. Bu sırada *Nihân* hançerine sarıldı. Çılgınca uluyan varlık hançeri tutan elini bileğinden kavradı ve bedenini bir pervane gibi havada savurdu. Sonra, kana susamış ejderler gibi ağızlarını sonuna kadar açmış alevlerin ortasına fırlattı. *Nihân* alevlerin arasında kayboldu.

"*Tarııık!*"

Eylemci, bir iki hamlede fakirhanenin damına sıçradı. Alevler, binadan geriye sadece kireçleşmiş kalaslar bırakmıştı. Bir sıçrayışla yatakhaneye girdi. Yer ateş gibiydi fakat pencereye yakın bölüm nispeten korunmuştu. Cesetlerin ve cürufların arasından geçen Eylemci, Tarık'a ulaştı. Tarık duvarın kenarında boylu boyunca uzanmış durumdaydı. Üzerine devrilen iki karyola yanmasına engel olmuştu. Fakat nefes almıyordu. Eylemci hareketsiz bedeni yavaşça kaldırdı. Tarık'ın bir elinde '*Gattopardo*'nun maskesi, diğer elinde yıllar evvel Âfât'ın kendisine verdiği hançeri tutuyordu. Eylemci, Tarık'ı kendine yaklaştırdı ve derhâl pencereden aşağı atladı. Gecenin serin havası her ikisinin de ciğerlerini doldurdu. Ana kapı alevler içindeydi. Acı dolu bir çığlıkla yukarı doğru sıçradı ve alevlerin içine daldı. Dışarıda dehşet içinde bekleyen 12 yetim, üzerinden dumanlar çıkan, zifirî siyah derili kabusvari varlığın siluetini heyecanla izlediler. Kesif bir yanık et ve kıl kokusu geliyordu alevler arasından. Eylemci, kollarında bir adam olduğu hâlde dışarı çıktı ve ortadan kayboldu.

* * *

Tarık kendine gelmeye çalışıyordu. Bacakları kurşun gibiydi, yarı trans hâlindeydi ve alev alev yanıyordu. Hareket etmekte çok zorlanıyordu. Kolları ve bacakları acı içindeydi ve zorlukla soluk alıyordu.

Yıldızlı gökyüzü fonunda Âfât'ın yüzünü tanıdı. Vücudunu büyük bir heyecan dalgası kapladı. Üzerinde, kendisinin tanımadığı yıpranmış bir elbise vardı. Son olayları hafızasının derinliklerine itmeye gayret ederek doğrulmaya çalıştı.

"Neredeyiz?"

"*Nehrin kenarındayız Tarık. Daha da kesin bir biçimde söylemek gerekirse sen yarı yarıya nehrin içindesin. Yanıkların yüzeyel görünüyor, kendini nasıl hissediyorsun?*"

"Kendimi hissetmiyorum. Neler oldu?"

"*Kreon'un darbesi. Benim intikam girişimime karşı bir saldırıyla cevap vermeye çalıştı.*"

"Ateşi hatırlayabiliyorum."

"*Kızıl Bina yandı. Çok az kişi oradan kurtulabildi.*"

"Bu adam bir canavar."

"*Evet, kesinlikle öyle. İntikamım başarıya ulaşamadı.*"

"*Hayır. İntikamın daha tamamlanmadı. Bu adamı temizlemek gerekiyor.*"

"Ne? Sen iyi misin?"

"Bir planım var."

"Bunun sırası değil Tarık. Dinlenelim, tedavi olmaya ihtiyacımız var. Şimdi zamanıdır diye düşünüyorum. Konağın çan kulesine çıktığımda sağa sola dağılmış yırtık bir kitaba ait birkaç sayfa buldum. Sen baygınken burada o sayfalara bir göz attım. İstersen sana okuyayım, ne dersin, ilgini çekeceğinden eminim."

"Tabii ki, iyi olur. Dinliyorum."

"De te fabula narratur

Lyka Ysaths de Foudre çok yüksek aristokrasiye mensup bir kadındı ve aslen Çerkes kökenliydi; aileden kalma büyük arazilerin sahibesiydi. *Saika* ismindeki Arap kökenli mürebbiyesi ona mükemmel bir çocukluk eğitimi vermişti. Hipersansibl, yani aşırı hassastı. Yakınlarının ardı ardına garip kazalarda ölmesi kendisini çok etkiledi. Bu aşırı hassasiyet derinlerde bir yerlerde latent olan vampir kimliğini şiddetlendirdi ve sağlamlaştırdı. Ancak, diğer taraftan da kendisinde sonsuza kadar sürecek bir suçluluk duygusu gelişti. Hayatta kalmak ve mutlu olmak onun açısından ağır bir suçluluk hissi oluşturuyordu. Rezervleri olan, kırılgan ama kinik, 'insan ruhlu bir vampir'. Ölümsüz olup da 'ölümlü tutkular'a kapılan bir varlık. İşte onun türünün diğer mensuplarını kendisine çeken buydu. Özellikle de iki adam; *Merkawa* ve *Apatsza*.

Fakat diğerlerinin aksine, yalnızlık onu korkutmuyordu.

Çok asosyaldi, geceleri karanlık köşelerde yalnız başına avlanan bir hayalet misali yaşamaktan mutlu oluyordu. Kendine telkin ettiği cezanın bir parçasıydı, bu. Özet olarak, hayatı, keyif aldığı bir elemden ibaretti. Bu ıstırabı büyük aşkı olan on beş yaşındaki *Arkan* ile paylaşıyordu ancak, bu aşkı sadece vampirliğin verdiği ete kemiğe bürünmüş günahkârlık dönemlerinde hissediyordu. Aynı zamanda, *Apatsza* ile de bir aşk ve nefret ilişkisi yaşıyordu. Onu hem bir efendi ve üstat olarak görüp hayranlık duyuyor hem de onu çok büyük günahların eylemcisi olarak görüyordu. Ambivalans hâlinden hiç çıkamıyordu. İnancı güçsüz olsaydı, ikili duygunun bir sonucu olarak *Apatsza*'yı yaratıcısı gibi görmekte hiç bir beis görmeyecekti.

Çerkes asiliydi. Ailenin ortanca kızıydı. Çok genç yaşta kendisini uçsuz bucaksız arazilerin başında bulmuştu. Fakat yaşanan trajik kaza ve kaybedilenler her insanın başına gelebilecek olan ama hesaba katılmayan cinstendi. Bu gelişmeler sonucunda tüm varlığının, iyi yanlarının ve pozitif kimliğinin ortadan kalkması için mücadele etmeye başladı. İşte tam bu sırada *Apatsza*'yla karşılaştı. *Apatsza* bunu fark etti. *Apatsza*'nın vampir olma ve vampir gibi yaşama teklifini kabul etti. Bunun, sonsuza kadar ıstırap çekmek anlamına geldiğini o gün tam olarak bilmiyordu.

Arad'a kadar gitti, oradan Paris'e oradan da Floransa'ya geçti. Floransa'da, *Sixtin Şapeli*'nin yakınlarında bir kafede – *Il Lovo* – yazar *Louca Alucard* ile karşılaştı. Ona hayat hikâyesini baştan sona anlattı. Bu rahatlama veya özgürleşme devresi kısa sürdü. *Apatsza* ile *Alucard* aynı kişinin iki ayrı tezahürüydü. *Alucard* onun hikâyesini yazmaya karar verdi. Kitabın adını '*Lyka Miraculosa*' koydu. Kadın tekrar yalnızlığına döndü. *Apatsza*'yı özledi. Aslında, *Apatsza*'nın çok ağır sorunları vardı. Dünyada ne kadar vampir varsa hepsinin sorunlarının toplamından daha ağır bir problemi vardı. Özgür ruh ile toprağa bağlı beden arasında bulunan varlıkla olan çelişkisini tahriklerle aşmaya çalışıyordu. Esrarı ihlâl ve tecavüz için elinden geleni yapan *Apatsza* bu esnada müthiş enerji kaybediyordu. Bir vampir için çok tehlikeli bir durumdu bu. Kısa soluk alma aralıklarında hayatını paylaşabileceğini zannediyor fakat bu sırada dünyevi bir tutkuya kapılıyor ve kadının *Alucard*'a olan derin aşkını fark ediyordu.

Kadının çok karmaşık ve belki de belirsizliklerle dolu konumu ıstıraptan öte ağır bir işkenceye dönüşmüştü. Stili küçük kedisi *Minet*'ninkini andırıyordu. Endişelere gerek var mıydı? Hayır, şimdilik her şey iyi gidiyordu. Fiziği, kötülüğün masumiyetine ve bunun sonsuzluğuna şahsiyet kazandırmak için bir koz teşkil ediyordu.

Egosantrikti, kibirliydi, mağrurdu, şahsiyetçiydi, meraklıydı, yüksek karakterliydi, ukalaydı ve kuralsızdı... Bunlar *Apatsza*'nın karakteristiğiydi. Bu hâlinin tamamen bilincindeydi. Sonuçlarından en ufak bir kaygı duymadan, olayların önünde koşuyordu. Bu koşullarda, zaman zaman başına muhtelif hâllerin gelmesi normaldi. Bu hâllerden biri *Arkan*'dan intikam alma kararıydı. *Arkan* onun egoizminin ve merakının ürünüydü. *Arka*n'a hayat vermesinin nedeni asıl kadını elde etmek ve onun zaaflarından yararlanmaktı. Vampir-çocuk *Arkan'*ın nelere mal olacağını göstermek istiyordu. Yakışıklıydı ve 21 yaşına geldiğinde mükemmel bir vampir olmuştu, babasını hiç görmemiş annesi ise akciğer kanserinden ölmüştü. Kimsesiz kaldığında 13 yaşındaydı ve bu, *Apatsza'*ya yakalandığı yaştı. *Apatsza* onu bir gölge varlığa çevirmişti. Bu durum onun gelişimini hızlandırmış ve ölümlülerin vakit kaybı düzeyindeki hayatlarından hızla uzaklaştırmıştı. *Apatsza* ölümlülerden nefret ettiği için *Arkan'*ın ruhunda ölümlülere ait olabilecek en ufak kalıntıyı bile ortadan kaldırmıştı. Onun için, vampir olmak varlıkların başına gelebilecek en güzel şeydi. Bu ona sonsuz bir kudret ve özgürlük sunuyordu. *Apatsza'*nın en büyük açmazı ise, Kâdir-i Mutlak inancıydı. En büyük zafiyeti ise aşktı. Bir vampir için aşk ölümden beter bir ruh hâliydi. Ölümsüz bir varlığın ölümlülere ait bir tutkuya bağlanması. Türdeşlerine bile aşk duymak *Apatsza'*nın ana çelişkisiydi, değil ölümlülere. Yalnızlıktan çok korkuyordu ve bu nedenle sürekli yeni vampirlere hayat veriyordu. Bunun nedeni âşık olma korkusundan uzak kalmaktı.

İşte asil kadın, her iki karakteri de temsil ediyordu ve o türünün tek örneği sayılmalıydı: Hem ölümlülerin tutkularını hem de ölümsüzlerin ihtiraslarını kendinde toplamıştı. *Apatsza*, hayat verdiği ölümlü kadına ve onun ölümsüz ihtiraslarına tutulma tehlikesi içindeydi. Kuşatılmışlık duygusu onu çok bunaltmıştı. En son olarak başvurduğu kinizm de onu kurtaramamıştı. Kendini imha etmeye karar vermek üzereydi.

Apatsza da asil bir aileye mensuptu. *Seeberg* ailesinden

geliyordu ve sülâlesi bir adaya sahipti. Ailenin en son üyesiydi. Büyük bir trajedi ustası olmak istiyordu. Adaya nasıl girdiği bilinmeyen bir kurttan bahsediliyordu. Bir gece bu kurtla karşılaştı ve büyük bir boğuşma yaşandı. Kurdu öldürdü. Bu olayı annesi *Venus de Seeberg* ile paylaştı. Yepyeni bir vahşî ruh hâli içinde olduğunu anlattı. Annesi çok güzel bir kadındı ve *Apatsza* ona hayrandı. Tiyatro alanında çok yoğunlaştı, bütün klasikleri okudu ve *Sofoklis* üzerine bir monoliz yazdı.

İhtiyar ve tecrübeli vampir *Megapteron* onun kurdu öldürme hikâyesinden haberdar olmuştu. Vampirler meclisinin en güçlü üyelerinden biriydi ve bir dönem başkanlık etmişti. Onu bir mirasçı olarak ele almak istiyordu. Gücünü *Apatsza*'nın üzerine yoğunlaştırarak onu çelikleştirdi. Gizli yeteneklerini yavaş yavaş açığa çıkardı ve bunları en üst düzeye taşımasını sağladı. Onu bir fatih olarak yetiştirdi. Dünyanın bütün vampirleri kısa sürede onun ismini bildiler. Allah ve insan korkusuyla *Obuda* mezarlığında yaşayan büyük öğretmen *Sandor Jozsef* de onun ününü duymuştu. *Sandor*, annesinin ölüm haberini aldığından beri büyük bir acı çekiyordu ve onun gölgesinden başka kimseyle görüşmek istemiyordu. *Sandor*'un bu hâli diğer vampirleri çok endişelendiriyordu. Ona karşı bir savaş ilân ettiler. *Apatsza* yanlarına geldi ve barışı tesis etti.

Bu teatral tabloda mizansen iradesi kimindi? *Apatsza*, *Sandor*'un hocası *Salva Converso* ile buluşup ona suâller sormak istedi. *Converso*, vampirler âleminde 'ölü' sayılıyordu o nedenle Batı-Doğu sınırının doğu tarafında yer alması gerekiyordu, sürgüne gönderilmişti. *Apatsza* onun izlerini Anatolia'da'de bulmuştu. *Converso* da onu arıyordu ve önce o buldu. Hikâyesini ve misyonunu anlattı. *Converso*, Ana ve Baba vampir kültünden mesul olan bir vampirdi. Bu 10.000 yıllık bir külttü. Her ikisinin de (Ana ve Baba) kana ihtiyacı kalmamıştı ve bir izbede bulunuyorlardı. Hareketsizdiler ve mutlak bilinçsizliği yaşıyorlardı. *Sandor*, *Apatsza*'nın onları gördüğünü kabul etti. Ana vampir *Arakni*, *Apatsza*'ya âşık oldu. Yetkisi ve izni olmadığı hâlde *Apatsza* ikinci bir ziyaret daha gerçekleştirdi. Bu ziyaret esnasında *Arakni*'yle kan alışverişinde bulundular. Bu eylem vampir-kral *Dias*'ı öfkelendirdi. *Apatsza*'ya yönelmek istedi fakat *Sandor* ve *Arakni* bunu engellediler. *Sandor*, *Apatsza*'ya sırrı açıkladı. *Apatsza* adaya döndü. Yeni bir kişilik geliştirmek istedi. İşte burada, ormanın denizle buluştuğu ıssız bir kayanın üzerinde, tam da kurdu öldürdüğü yerin çok yakınında intihar etmek üzere olan *Lyka Ysaths de Foudre* ile karşılaştı. Kadın çok umutsuzdu. *Arkan*'a yaptığını ona yaptı ve merakının önünü açtı. İşte *Apatsza*'nın kaybettiği yer burasıydı. Bunun daha sonra kendi zaafı hâline geleceğini öngöremedi.

Hiçbir klasik müzik ustası onun derinliklerindeki yarayı tedavi etmeyi başaramadı. Enerjisi gittikçe tükenmeye başladı. *Sandor*'dan yardım istedi. *Sandor* kızdı ve bedel istedi. Bedel, *Arkan* ve asil kadının diğer vampirlere teslim edilmesiydi. *Apatsza*, adaya geri döndü ve malikânesini ateşe verip onun harabelerinde yaşamaya başladı. Birkaç yıl sonra *Sandor*'u ziyaret etti ve kendisini şaşırtan davranışının izahını istedi. *Sandor*, kadının hâlâ yaşadığını itiraf etti. *Apatsza* onu görmek istedi. Bu buluşma bir süre sonra gerçekleşti. *Apatsza* ondan kendisini gömmesini bir vasiyet olarak istedi. Dünya üzerinde aktif bir rol oynamak yerine onu dinlemeyi tercih ettiğini belirtti. İstediği yerine getirildi ve kadın oradan ayrıldı. Bir süre sonra, *Apatsza* kaldığı yerden yani mezarından çıktı ve aşkı ve eylemi doğuda aramak üzere adadan ayrıldı... Zira, o asla bir *Boticelli meleği* değildi..."

"*Çok gizemli şeyler fakat anlam veremiyorum Âfât.*"

"*Doğrudur. Birincisi bu hikâye koskoca bir kitabın içinden sadece küçük bir bölüm, o nedenle konuya tam olarak hâkim olabilmek çok zor. İkincisi, bu parçalar kitabın başı ya da sonu değil, ortalarda bir yerden kopmuş. Ancak, yalnızca bu birkaç sayfa bile bazı şeyleri anlatıyor ve insanın kanını donduracak kadar ürkütücü geliyor bana. Aynı anda ölümlü ve ölümsüz kimliklerin bir araya gelmesi. Bir ölümsüz varlığın, ölümlülere ait duygulara kapılması. Prometheos örneği bile çok yetersiz kalacaktır zira işin içinde karmakarışık bir aşk, bir intikam ve nefret hissinin de fevkinde anaya duyulan çok tehlikeli bir aşk var. Beni en çok korkutan tarafı da bu oldu. Ben... Acaba... Hayır, hayır... Her neyse, öylesine okunmuş bir Bernardin de St. Pierre hikâyesi gibi düşünüp bırakmak en iyisi, en nihayetinde bir öykü bu, gerçekliği yansıtamaz.*"

YEDİNCİ BÖLÜM

Küçük bir yetim grubu metruk mabedin önünde durdu. Kapalı bulunan cümle kapısının karşısında Âfât ve Tarık karmakarışık duygularla birbirlerine baktılar.
"Girebilir miyiz acaba?" diye sordu Âfât.
Kimse bir şey söylemedi.
Âfât kapıya yöneldi, pirinç tokmağı hafifçe itti. Demir kapı gıcırdayarak açıldı. İçeriden pasla karışık ağır bir koku dışarı yayıldı. Girişteki kubbenin altında ilerledi ve arkadaşlarına, kendisini takip etmeleri yönünde bir işaret yaptı.

Her tarafları yanık yaralarıyla kaplı zavallı yetimler yorgunluktan bitmiş bir vaziyetteydi. Tarık, Âfât'a, çocukları sığındıkları enfekte olmuş barakalardan bir ân evvel çıkarmak gerektiğini söyledi. Fakat Âfât bu teklifin doğru olduğundan tam olarak emin değildi.

Öncünün eşliğinde, grup bir mahzenin çıkışına kadar geldi. Bu çıkış, tapınağın girişini oluşturuyordu.

İçeriden bir ışık yayılıyordu. Paralelinde kubbede çınlayan bir melodi işitildi. Tatlı bir besteydi.

"Bu bir flüt," diye fısıldadı Âfât.

Alınlık bölümüne kadar yürüdüler. Dairevî sütunlarla çevrili devasa yuvarlak bir odaya ulaştılar. Örümcek ağlarıyla kaplı bölümde koskoca bir org neredeyse kubbeye kadar yükseliyordu.

Müzik devam ediyordu.

"Bu org sesi değil," dedi Âfât. *"Bu müzik, dışarıdan geliyor."*

Diğer tarafta bulunan sütunlara doğru ilerlediler. Kubbeli bir kulvara doğru yürüdüler. Alınlık bölümünü geride bıraktılar ve tapınaktan daha yeni olan bir şapele girdiler. Âfât, hemen eski parşömen ve cilâlı ahşap kokusunu aldı.

İki adet pencere, güneş ışınlarının siyah mermer kolonları aydınlatmasına izin veriyordu. Duvarlar, kitap ve müzik âletleriyle donanmıştı. Ahşap sıralar şapelin büyük bir bölümünü kaplamış durumdaydı.

Âfât birden flüt çalan kişiyi fark etti. Çalmayı bırakmış ve pencerenin kenarına yaslanmıştı. Korkuyla, beyaz saçlarını kuşatan başındaki altın bereyi çıkardı ve bunu flütünün üzerine kapattı.

"Bugün açık değiliz," dedi, telaşlı bir ifadeyle.

"Sevgili Efendim," diye girdi söze Âfât, diplomatik bir tonla. *"Dün akşam bu bahtsızlar evlerini ve arkadaşlarını kaybettiler. Eğer yaraları tedavi edilmezse belki de onlar*

da hayatlarını yitirecekler."

"Mâhîr Kadimoğlu sağlık ilâhı değil ki," dedi adam.

"Mâhîr, müzik ilâhıdır. Azap duyan bir kalp için, güzel bir şarkıdan daha tedavi edici şey nedir?" diye sordu aralarından biri.

"Bu karanlık çağda Mâhîr'in tapınağı sadece hayaletler tarafından ziyaret edilir, dedi adam acıyla. Orgun işitilmediği, sunağın harabeye döndüğü, sadıkların bir elin parmakları kadar azaldığı bir tapınak. Sizinle ilgilenecek araçlarım bile yok."

"Mâhîr bu çocukları nasıl reddedebilir? İlâhîlerin en güzellerini söylemek için sabırsızlanan taze sesleri nasıl geri çevirebilir?" diye sual etti Âfât.

"Kendi efendisini terk eden bir adam, sizleri hayda hayda geri çevirebilir," diye cevap verdi adam.

Âfât sükûnetini muhafaza etti. Papaz çocuklara yaklaştı ve yanıklarını gözlemledi. Üzüntüyle başını salladı:

"Geldiğiniz yere geri dönmelisiniz."

"Garan, şehri, en güzel seslerin duyulduğu şehri terk mi etti?"

"Burası şarkılar ülkesi değil genç adam. Bu ülkede insanlar şarkıları birbirlerine saldırmak veya birbirlerini öldürmek için bir acımasız silâh olarak kullanıyorlar. Benim ve Garan'ın hakikatimiz ve güzellik anlayışımızla alay ediyorlar. İşte böylece onları terk etti."

"Üstadım, şu ümitsiz ve kireçten yüzlere bakın lütfen."

Mâhir uzun süre Âfât'a baktı ve sonra arkasını dönüp yavaş adımlarla yürümeye başladı.

Âfât ani bir hareketle adamın koluna girdi:

"Bizi geri gönderme üstat. Yaralarımızı iyileştirmemize

izin ver. Bize hakikati ve güzelliği öğret. Senin sunağın dirilecek, bundan emin olabilirsin."
"Ben bunu göremiyorum, nasıl olacak?"
"Ruhunun aydınlığından bizi mahrum etmek mi istiyorsun?"
"Size karşı bir borcum veya mesuliyetim mi var?"
"Sen büyük bir insansın üstat. Sana kalbinin dikte ettiği yüz tane sebebi saymama gerek var mı?"
Adam çocuklara dönüp onlara bir el işareti yaptı.
"Yaralı olanlar burada otursunlar. Diğerleri benimle beraber gelsinler. Su ve çamaşır getireceğiz."
Âfât bir reverans yaptı.
"Senin ustalığın onun bağlılarını üçe katlayacak üstat."
"Size elbise bulamam. Benim ve koro elemanlarının cübbeleri var."
"Ne zamandan beri çocuk korosu yok üstat?"
"Sen, bu çetenin doğru bir ses çıkarabileceğine inanıyor musun?"
"Sesleri belki dikkatinizi çekebilir. Korkarım sadece ıstırabı çağıracaklar."

* * *

Haftalar aktı, tedavi belli ritme oturdu. Mâhir, yetimlere şarkıları talim ettiriyordu. Üçü şan eğitimi alırken, yedisi tonları ayırıyorlardı. İkisi ise tonlara sağırdı. Hepsi de koro üyelerinin özel elbiselerini giyiyorlardı. İşittiği sesler arasında en dikkat çekici olan Âfât'ınkiydi. Diğerleri dinlenirken

Âfât saatlerce şapelde şarkı söylüyordu. Sesinin rezonansı en iyi içeride sonuç veriyordu.

Tarık da yavaş yavaş düzeliyordu. Dört günün sonunda tek başına yürümeye başlamıştı. Ağrıları azalmıştı ve intikam planı üzerinde yoğunlaşıyordu.

Başlangıçta bu plan sadece Âfât'ı ve birkaç kişiyi kapsıyordu. Fakat zaman içinde bütün yetimler plana dâhil oldular. Tarık ve Âfât uzun uzun yetimleri eğittiler. Eksiksiz bir eylem planladılar.

"Bunun işleyeceğine inanıyor musun?"

"Herkes rolünü çok iyi biliyor."

"Onu demek istemiyorum. Hedefimize ulaşabilecek miyiz?"

"Her hâlükarda Kreon iktidarını kaybedecek. Daha ne istiyorsun."

"Evet, başka ne isteyebilirim ki?"

Nihayet, kararı uygulamaya koyma zamanı gelmişti. O gün, *Kreon* amfitiyatroda bir gösteri toplantısı düzenleyecekti. Gece olduğunda Âfât ve cübbeleri içinde yetimler parmaklarının uçlarında mabetten ayrıldılar.

***

*Kreon'*un bariton sesi amfitiyatroda yankılanıyordu. Kitleden müthiş bir alkış koptu. *Kreon* şunları söylüyordu:

"Şehrimizin başına gelişimin 20. senesini kutlama törenine hoş geldiniz. Geçmişte olduğu gibi bu yılda hemşerilerimiz etkinlikleri ücretsiz izleyebilecekler. Biraz sonra şehir korosunun talebeleri

sizlerle birlikte olacak ve performanslarını sergileyecekler."

Kalabalığın arasında cübbeli bir grubu fark ettiğinde *Kreon'*un neşesi kaçtı.

"*Bu gecenin etkinlikleri çok heyecanlı geçecek. Aaron Levi bize müthiş bir şarkıcı, akrobat ve komedyen grubu getirdi. Unutulmaz bir gece yaşayacağınızdan emin olabilirsiniz.*"

Bu arada yan gözle cübbelileri süzüyordu.

"*Bu söylevi daha fazla uzatmayalım yoksa misafirlerimiz Kızıl Buz'un mahzenlerini boşaltabilirler!*"

Gülüşmeleri bir el işaretiyle durdurdu.

"*Kimsenin itirazı var mı? Tartışılacak bir şey görüyor musunuz?*"

Amfitiyatronun arkalarından bir ses yükseldi:

"*Söyle bize, Kızıl Bina'da neler oldu?*"

Kreon sesin geldiği tarafa doğru baktı. Kimse soruyu tam olarak anlamamıştı.

"*Aslında hakikî bir trajedi. Bu felâketten hiç kimsenin kurtulamayacağını düşünmüştüm. Arkadaşlarım yeni fakirhane binası için yer arıyorlar. Bu bir dramdı fakat çok umutsuz olmak doğru değil. Ateş büyük bir afeti tetikledi ama olumlu tarafından bakılacak olursa zavallı küçük şeytanlar çekilmez kaderlerinden kurtulmuş oldular diyebiliriz. Şehrimiz, hayatını kaybedenlerin ardından ağlıyor. Bunu bugün bitirip mutluluğa dönüyoruz. Artık ümitsizlik görmek istemiyorum yüzlerinizde. Hafıza-i Beşer nisyanla malûldür.*"

Bir başka keskin soru havayı kesti:

"*Fakirhaneyi kim yaktı?*"

*Kreon'*un ürperdiği belli oluyordu. Gülümsedi.

"*Muhafızlarım soruşturuyorlar. Eğer birisi yaktıysa o kişi bulunacak.*"

Bir ses daha:

"*Üç kişinin ellerinde ateşlerle binanın etrafında dolaştıklarını gördüm.*"

Kreon'un gözleri cübbeli bir gence takıldı. Dişlerini sıktı.

"*Senin şahitliğin olayın çözümüne büyük bir katkı sunacaktır. Gösteriden sonra muhafızlar seni benim yanıma getirecekler. Başka bir mesele var mı?*"

Soru gecikmedi:

"*Gattopardo yangında öldü mü?*"

Kreon memnuniyetsizlik gösteren bir üslupla başını salladı:

Bana soru sorarken ayağa kalkın! Cübbeli bir genç ayağa kalktı. Genç, *Gattopardo*'nun gülümseyen maskesini elinde tutuyordu.

"*Ben Gattopardo,*" dedi genç, "*ölümümü ilân etmeniz çok abartılı olacaktı. En iyisi soruya ben cevap vermiş olayım.*" Genç hemen sahneye fırladı. Âfât sahnedeydi.

"*Sevgili Kreon, yarışmadaki üstün başarından dolayı seni kutlama fırsatı bulamadım.*"

"*Burada olmana sevindim. Bu, senin sonunu getirmeyi arzu ettiğimi düşünenlerin boşa düştüğünü gösteriyor.*"

Âfât maskesini indirdi ve *Kreon*'a doğru yaklaştı. Ona sarıldı ve yanaklarından öptü. Fakat sağ yanağından öperken hafifçe ısırdı. *Kreon* kendini geri çekmek istedi fakat Âfât onu kendine doğru çekti.

"*Seni selâmlıyorum baba,*" diye fısıldadı. "*Bu gece çok

heyecanlı olacak, senin ölümünü muhteşem bir ayinle kutlayacağız. Bu gece ayin ve teatral gösteri bir arada olacak. Tarihi bir geceyi bize yaşatacağın için sana müteşekkiriz."

Hiçbir şeyden haberi olmayan kitle sahnedeki iki kişiyi çılgınca alkışlarken meşale alevleri bir kurbanı bekleyen ejderler gibi heyecanla dans ediyorlardı.

Kreon gülümsemeye çalışıyor, içinde yaşadığı felâketi yansıtmamak istiyordu. *Dionysios dithirambosların*daki esrime sahneleri gözünün önünden bir bir geçiyordu. Biraz evvel annesiyle mutlu bir tablo oluşturan gencin kısa bir esrime sürecini takiben annesini aslan suretinde görerek ona saldırması ve parçalayarak öldürmesi, bir Antik teatro uzmanı ve hayranı olan *Kreon*'u ürpertiyordu. Âfât esrimek üzere diye düşündü dehşetle.

"Trajik hikâye başladı," diye mırıldadı Âfât.

Kreon son hamlesini yaptı:

"Muhafızlar, çıkarın şunu!"

Âfât, muhafızlara dönerek, bu bir şakaymış gibilerinden gözünü kırptı. Kurbanını sahnenin önüne doğru çekti ve yüksek sesle şunları söyledi:

"Bu akşamki temsile başlayabilmek için size bir şarkı hediye edebilir miyim?"

Alkışlar *Kreon*'un protestolarını örttü. On iki cübbeli genç sahneye geldiler. Bu arada *Kreon* kaçmak istedi fakat Âfât kollarından sıkıca tuttu.

"Çok ayıp! Kendisine bir şarkı adadığımız bir anda Efendi Kreon bizden ayrılmak istiyor!"

Kitle sabırsızlanıyordu.

Yetimler sahnenin ortasına geldiklerinde cübbelerini bir bir çıkardılar ve yere oturdular. İslerle kaplı, paramparça elbiseleri ve vücutlarındaki yanık izlerini gören halk uğultuyla tepkilendi. Bu arada Âfât, *Kreon*'u kulise doğru çekti. Gösteri yetimlerden birinin dokunaklı sözleriyle başladı:
"Bu şehirde yapayalnız bir yetim olmanın ne kadar ağır bir şey olduğunu bilseniz!"
Bir diğeri devam etti:
"Ölüm ne karanlık ve ne ürkütücüdür. Siyah bir kader şalıdır o! Ve buz gibi geceler!" diye bağırdı Tarık.

Âfât, elinde bir fener ve önünde *Kreon* olduğu hâlde sahneye geri döndü.

"İyi akşamlar yetimler!" dedi *Kreon*.

"İyi akşamlar Efendi Kreon!" diye cevapladı yetimler, imalı bir üslupla.

"Kendinizi yalnız hissettiğinizi söylediniz, değil mi?"

"Çooook yalnız!"

"Ve karanlıklardan korktuğunuzu?"

"Çook korktuk!"

"Ve üşüdüğünüzü?"

"Her yer buz gibi!"

"O hâlde bırakın size yardımcı olayım," diye bağırdı Âfât, *Kreon*'un başını yetimlere doğru eğerek.

"Bize nasıl yardım edecekmiş Kreon?"

"Sizin için bir şeyler yapmaya çalışacağım."

"Ne yapacaksın?"

"Yalnızlığınızı gidermeye yönelik bir şeyler!"

"Meselâ ne?"

"Korkularınıza karşı bir çözüm!"
"Nedir, ne?"
"Soğuğa karşı bir çıkış."
"Söylesene bize ne vereceksin?"
Âfât, Kreon'u ensesinden tuttu ve ayağa kaldırdı.
"Size ateş verdim, ateş soğuğa, karanlığa ve ölüme çözümdür!"
Yetimler *Kreon*'un etrafını kuşattılar ve hep bir ağızdan:
"Ateş sana çok yakın Kreon!"
Tam bu sırada on ikilerden biri aldığı bir bıçak darbesiyle yere yığıldı. Muhafızlar harekete geçmiş ve yetimlerden birini öldürmüşlerdi.

Âfât cübbesinden çıkardığı hançeri *Kreon*'un göğsüne dayadı.

"Bir adım daha atarlarsa bu hançer doğruca hedefine ulaşır."

Muhafızlar bir adım daha ilerledi ve Âfât hançeri hafifçe *Kreon*'un sol meme başının bir buçuk santim kadar altına batırdı. Birkaç damla kan hançerin sapına doğru yuvarlandı.

"Geri çekilin dangalaklar sürüsü!" diye bağırdı *Kreon*. Kan ter içindeydi. *"Görmüyor musunuz, beni rahatlıkla öldürecek kadar deli!"*

Muhafızlar geri çekildi. Kitle kimin tarafında yer alacağını bilmiyordu. Öldürülen yetimin cesedi ise *Kreon*'un ayaklarının dibinde boylu boyunca yatıyordu. On birler şaşkındı.

Âfât hançeri geri çekti ve konuşmaya başladı:

"Tiyatro alışkanlığı olmayanlara söylüyorum. Bilin ki, bu gösteri Kızıl Bina'da gerçekleştirilen katliamın sembolik

bir bilgilendirmesiydi. Trajedilerin temel ihtiyacı kandır! Bu kanı hep egemenler isterler. Bu sahnedeki kan içici egemen ise burada, yanımda: Efendi Kreon!"

Tepkiler gelmekte gecikmedi.

"Bir katil mi?"

"Sen nereden biliyorsun?"

"Neden Gattopardo'ya inanalım ki?"

"Onu dinleyin, doğruyu söylüyor!"

"Bırak Kreon'u, o bizim efendimiz!"

Âfât sesini yükseltti:

"Ben, Kreon'un katil olduğunu biliyorum. Yetimler oradaydı. Adamlarının fakirhaneyi ateşe verdiklerini gördüler."

"Yalan söylüyorsun! Aynı akşam Kreon'u şehir konağında gördüm, efendimizi geri ver!"

"Gattopardo'yu dinleyelim, doğru söylüyor."

"Hayır, onun yerine geçmek istiyor..."

Seyirciler sahneye doğru yaklaşmaya başladılar.

"Durun!" diye bağırdı kalabalığın içinden biri.

Kırmızı-siyah giysili ve uzun boylu bir adam seyircileri yararak sahnenin önüne geldi.

"Kutsal şehrin yurttaşları, bekleyin," dedi, Aaron Levi. "Bu, yetim ve dulların koruyucusu olan adamı hemen yargılamayın. Aranızdan birçoğu Kreon'un hükümdarlığı döneminde yoksullaştı."

Levi sahneye çıktı ve muhafızlardan birinin, yetimi öldüren muhafızdı bu, boğazından tuttu ve karnına diziyle çok sert bir darbe vurdu. Muhafız yere devrildi. *Levi* yere düşen muhafızın şapkasını aldı. Bu hareketiyle birlikte bütün muhafızlar sahneden ayrıldı. *Levi* devam etti:

"*Eğer bir yetimin sözü sizin için yeterli değilse efsanevî bir sanatkârın sözleri belki sizi tatmin edecektir. Geçen hafta efendi Kreon'u ziyaret ettiğimde bizzat kendisi bana, fakirhaneyi yakma emrini verdiğini ve buranın lânetli olduğunu söyledi.*"

Sessizliği Âfât bozdu:

"*Efendi Levi'nin ne dediğini duydunuz değil mi? O da mı yalan söylüyor. Kuklanın ipleri boşandı. Levi bunları terk ediyor. Kreon bir canavardır.*"

Homurtular devam etti.

"*Öldürün bu herifi!*"

"*Gattopardo bir canavardır!*"

"*Levi de öyle!*"

"*Hepsini öldürün!*"

Âfât öfkenin iyice yükseldiğini görünce *Kreon*'u gırtlağından tuttu ve yüzünü seyircilere çevirdi.

"*Canavarlardan mı bahsediyorsunuz? Benim bir canavar olduğumu söylüyorsunuz. Üzerimdeki yanıklardan yola çıkarak mı bu sonuca varıyorsunuz? Yoksa fakir olduğum için mi? Ya da intikam dolu olduğum için mi? Evet, doğrudur. Bütün bu duyguları işte şu adama borçluyum. Eğer bir canavar arıyorsanız, işte o burada, onun gırtlağını elimde tutuyorum.*"

Konuşmayı eylem izledi. Hançer, olduğu gibi *Kreon*'un göğsüne saplandı. Usta yere yığıldı. Kan, Âfât'ın elinden aşağı doğru sızmaya başladı. Babasının kulağına eğilen Âfât, "*Eğer dönüşmezsen bu hançer seni öldürecektir,*" uyarısında bulundu.

Kreon sarsıldı ve önce oğlunun kollarına oradan da yere düştü. Kitleden tek bir ses çıkmıyordu. Levi yavaşça sahneden ayrıldı ve Âfât'ı onaylar bir bakış fırlattı. Muhafızlar tekrar sahneye yöneldi. Kitle de hareketlendi.

"*Dönüş ya da öl!*" diye bağırdı Âfât.

Aniden duyulan canhıraş bir uluma Hazirûn'un kanını dondurdu. Ses *Kreon*'dan geliyordu.

"*Uyanıyor musun Kreon?*" diye sordu Âfât gülümseyerek.

Herkes geri çekildi. Bir başka çığlık amfitiyatroyu kapladı. *Kreon*'un, üzerinde yattığı kan gölünün içinden hayvanî bir form belirdi. Levi, '*hayvanî ruhun sureti*' diye mırıldadı. Yaratık arka ayakları üzerinde doğruldu. Gözleri kızıla döndü. Hırıltılar çıkartarak göğsünde saplı bulunan hançeri çıkardı ve yara hemen kapandı. Kara kürkünün altında, yara yerinde belli belirsiz kırmızı bir hat oluştu.

Kitle kaçışmaya başladı. Muhafızlar Âfât'ı bir kenara bırakıp sahneden atlayıp kalabalığa karıştılar. Yaratık muhafızlardan birini yakaladı ve birkaç saniye içinde suratını paramparça etti. Âfât kulise doğru yöneldi.

Yaratık Âfât'ı fark etti ve ardından koşmaya başladı. Üzerine sıçramaya çalıştı ve bir pençe savurdu. Pençenin havada oluşturduğu ivme bir ıslık sesine dönüştü. İkinci hamle kısmen başarıya ulaştı ve pençeler Âfât'ın cübbesini yırttı ve sol omzunu sıyırdı. Sızan kan kokusundan etkilenen yaratık yeniden atağa geçti.

Âfât *Kızıl Bar*'a doğru koşmaya başladı. Girişte kimseler yoktu. İçeri girdi ve kapıyı kapattı. Yırtık cübbesini üzerinden çıkardı. Gücünü topladı ve kendisini takip eden yaratığı çağırdı. Dönüşüm başlamıştı; kan akımı hızlandı, kasları kalınlaştı, kemikleri uzadı. Vücudunda ser â pa bir kaynama başladı. Parmakları iri pençelere dönüştü, tırnakları kanca gibi sivrildi ve cildinin her tarafından simsiyah kıllar fışkırdı. Yüzü inceldi ve uzadı.

Sonra, dönüşüm zihnine yayıldı. Her türlü akıl yürütme uyudu ve bunun yerini, ilk gördüğü varlığa egemen olma duygusu aldı. Gıda adına ne varsa *iştah*; ateş ve tehlike, *Kreon*'un çıkardığı gürültüler ise *nefret* anlamına geliyordu.

Arzu ve eylemi birbirinden ayıran sınırlar silindi. İstemek, davranmak anlamındaydı. Âfât, o esnada, duyguları olan bir insan değil ve fakat *'eylemci-militan bir varlık'*tı. Ona hâkim olan tek duygu ise 'iştah'tı. Âfât şimdi bir İnsan-Kurt-Erkek senteziydi.

* * *

Yaratık eski demir kapıya olanca gücüyle yüklendi ve kapı olduğu gibi devrildi. İçeri girer girmez burnu, içeride bir başka *kurt-varlık*'ın kokusunu aldı. Mahzenin her köşesini en ince detayına kadar inceleyerek, kulakları dimdik bir hâlde ilerlemeye başladı.

Küçük bir kaşınma sesi, oğlunun, sol tarafına denk gelen bir odada bulunduğunu ona ihtar etti. Âfât'ın saldığı koku çok güçlüydü. Bu kokunun bileşenleri arasında korku bulunmuyordu. Gözleri karanlığı ayrıştırarak avına doğru yaklaşıyordu. Fakat kendisinin de bir av olabileceğini hesaba kattığı kesindi.

Tok ve duygusuz bir sesle fısıldamaya başladı:

"Yanıma gel Âfât. Baba ve oğul olarak devam edelim." Sadece kendi sesinin yankısını duyabildi. "İnsani formuna geri dön, ben de aynı şeyi yapacağım. Beraber hükmedeceğiz. Baba ve oğul!"

Cevap yoktu. *Kreon*, kendi kendine, oğlunun tam olarak değişip değişmediğini sordu. "Hayır," dedi, "*Âfât zihninin bahşettiği olağanüstü güçleri bana karşı kullanmayı reddetmiş olamaz. Fakat ayakları üzerinde değil, bu kesin!*"

"*Oğlum, beni affet! Senden korktuğum için odanı ve yetimhaneyi yakmak istedim. Tekrar bir araya gelebiliriz. Sonsuza kadar saklanamazsın. Sana gücü teklif ediyorum, güçten uzak durmanın hiçbir faydası yoktur.*"

Aniden, tavandan bir kara kütle yaratığın üzerine düştüğünde, kafasını bile oynatamadı. Hançer keskinliğindeki tırnaklar gırtlağına saplandığında, kan bir fıskiye şiddetindeydi. Yaratık sırtüstü döndü. Bu kez dişler boynuna geçmişti. Yalnızca uluyor ve pençelerini şuursuzca boşlukta sallıyordu. İnsanüstü bir gayretle ayağa kalkmaya çalıştı ve bunu kısmen başardı. Pençeleriyle barın arkasındaki çekmeceye ulaşabildi. Bıçaklar karanlığın içinde soğuk bir ışık yaydılar. Elini bıçaklara uzattığında, kan sızmaya başladı. Gümüş bir bıçağın elini kestiğini fark etti. Bıçağı can havliyle yere fırlattı. Bu, onun sonuydu.

Şehrin hâkimi efendi *Kreon*'un başı gövdesinden ayrıldı. Babası *Ouranos*'u tasfiye eden oğlu *Kronos*, babası *Kronos*'u tasfiye eden ise oğlu *Dias* yani *Zeus*'tu. Âfât, bir an bunları düşündü ve '*Patrisid*' olmanın acısını yaşadı. Toparlanmak zorundaydı.

**

Gattopardo amfitiyatroya geri döndüğünde son seyirciler çıkışa doğru ilerliyordu. Kulakları sağır eden bir gürültü duyuldu. Âfât, bir elinde hançer olduğu hâlde diğer elinde *Kreon'*un başını havaya kaldırdı.

"Kutsal Şehrin halkı!" diye bağırdı.

"Dikkatinizi bana yoğunlaştırın!"

Başlar Âfât'a döndü.

"Yaratık öldü. Bunun kanıtı olarak başını size getirdim."

Ses yoktu. Büyük bir ürküntünün izleri henüz silinmemişti. Bir gölge, kalabalıktan ayrıldı. Bu, *Aaron Levi*'ydi. *Levi* sahneye geldi. Ellerini havaya kaldırdı.

"Şehrin yeni hâkimini görüyorsunuz!" diye bağırdı. "Sizin hepinizin bir araya gelmeniz hâlinde bile başaramayacağınız bir eylemi o tek başına gerçekleştirdi. 20 yıllık bir azap sona erdi."

Âfât'ın elini kaldırdı:

"Yaşasın Gattopardo!"

Herkes tek bir ağızdan bağırıyordu:

"Yaşasın Gattopardo!"

Âfât omuzlara alındı ve şehre doğru yürüyüşe geçildi. Yeni hükümdar istikameti de belirlemişti:

"Mabede gidiyoruz!"

Tarık, Âfât'ın yanına gelip kulağına şunları fısıldadı:

"Sen büyük bir canavarsın, hayalimdeki canavar!"

SEKİZİNCİ BÖLÜM

Mabedin ses geçirmez idare odasında Âfât ve muhatabı sohbet ediyorlardı. Düzeyi yüksek bir konuşma sürüyordu.

Âfât — *Sizce felsefenin bilimler arasındaki yeri nedir, sahası nedir?*

Saleh Maşiah — *Felsefe, insan kafasının hiçbir bilim veya değer içinde yapamadığı her şeyi yapar; yaşanmış, tahlil edilmiş her şey üzerinde eleştirici düşünce, kritik... Böyle olunca, onun alanı anlaşılır: Gerçekte ve insan eliyle yapılmış olarak varılan her şey üzerinde — teknik, sanat, ahlâk! —, insan kafasının bunlar hakkındaki akıl yürütmeleri üzerinde, analitik ve eleştirel düşünce; var olan şeyleri tenkit etme ve kendi tarafından ibarettir!*

Bu çerçevede, 'felsefe' kavramının etimolojisine bakılabilir. Bu kavram Yunanîdir ve iki kelimenin bir araya gelmesinden oluşmuş-

tur. Filos: Dost, seven, sever anlamına gelir. Sofia: Hikmet, derin fikir, derin bilgi, bilgelik anlamındadır. Filosofia: Hikmet sevgisi, hikmet bilgisi, Bilgelik sevgisi anlamına gelir. Felsefe'nin Arabî söylenişi 'felâsife' olmakla beraber, büyük mütefekkirler bu kavramın 'hikemiyât' yani 'hikmetler bilgisi' biçiminde ifade ederler.

Konusunun hakikatine vakıf ve hâkim her ilim ve fikir adamı, o hususa mahsus hakîmdir. Yani hikmet sahibidir. Felsefesine hâkimdir.

Âfât – 'Samirî'nin Öküzü' bahsi için ne dersiniz?

Saleh Maşiah – *Bu bahiste, o öküz heykelinin böğürmesiyle alâkalı, Muhyiddîn-i Arabî, bilmeden büyük Melek Cebrail'in ayak bastığı toprağın da heykele karıştırılmasıyla ilgili olarak, 'ruh neyle ilgilenirse onu canlı kılar ve eşyaya yayılan bu ruha NASUT derler.*

Allah, insan için hayvanların hayatı üzerinde tasarruf kuvveti vermiştir. Hayvan şeklinde yapılan heykelin, elbette aslı hayvan cinsinden değildir. Şu hâlde hayvanlar daha elverişlidir; çünkü bu, irade sahibi olan hayvandan başkadır ve bu yüzden kendisini tasarruf eden kimsenin hükmü ile hareket eder. Halbuki hayvanda, kasıt ve irade vardır ve bazen kendisinde tasarruf eden kimseye karşı mukavemet eder.

Nasut, 'insanlık, insanlar ve onlarla alâkalı şeyler, insanlığa dair' anlamlarına gelen bir kelimedir.

Âfât – Quantum meselesini kurcalamak isterim...

Saleh Maşiah – *Bu teori bizi, kâinatı fizikî sebeplerin bir koleksiyonu olarak değil, birleşik bir bütünün çeşitli parçaları arasındaki karmaşık bir ilişkiler ağı olarak görmeye zorlar.* Bütün fizikî parçacıklar dinamik olarak birbirlerinden oluşmuşlardır ve bu manada birbirlerini kapsadıkları söylenebilir. Bu teoride ağırlık, bütün parçacıkların etkileşimi veya birbirlerine nüfuz edişleri üzerinedir. Kısaca, bu atom altı parçacıklar, dalgalar ve alanlar mevzuunda konuşurken, fizik adamı şöyle der: Onların hepsi birbirlerine nüfuz ederler ve birlikte olurlar!

Dikkat edilmesi gereken husus şudur ki, ruhçu-mistik ve fizikçinin kendi hakikatlerini anlatırlarken aynı kelimeleri kullanmış olduğunu gören kimse, aynı kelimelerle aynı şeylerden bahsedilmediğini anlamaz ise, bu yüzden hakikatlerin aynı olduğu neticesine varır ki, aslında o, hiçbir şeyi anlamıyordur. Varlıkbilim seviyelerinin pek kestirmeden bir örnek çözümlemeler içinde algılama gayreti de buna dairdir:

1 *Fizikçi, bize, başlı başına önemli bir buluş olan, 'her çeşit atomik olayın birbiriyle iç içe örüldüğünü' söyler; ancak, bize ne türden olursa olsun cansız maddenin biyolojik düzeyde etkileşimi ve bu seviyenin zihnî alan ile etkileşimi konusunda hiçbir şey söylemez ve söyleyemez. İyonik plazmanın yani iyonik varlığın, meselâ ben merkezli hedefler ve insiyaklarla yani içgüdülerle ne ilişkisi vardır? Zihnî alanın ve ince yapının sebeplilik (nedensellik) ve etkileşimi ve daha alt düzeylere doğru gidersek, tersine etkileşim ve karşılıklı nüfuz etme nedir? Yeni Fizik bu konuda ne söyleyebilir?*

Âfât – **Ya Antropomorfizm?**
Saleh Maşiah – *Antropomorfizm, yani insanın, varlıkları kendine benzetme eğilimi ki, buna 'insan şekilcilik' adı verilir felsefede,*

insana mahsus zihnî bir kusur değildir. Diğer varlıkları kendine dönüştürme eğilimini canlı cansız, şuurlu şuursuz bütün varlıklarda görmekteyiz. Fark ediyoruz ki, her varlık 'var' ve orijinal kalabilmek için bir diğerini kendine dönüştürme faaliyeti içindedir: Mineraller enerji depo ederlerken, bitkiler mineralleri, hayvanlar bitkileri, insanlar hayvanları karşılıklı olarak tüketirlerken, diğer varlıkları kendi orijinal yapıları lehine eritmek gayreti içindedirler. İnsanın zihin hayatındaki belirişler de bundan başka değildir. Canlılık, 'niçin orijinal kalmak?' sorusunun cevabı olmaktadır.

Bütün varlıklar, hem var olmak, hem de başkasının varlığında var olmayı reddetmek suretiyle orijinal kalabilmek için çırpınmaktadırlar. İşte, oluş ve hayat böyle bir herc-ü merc'i ifade eder. Öyle görünüyor ki, bütün varlık ortaya çıkış ve belirişleri bir tek varlık prensibinden güç almaktadırlar. Böyle ise, ya yaratıkların hepsi canlıdırlar veyahut yaratıkların hepsi cansızdırlar; ya da canlı ve cansız ayırımı insanın zihnine yansıyan bir varlık oyunudur. Görüldüğü üzere, canlı cansız ayırımı yanında, bununla uğraşırken, canlılık sıralaması ve sınıflamaları da, şu yönden bir, diğer yönden ayrı vasıflandırmaların ortalaması olmak bakımından, anlaşabilmemizi kolaylaştırmak için yapılmış el yordamı işlerdir.

Âfât – *Elektronların şuurundan hareketle?*

Saleh Maşiah – *Gözlemleyenin, gerçekliğin şekillenmesine katkısı var mıdır? Gözlemcinin gördüğü her şeyi kuantum mekaniği denkleme döküp tanımlayabilir, fakat gözlemcinin kendisini tanımlayamaz; insanlar için denklemlerimiz yoktur, onlar kuantum düzeninin dışındadırlar. Bu bizi, eski 'gözlemleyen ve gözlemlenilen' ikiliğini aşmaya zorlarken, kuantum fiziğinin kendisi bu ikiliği içinde barındırır. Bu, beceriksizce eksik kalan bir şeydir ve en azından gözlemlerini bilinçleri sayesinde yapan insanlar hesaba katıncaya kadar da böyle kalacaktır. Fizik için bir vakıa (olgu) olan bu bilinç, insan bilincinden farklı olabilir.*

Yukarıda işaretlediğim kompleks hükümler, modern 'hayat bilgisi'nin son buluşu sayılan DNA'ya kadar olan serüveninin her basamağında, hayatın-canlılığın bütün fenomenlerinin 'hayat nedir?' sorusuna bağlı olarak cevabının verilmesi gereğinin uyarısıdır. Yahut 'hayat nedir?' sorusunun cevabının açık kalışını göstericidir. Bunu özellikle, 'hayatın sırrı çözüldü, çözülüyor!' sanan yarım anlayışlılar için söylüyorum. Sır, kendini, her çözümlemede daha çok sırlaşarak gösterir ve iş, 'bildiğim bir şey varsa o da hiçbir şey bilmediğimdir!' üstün idraki ile teslimiyete varır. O, bilinmez, yaşanır.

Âfât – **Peki bilim nedir?**

Saleh Maşiah – *Bilim, gerçeklerle ilgili bilgiler topluluğu, teoriler dizisi, onları geliştirmek ve gerçekleri bulmak için gösterilen çabalara denir. Bilim, çoğu defa soğuk gerçekler ve öğrenilmesi çetin teoriler olarak düşünülür; fakat özelliği anlaşıldığı zaman, onun ne kadar canlı ve dinamik olduğu görülür. Bilimsel olaylarda, teorilerde ve gerçeklerde, harekete geçirici bir kuvvet, yani merak vardır.*

Bin yıllar boyunca hayvanlar, bitkiler, mikroorganizmalar, güneş sistemi, kısaca; bütün tabiat ve yaşanılan çevre, insanların ilgisini çekmiştir ve aynı ilgi bugün de devam etmektedir. İnsan, ilgi duyduğu her şeye merakla yönelir ve 'niçin, nasıl' sorularını sorar. Merak edilen sorulara cevap bulmak zordur; fakat asıl zor olan, soruları doğru sorabilmektir ki, bazen problemi çözmek kadar zordur. Yeni sorular sormak, yeni imkânlar ortaya koymak, eski problemleri yeni görüşle işlemek, çok derin bir yeteneği gerektirir.

Bilim adamları elde ettikleri gerçekler arasındaki irtibatı bulduktan sonra, onları neticeye götürebilecek geçici bir çözüm ileri sürerler. Bu geçici çözüme, 'hipotez' denir. Hipotez kelimesi yunanca olup iki kelimeden meydana gelir. 'Hipo' veya 'İpo' (Υπο): Alt anlamındadır. Tez (Θεσης; Thesis) ise 'Sav' anlamındadır. İpothesis (Hipotez) ise 'Alt sav, ön tez' gibi anlamlara gelir. Hipotezler, problemle ilgili gerçekleri açıklamakla kalmamalı, ona dayanan başka olguların da bulunabileceğini tahmin ettirmelidir. İlim adamı, kurduğu hipotezden yararlanarak başka ipuçları bulmaya ve gözlemler yapmaya çalışır. Bunların faydalı olabilmesi için bir görüşü ya desteklemeli veya çürütmelidir. Yani, gözlemler hipotezi desteklerse, onu kuvvetlendirmiş olur; şayet tersi oluyorsa, hipotez tekrar gözden geçirilmeli veya yeni bir kurulmalıdır.

Fakat hipotezlerin nasıl kurulduğu hakkında fazla bir şey söyleyemiyoruz; 'bilen sır, bilinen sır, bileni bildiren sır!' hikmeti. Hipotez kurmak öyle derin bir faaliyet ve anlatım kudretidir ki, buna 'ilmî sanat' diyebiliriz. Bir hipotez, genel olarak birbirlerine bağlı cümleler veya varsayımlar grubudur. Bazı bilim adamları, hipotez ile teori kavramlarını eş anlamlı iki tabir gibi kullanırlar. Hipotez kavramının anlamını ve etimolojisini yukarıda anlatmıştık. Teori kavramı da yunancadır ,'Theome' (θεϖμαι; Theome) fiilinden köken alır ve 'bakmak, gözlemek, gözetlemek, uzağı görmek' gibi anlamları vardır. Hipotez kavramı 'problemi çözmek için ileri sürülen, başlangıçtaki fikirler' için kullanılır. Eğer hipotez, tekrarlanan tecrübe ve gözlemlerle desteklenir ve *doğruluğuna inanış kuvvetlenirse, o zaman 'teori' olur. Hipotezin iki önemli görevi vardır: Birincisi, hipotez, problemle ilgili bütün gerçekleri açıklamalı, onları birbirine bağlamalı ve onlarla problem arasındaki bağıntıyı belirtmelidir. İkincisi, bazı tahminlere yol açmalıdır; eğer hipotez, araştırıcıyı yeni gerçeklerin tahminine götürür ve tecrübeler de bunları doğrularsa, o zaman hipotez desteklenmiş olur.*

Âfât – 'Hiç' üzerinde durabilir misiniz?

Saleh Maşiah – *Bu suale verilebilecek her türlü cevap 'imkânsız' hükmündedir; çünkü böyle bir cevapta zorunlu olarak 'hiç şudur', 'hiç budur' şeklinde bir ifade kullanılacaktır ki, o zaman da 'hiç', 'bir şey' olur. Öyleyse, 'hiç' hakkında soru da, cevap da, aynı ölçüde kendi içinde manasız olur.*

Böylece, bu sorunun bilim tarafından geri çevrilmesine gerek bile kalmaz. Genel olarak düşünmenin hep başvurulan temel kuralı, kaçınılması gereken çelişme ilkesi, 'genel mantık', bu soruyu yere çalar; çünkü, aslında hep bir şeyi düşünmek olan düşünce, düşünce olarak 'hiç'i hedeflediğinde kendi özüne aykırı davranmış olur.

'Hiç'i obje (nesne) hâline getirmek bize böyle tamamen yasak edildiği için, 'hiç' hakkındaki sorgulamamız da sona ermiş demektir; Tabii ki, 'hiç'i kökünden kavramak ve onun keşfedilebileceğine karar vermek için, 'mantık'ın en yüksek merci olması ve anlama kabiliyetinin araç, düşünmenin de yol olması şartıyla.

Fakat, mantık kendi kabiliyetine toz kondurur mu? 'Hiç'e ait bu soruda anlama istidadı gerçekten de hâkim değil mi? 'hiç'i ancak anlama kabiliyetinin yardımıyla belirleyebilir ve onu en azından kendi kendini tüketmekte-açılmakta olan bir mesele olarak ortaya koyabiliriz. Yani 'bilinen'in hiçlikten çıkması gibi. Çünkü 'hiç', "var olan"ın bütünüyle yokluğudur, bütün bütüne olmayanıdır. Burada 'hiç', daha üst bir tespit olan 'değil'in ve böylelikle de 'değilleme'nin altındadır; "ne ki, o sanırsın, o değil" anlayışı gibi; ancak bu, 'mantık'ın hâkim olan ve toz kondurulmayan sistemine göre, anlama kabiliyetinin belirli bir faaliyetidir. O hâlde biz nasıl olur da, 'hiç' sorusunda ve hatta onun sorulabilir olmasında 'anlama kabiliyeti'ni saf dışı bırakmayı isteyebiliriz? 'Değil', 'değillenmiş olma' ve dolayısıyla 'değilleme', daha üst bir tespit mi ortaya koyuyorlar ki, 'hiç' bunların altına, 'değillenmiş olan'ın özel bir biçimi olarak girsin? 'hiç' sadece 'değil' olduğu için, yani 'değilleme' olduğu için mi var? Yoksa tam tersi mi?

Sakın, 'değilleme' ve 'değil', ancak ve ancak 'hiç' var olduğu için, olmasınlar? Buna karar verilmiş değil. Bizce, 'hiç', 'değil ve değilleme'den daha köklüdür.

Âfât – Eğer bu iddia doğru ise, o zaman anlama yeteneği işi olarak 'değilleme'nin imkânı ve onunla birlikte de anlama yeteneğinin kendi, belirli bir şekilde 'hiç'e bağlıdır. O hâlde, anlama kabiliyeti bu hususta nasıl olur da karar vermeye girişebilir? Yoksa, 'hiç' hakkındaki soru ve cevaptaki anlamsızlık, sonunda sadece başıboş dolaşan anlama kabiliyetinin kör inatçılığında mı yatıyor?

Saleh Maşiah – Hiç, hiçin bizzat kendisi, herhangi bir şekilde sorgulanacaksa, o hâlde önceden verilmiş olmalı. Onunla karşılaşabilmeliyiz.

Hiç'i nerede arayacağız? Nasıl bulacağız? Bir şeyi bulmak için, evvela onun olduğunu bilmek zorunda değil miyiz? Gerçekten *de öyle! İnsan her şeyden önce ve çoğunlukla, aradığı şeyin mevcudiyetini kabul ettikten sonra onu arayabilir. Ne var ki, şimdi aranan, 'hiç'tir. Acaba, böyle bir kabulün olmadığı bir arama, saf bir bulmanın söz konusu olduğu bir arama var mıdır?*

Ne olursa olsun, 'hiç'i en azından günlük hayatımızda, hakkında rastgele konuştuğumuz şekliyle tanıyoruz. Bu herkesçe tanınan, sorgusuz sualsiz kabul edilmişliğin bütün solgunluğunda renksizleşmiş, sözlerimizde farkında olmadan dönüp dolaşan 'hiç'in iyi kötü bir 'tanım'ını daha verebiliriz:

Hiç, var olanın hepsinin tam bir değillemesidir. Hiç'in bu özelliği bize sonunda, onun bizimle karşılaşabileceği tek yönü işaret etmiyor mu? İçinde hiç'in kendisini gösterebileceği böylesine tam bir 'değilleme'ye düşebilmek için, ilk önce 'var olan'ın hepsi verilmiş olmalıdır.

Âfât – **Kurt-adam bir hiç midir?**

Saleh Maşiah – *Bu bir sır! Hiç, sır değildir; çünkü sır, mevcudun bilinmemesi, yani 'var'dır. Hiç'ten doğan sır; hiç'in sırrı olmaz, hiç'ten hiç doğar.*

Âfât – **Sırrınızı bana vermeyecek misiniz?**

Saleh Maşiah – Senin sırrın Erkek Kedi.

DOKUZUNCU BÖLÜM

Dört atlı bir araba Güney Vadisi'nde bulunan bir malikânenin önünde durdu.

Uzun kabanlı bir adam arabadan indi ve perona yöneldi.

Kapıyı çaldı, kapı yavaşça açıldı. Gözlerini ovuşturan bir hizmetçi ağzının ucuyla bir cevap verdi:

"*Olyan efendi yatağında. Yarın sabah gel.*"

Adam, hizmetkârı dikkate almaksızın, kapıyı itti ve içeri girdi:

"*Beni gördüğüne çok sevinecek zira mevzu çok acil.*"

"*Acil mi?*" diye yutkundu hizmetkâr. "*Kapıyı zorlayıp içeriye girmenizi gerektirecek kadar acil olan şey nedir?*"

"Efendi Kreon öldü," diye cevap verdi adam. "*Bir saat önce öldürüldü. Onu tasfiye eden, onun yerini aldı.*"

Cebinden kırmızı bir mendil çıkardı ve alnını sildi.

"Olyan'la konuşmak istiyorum. Hemen şimdi, bu gece. Bazı şeyleri çözmemiz gerekiyor."

* * *

Derin sessizlik büyük bir gürültüyle bozuldu. Meşaleler gökteki yıldızlar gibi parlıyorlardı. Gürültünün sebebi malikânenin önünde toplanan insanlardı. Genç bir adamın çekici sesi kalabalığın mırıltılarını bastırdı:

"Muhafız! Geçişimize izin vermeni emrediyorum. Derhâl! Ben Efendinim."

Kapıda bir hareket yoktu.

"Hemen geri çekilin, yoksa hepinizi yakalayacağım."

Âfât bu anlayışsızlık duvarına yaklaştı ve konuşan adamın ağzının ortasına bir tane patlattı.

"Sen hâlâ anlamadın herhâlde. Yorgos Kreon, hain kurt öldü. Yeni efendi benim."

Muhafız hâlâ olup biteni kavrayamamıştı. Silahını çekti ve Âfât'a doğrulttu. Âfât soğuk bir ses tonuyla konuştu:

"Az evvel bir kurt-varlık öldürdüm. Gerçekten benimle savaşmak istiyor musun?"

Muhafız davranmadan zırh taşıyan ızbandut gibi bir adam kalabalığı yararak öne atıldı.

"Silahını indir beyinsiz herif!" diye bağırdı. *"Kreon'un adamlarını tanımıyor musun? Orada burada her yerde, bizim taşıdığımız kaskları bilmiyor musun? Sana söylüyorum, Efendi Âfât doğruyu söylüyor. Kreon bir iblisti ve bu genç adam bizi ondan kurtardı. Şimdi savul, maden çuvalı! Ya da istersen kelleni koparayım hemen."*

Muhafız geri çekildi ve geçişi serbest bıraktı. Âfât eşikten adımını attı ve bağırdı:

"*Kapıları açın!*"

Demir bağlantılar gıcırdadı ve köprü yavaş yavaş indi. Âfât kubbenin altından geçti ve kalabalık onu takip etti. Bir önceki defa gizlice girdiği malikâneye şimdi muzaffer bir efendi olarak giriyordu.

"*Önüme düş ve hizmetkârları haberdar et.*"

Muhafız koşar adım yola koyuldu.

Dev bahçeye gelindiğinde kitle büyük bir hayranlıkla etraflarını izliyordu. Âfât değerli mücevherlerle bezeli çeşmenin üzerine çıktı:

"*Gelin! Kendi inşa ettiğiniz ve vergilerinizle yapılan haneye girin. İster oturun isterseniz uzanın. Rahat edin. Burası sizin kendi malınız. Yiyecek ve içecek sınırsız. Bu akşam zaferinizi kutlayın. Yarın şafakla beraber yeni bir dönem başlıyor.*"

Muhafızlar hayatları boyunca zenginlerle yoksulların, askerlerle fırıncıların, zanaat ustalarıyla aktarların yan yana aynı mekânda bulunduklarını ilk defa görüyorlardı.

Tanıdık bir ses şu soruyu sordu:

"*Burada neler oluyor?*"

Uyumaktan gözleri şişmiş, ipek gömleğinin üzerinde bir robdöşambrıyla bu İulyâ'ydı. Âfât dudaklarında tebessüm, bir fatih havasıyla İulyâ'ya yaklaştı.

"*Gattopardo!*" dedi şaşkınlıkla. "*Çabuk buradan git. Dayım seni görecek olursa...*"

"*Yeter! Beni görmekten memnun musun değil misin?*"

"Tabii ki memnunum."
"Gel bir şeyler içelim."
İulyâ garip bir şeyler olduğunu fark etmişti.
"Gerçekten neler oluyor?"
Âfât alaylı bir üslupla sordu:
"Hiçbir şey bilmediğini mi söylüyorsun?"
"Hiçbir şey."
"İyi o hâlde yeni bir dönemin başlangıcını kutlayalım."
İulyâ elindeki kadehi masaya bıraktı ve Âfât'ın gözlerinin içine baktı:
"Kutlamak mı? Fakat neden, neyi kutluyoruz?"
"İyi, dans edelim."
İyice huzursuzlanan İulyâ öfkeli bir ifadeyle:
"Şu hâline bak! Her tarafın çamur içinde."
"Hepsi bu değil, bir de iç çamaşırlarımı görseydin."
"Bu çamur değil, kan! Söyle bana, neler oldu?"
"Dayın bir kurt-adam'dı."
"Ne?" diye bağırdı İulyâ, gözlerini fal taşı gibi açarak.
"Hakikat bu. Bu gece beni öldürmeye kalkıştı."
"Söylediklerinin farkında mısın?"
"Doğru söylüyor hanımefendi," dedi tezgâhta duran adam.
"Buradaki herkes Kreon'un nasıl bir yaratığa dönüştüğünü ve karşınızda oturan genç adamın peşinden koştuğunu gördü. Bunu yapmaması gerekiyordu. Efendi onu öldürdü."

Yüzü kâğıt gibi olan İulyâ koşarak malikânenin alt katlarına indi. Âfât da ardından.

* * *

Onu mahzene yakın bir odada buldu. Her taraf örümcek ağlarıyla çevriliydi.

"*Benim,* İulyâ. *Sana acı çektirmek istemezdim.* Üzgünüm."

"*Yani öldü...*"

"*Maalesef...*"

"*Ben kurt-adamlar'ın sadece hikâyelerde bulunduğunu zannederdim.*"

"**Böyle olmasını çok isterdim.**"

"*Böyle bir insanı tanıdığımda şunları düşündüğümü hatırlıyorum: Çok hızlı iyileşiyor. Çok nazik biriydi fakat bir o kadar da alaycı ve kabaydı.*"

Âfât sapsarı kesildi. Bu cümlelerden çok etkilenmişti.

"*Bunu bilseydim bile böyle bir şeyi yapamazdım Gattopardo çünkü dayımı seviyordum. Hatalarına rağmen onu seviyordum. Fakat mademki o bir canavardı...*"

Âfât kendini çok kötü hissetti:

"**Gattopardo benim sahne ismim. Gerçek ismim Âfât.**"

İulyâ tebessüm etti.

Âfât... Müzikal bir ifadeyle, "*Güzel bir isim* dedi. *Peki, Âfât kurt-adam'ı nasıl öldürdü?*"

"**Kurt-adamların zayıf noktaları boğazlarıdır.**"

"*Ooo! Benim merak ettiğim şey bu boğuşmadan nasıl sağlam çıkabildiğin?*"

"**Diyelim ki, ben yaralardan etkilenmiyorum.**"

Gömleğini açtı ve ona pençe izlerini gösterdi. İulyâ irkildi.

"Bunun bulaşıcı olduğu söylenir. Yani... Kurt-adamlar lânetlerini kan yoluyla aktarırlar. Eğer onun kanı seninkine karıştıysa... Bu yaraları yıkayıp temizlemek lâzım."

İulyâ Âfât'ı tavan arasına çıkarttı. Bir kandil yaktı. Duvarda sayısız alet edevat asılı duruyordu. Masanın üzerinde pirinçten mamul garip enstrümanlar bulunuyordu. Masanın ortasında bir de metal fıçı vardı.

"Bu materyaller nedir? Yoksa dayın büyü işiyle de mi uğraşıyordu?"

"Hayır, bu bir sağıltman kabini. Simyacı dr. Ruhî'nin."

"Simyacı?"

"Evet. Simyacılar bitkilerin ve hayvanî maddelerin tedavi edici olduğuna inanırlar. Aslında bu işle uğraşanların çoğu din adamlarıdır. Fakat dayım onları sevmezdi." Âfât'a doğru döndü ve bir sandalyeye oturdu. "Korkmana gerek yok, sadece yaralarını temizleyeceğim ve pansuman yapacağım. Düşünsene, bu kirli kan seninkine karışsa. O zaman sonuçlarını dolunayda görürüz. Belki de seni kızgın demire yatırmak gerekebilir."

Âfât gülümsedi. İulyâ suyu kaynaması için ocağa koydu ve yaraları incelemeye başladı.

"Yaraların etrafında çok kan var, fakat derin görünmüyorlar."

"Allah'tan yüzeyeller. Deri değiştirince iyileşirler. Bu düşüncelerden bir an evvel kurtulmam gerek. Ben bu ülkeyle ne yapacağım, bilemiyorum?"

"Ne anlamda?"

"İşe, büyük bir fakirhane inşa ederek başlamalıyım.

Mâhir'i de din işlerinin başına getirdim."
"Demek ki, Şehri imar etmeyi düşünüyorsun."
"Evet, meselâ fukaralara nasıl yardım edebileceğimi merak ediyorum."
"İyi bir soru. Onların ikamet ettiği yerlerde bir köpeği bağlasan durmaz."
"Bir fikrim var. İlâhî söyleyerek fukaralara yardım edebiliriz. Bu yıl Hasat Şenlikleri'ni amfitiyatroda değil fakir mahallelerin sokaklarında yapacağız."
"Farkı ne?"
"Aşağı mahalleleri dört veya beşe bölen bir yasa çıkaracağım ve şehrin efendilerinin büyük depolarından yararlanacağım."
"İyi de, farelerin festivali altüst etmesini nasıl engelleyeceğiz? Kitleyi bu konuda nasıl eğiteceğiz?"
"Güzel bir başlangıç. 'Biz' demeye başladın."
İulyâ cevap vermedi ve yaraları temizlemeye devam etti. Sonra Âfât'ın gözlerinin içine baktı.
"Biliyor musun, seni ilk gördüğümde zeki, katı ve kurnaz bulmuştum. Şimdi ise 'iyi' olduğunu düşünüyorum."

* * *

"Efendi Âfât," diye bağırdı bir hizmetkâr.
"Evet, ne var?" diye cevapladı Âfât, mahmur bir hâlde.
"Efendi Âfât, bazı kanun adamları seni görmek istiyorlar."
"Kimler?"
"Ben de bilmiyorum."

"*Söyle beklesinler, giyinip geliyorum.*"

Bir süre sonra, yeni efendi, üzerinde sarı bir tunikle malikânenin büyük iç merdivenlerinden aşağı iniyordu. Kendinden emin bir edayla, bekleyen kanun adamlarının bulunduğu, kitaplarla dolu odaya girdi.

"*Merhaba beyler, konu nedir?*" Sesi despotvarî idi.

"*Efendi Âfât, saygılarımla, ismim Araf.*"

"*Ben, Boaz.*"

"*Ben de Müfid.*"

"*Tamam, ne istiyorsunuz?*"

"*Çözmemiz gereken bir hayli sorun var, efendim,*" dedi Araf.

"*Nedir onlar?*"

"*Önce, sizin iktidara kabul edilmeniz meselesi. Sonra, eski efendinin cenaze merasimi ve vasiyeti...*"

"*Eski efendinin cenaze merasimi meselesi kolay. Her şey yasaya uygun gelişti. Yarışmanın ikincisi olarak ben bu makama hak kazandım.*"

Araf gülümsedi.

"*Doğrudur, fakat bu anormal bir yükseliş. Şehrin tarihinde ilk defa böyle bir şey oluyor. Yirmi yıl boyunca aynı kişi şehir üzerinde hâkim oldu. Onun ölümü ve senin onun yerine geçişin, asiller açısından sorun oluşturuyor.*"

"*Hangisi daha belirleyici, asiller mi, kanun mu?*"

"*Tabii ki, kanun, ancak...*"

"*Peki, kanun efendinin ölümü konusunda ne diyor?*"

"*Yarışmada ikinci olanın onun yerine geçeceğini söylüyor.*"

"*Kesinlikle! Ben biliyorum, siz biliyorsunuz, asiller de bunu bilmeli.*"

"Kusura bakmayın efendim, kanundan bahsetmiyoruz, iktidardan bahsediyoruz. Bu şehirde kanunlar, güçlü yurttaşların desteği varsa etkilidir. Bilirsiniz, hukuk güçtür ve ancak güçlü olan iktidarı hak eder."

"Sizin işiniz kanunlarla meşgul olmak. Benim işim de iktidarı temsil etmek. Anlaşıldı mı? Şimdi, cenaze törenine geçelim. Boaz bey, size güvenebilir miyim?"

"Tabii efendim."

"Bir tören planlayın ve bana bunun zamanını bildirin. Töreni kaçırmak istemem. Geriye kalan vasiyet sorunu. Onu bana okuyun Müfîd bey."

"Çok uzun, efendim."

"İyi, o hâlde suallerime cevap verin. Burada Kreon'a ait ne var?"

"Buradaki her şey ona ait."

"Akrabalarına bir şey bırakmış mı?"

"Onun kimsesi yoktu."

"Aslında..." Âfât sustu. Bir *kurt-varlık*'ın oğlu da *kurt-varlık*'tır, diye geçirdi içinden. "*Peki, devlete ait hiçbir şey yok mu?*"

"Hayır."

"O zaman, vasiyetnamede hiçbir şey yok."

"Mümkün değil, efendim. Özgür bir adamın vasiyeti 'hiç' hükmünde olamaz."

"Söyleyin Araf bey, bir efendinin, ülkesine karşı suç işleyen bir adamı yargılama hakkı var mıdır?"

"Evet efendim, Tabii ki, fakat..."

"Bu durumda, Kreon bir suçluydu. Kızıl Bina'yı tahrip

etmekle ve orada bulunan yetimleri katletmekle suçlanacaktı. Şimdi söyleyin Müfîd bey, ülkesine karşı suç işleyen bir kişinin vasiyetinin kıymeti var mıdır?"

"Hayır, ama o zaman bu adamın resmî cenaze töreniyle gömülmeye de hakkı olamaz."

"Çok doğru. Boaz bey, töreni iptal edin. Kreon'un cenazesini kimsesizler mezarlığına defnedin. Tartışılacak bir nokta kaldı mı?"

Müfîd bey söz aldı, sıkıntılıydı.

"Bir de şu problem var: vasiyetnamede bir hançerden bahsediyor. Onu bir parşömene sarmış. Vasiyetname kadük oldu. Bu hançeri ne yapacağız?"

Hançeri Âfât'a uzattı. Gümüşten yapılmıştı.

"Bekleyin," dedi Müfîd bey. *"Metnin altında bir not var: Eğer oğlum hâlâ bu dünya üzerindeyse, bu hançeri ona verin. Onu iyi kullansın."*

Âfât hançeri Müfîd'e geri verdi.

"Kreon'u, bu hançer kalbine saplı olduğu hâlde gömün."

ONUNCU BÖLÜM

Âfât koltukta uyuya kalmış durumdaydı.
"Öğreneceğin çok şey var ve uyumak ideal bir seçim değil."
Rüyasında duyduğu derin ses çok gerçekçi geliyordu. Uykusundan uyandı. Bir el hafifçe omzuna dokundu. Açık duran pencereden tatlı bir gece parlaklığı odaya yansıyordu. Âfât omzuna dokunan adamı tanıdı:

"Efendi Levi!"

Levi'nin yüzünde hoş bir tebessüm belirdi. Âfât'ın karşısındaki koltuğa oturdu.

"Bana efendi Levi demene gerek yok. Aaron demen yeterli. Bu bir öğrenci ayrıcalığı."

"Öğrencilerin hocaları vardır ve hocalar kendilerini öğretmeye adarlar. Sen, ilmini kime vereceksin, Levi?"

"Ben halkıma bağlıyım ve ilmimi ona vermek isterim ya da onu

yönetene. Bu halk hakikî bir lider bekliyor. Şu anda lider yerine bir çocukları var."

"Bütün liderler çocuktur. Sabırsız çocuklar. Şimdi beni yalnız bırak!"

Aaron gözlüğünü sildi.

"Yarışmada başarısız olduğunda seni çok erken terk ettim. Kreon'un devrilişi bana çok zamansız göründü. Şimdi lider sensin ve ben seni terk etmeyeceğim. İki gün içinde asilleri çok öfkelendirdin, kitleye altüst oluş tohumları ektin, görevlerini ihmal ettin ve en değerli arkadaşını bıraktın."

Âfât dişlerini sıktı.

"En iyi arkadaşımı terk etmedim, uzun süre aradım ve bulduğumdan beri onu hiç yalnız bırakmıyorum. Zenginler ve asiller umurumda bile değil. Yüzlerce yoksulun yanında onların konumu çürümüş bir kelepçeninki gibi."

"Zavallı Âfât! Zenginler dikkate alınması gereken insanlardır. Senin onlardan öğreneceğin çok şey var."

"Sen hangi hakla bir efendiye akıl vermeye teşebbüs ediyorsun?"

"Akıl fukaraları öncülerini seçerken onların unvanlarına bakarlar. Büyük hedefleri olan insanlar ise, öncülerini, aldıkları ibretlere göre seçerler. Benimle gel. İş içinde eğitim alırsan iyi olur."

"Tarık'ı yalnız bırakamam, çok hasta."

"Onu bırakmak istemiyorsun ama uyuyorsun. O bu gece uyanmayacak. Emin olabilirsin. Ve eğer yarın uyanırsa ve halk ayaklanmış durumda olursa, her şeyini kaybedecek."

"Ayaklanma?!"

"Öğreneceğin çok şey var. Gel benimle."

Gece havası canlı ve kuruydu. Ağaçların oluşturduğu doğal kubbenin altında yapraklardan müteşekkil halı *Aaron*'un kararlı adımlarıyla çatırdıyordu. *Aaron* çok korkusuz görünüyordu. Herkes kurt-adam hikâyelerini bilirdi. *Aaron*'un bunu bilmiyor olması mümkün değildi.

Âfât, bu kalın bıyıklı Yahudi'yi pek sevmiyordu fakat güçlü duruşuna çok saygı duyuyordu. Bu adam sıradan biri değildi. *Aaron* da, Âfât'ın dokusundan rahatsız değildi. Bir güven duygusu aşılıyordu.

"*Bir şey işittin mi?*" diye sordu Âfât, uzun bir sessizlik döneminden sonra.

"*Bir dalın düşüş sesi. Senin yönetimdeki beceriksizliğinin çıkardığı sese benziyor.*"

"*Beni gecenin bir yarısı bu ormanın ortasına, bunu söylemek için mi getirdin?*"

"*Senin yönetim anlayışın mahkûm edilmiş durumda. Çok geri ve halk dalkavukluğuna dayalı. Yığınlar seni anlayamaz. Onlar cahiller sürüsüdür. Meselâ Drüzî toplumunda iki grup insan vardır. Birinci gruba 'Cuhhâl' denir yani cahiller. Bunlar toplumun % 95'ini oluştururlar. İkinci gruba ise 'Ukkâl' ismi verilir, yani akıllılar. Bunlar toplumun % 5'ini oluştururlar. Cuhhâl taifesine mensup olanlar, Ukkâl grubuna giremezler. Çünkü Ukkâl derin fikirlerle, bilimle, sanatla ve felsefeyle uğraşırlar. Sırlara vâkıf olanlar onlardır. Bu topluluklar birbirlerine karışmazlar. Bu sınıflar birbirlerinden ayrıdır ve ayrı bir anlayışları vardır. Siyasetleri, hayat biçimleri, görgüleri, bilgileri farklıdır. Kitle 'güç' ister, vicdan istemez. Vicdan, dönüp sahibini vuran vahşî bir silahtır. Seni vicdanında boğarlar. Şimdilik, senden korktukları için saygı gösteriyorlar. Korkmadıkları anda seni parçalayacaklardır.* İulyâ *senin fakir mahallelerle ilgili projelerinden bahsetti. Sen halkını, bir babanın aileyi yönettiği gibi idare etmek istiyorsun! Müşfik ve aptal bir baba!"*

"Bir baba gibi? Hayır kesinlikle değil. Ben bir yetimim. Fakat diyelim ki, öyle yönetiyorum, bunda ne mana var?"

"Bir baba oğullarını, kendisinin yerine geçmeleri ve soyunu sürdürmeleri için eğitir. Oğulların çoğu pasiftirler ve babalarının mirasından pay alabilmek için boyun eğmeci bir tavır sergilerler. Bazıları ise eyleme geçerler, babalarını öldürürler ve onun malına mülküne el koyarlar. Şöyle ya da böyle, oğullar bir biçimde başkaldırırlar ve babalarına karşı savaşırlar. Halkının da sana böyle yapmasını mı istiyorsun?"

"Bu çok saçma."

"Öyle mi? sen umut, bilgi ve para vermek suretiyle kaderlerini değiştirmeyi veya durumlarını düzeltmeyi düşündüğün fakirleri dikkate alıyorsun, değil mi? Ve aynı zamanda, asilleri ve meclisi dikkate almayarak onları bir ergenler sürüsü gibi değerlendiriyorsun ve onları kendi bağımsızlıklarını ilân etmeye itiyorsun. Kendi yetim arkadaşlarını, muhalif bir din önderinin egemen olduğu bir mabede yerleştirdin. Unutma ki, bu kolaycı bir yöntem. Eğer, ilâhî hidayetin etkisiyle zenginler ve yoksullar birlikte sana sadakatte kusur etmeyecek olsalar, mabet ehli seni asla unutmaz ve kendi azizleriyle birlikte yüceltir. Tersi durumda ise şeytandan daha lânetli bir yerin olacağı kesindir. Mabetteki adam, kendini büyük ve derin sayıyor, orgla, flütle ve bir iki içi boş gevezelikle. Ondaki kibir, ne seni kurtarmaya yeter ne de kendisini."

"İyi, öyleyse, ben halkımı bir baba gibi yönetmeyeceğim.

Bir ana, bir ananın oğlu veya bir komşu hatta bir balıkçı, bir kasap ya da bir terzi gibi yöneteceğim. Buna bir itirazın var mı?"

"Sus! Saçmalama diye tersledi Levi. Hayır. Halkına karşı, avının peşinde koşan acımasız ve kararlı bir avcı gibi davran."

"Aah, ah! Halkımın peşinden bir avcı gibi gideceğim, öyle mi?"

"Aynen öyle. Vahşî bir avcı, bir babanın oğulları tarafından hiçleştirildiği gibi asla hiçe sayılamaz. Bir hükümdar, meselâ vahşî bir avcı, halkıyla sürekli çelişki içinde olmalı ve yoldan çıkanları parçalayıp yutmalıdır."

"Peki, hükümdarlar halk tarafından hiç mi devrilip öldürülmediler?"

"Hiçbir yaban tavşanının kurdu öldürdüğünü duydun mu? Böyle bir şeyin gerçekleşmesi için tavşanın, kurdun dişlerine, pençelerine ve onun kana duyduğu iştah ve savaşma arzusuna sahip olması gerekir. Fakat tavşanlar kavga etmeyi sevmezler, sürekli koşmayı severler. Koşmak çoğu zaman kaçmaktır. Âfât! muhafızlar, hapishaneler, kanunlar hepsi artık sana ait ve bunları dikkate almalısın. İhtiyacın olan dişler ve pençeler sende mevcut. Sende eksik olan kana ve ava karşı duyman gereken iştahtır."

Âfât ürperdi.

"Halkıma zarar verme duygusuna hiçbir zaman sahip olmadım."

"Eğer halkını demir yumrukla idare etmezsen o, dizleri üzerine durduğu yerden kalkar ve seni öldürür. Yirmi yıl boyunca bu halkı idare eden Kreon örneğini unutma: Bırak onları, mütevazı evlerinde yaşamaya devam etsinler. Onları korku içinde tut. İkti-

darın dişlerinden ve pençelerinden uzak dursunlar. Yoksa kendi sonunu hazırlarsın."

"Adaletsizce yönetmektense devrilmeyi tercih ederim."

Levi bir kahkaha attı:

"Söylesene kuzum, varlığın kendi tabiatınca yaşamasında adalete uymayan ne vardır? İnsanlar vahşî avcılardır. Her gün, boğazladığımız hayvanların etini yiyoruz. Neden insanlarınkini yemiyoruz? Onlar da birer hayvan değiller mi?"

Büyük Usta *Levi* lirik bir hareketle kendisini kuşatan ulu ağaçlardan birine sarıldı.

"Hayat böyle yürüyor işte. Avcı avıyla beslenir ve varlığını sürdürür. Ot, cesetleri sömürüp tüketir, güveler otu darmadağın ederler. Kurtlar tavşanları ve insanlar kurtları avlarlar. Krallar insanları ve ilâhlar kralları avlarlar. Sen, ya bir avcı gibi iktidar olacaksın veya bir av gibi sürekli tedirginlik içinde yaşayacaksın."

Derin bir nefes aldı ve şarkı söylemeye koyuldu:

"Yaklaş bana kaprisli hayvan

Sen ki, bu dünyanın ihtişamısın.

Kendini benim arzularıma bırak

Ve zevkin için öldür.

Efendinin şarkısını dinle,

Ormanın derinliklerinde

Kızıl ve kendinden emin bir sahip bulacaksın."

Son sözler ustanın ağzından döküldüğünde çalıların arasından dişlerini göstererek dev bir kurt belirdi. Kürkü insanın içini yakan bir koku salıyor ve gözleri kızıl bir ışık yayıyordu.

Levi hayvana oturmasını emretti. Hayvan ona itaat etti

ve yere oturdu. Âfât çok heyecanlandı. *Levi* gözlerini kurda dikti.

"Büyük hedefleri olan bir halk efendilerini onun ne öğrettiğine göre seçer. Bir yaban tavşanı bul ve onu bana sağlam bir hâlde getir. Haydi şimdi git!"

Kurt nasıl sessiz sedasız geldiyse öylece geri döndü ve ormanın derinliklerinde kayboldu.

Âfât, *Levi*'ye hayranlık dolu gözlerle baktı.

"Onun sana böyle itaat etmesini nasıl sağlıyorsun?"

"Sıradan ustalar insanların yüreklerini eğitirler. Büyük bir usta ise hayvanların yüreğini eğitebilir."

"Bu bir cevap değil."

"Belki senin için değil."

"Her hâlükârda, iktidar konusunda bahsettiğin şeylerde yanılıyorsun. Eskinin hep sağlam olduğunu düşünüyorsun. Statükodan yanasın hatta ta kendisisin. Ancak unutma ki, ben halkımı benden öncekinin tasallutundan kurtardım. Onları özgürleştirdim. Ben de yaşlanınca ve çaptan düşünce benden daha genç ve dinamik bir hükümdar yerimi alacaktır."

"O özgür halkın seni öldürmek zorunda kalacak mı?" diye sordu *Levi*.

"Eğer çürümüşsem ve başka bir yolu yoksa evet. Eğer Kreon gibi olursam, evet, beni öldürmek gerekir."

"Eğer hayatını başkasının özgürlüğü için feda etmek istiyorsan sen bir delisin," diye küçümsedi *Levi*.

"Hepimiz bir gün öleceğiz."

"İnsanlar, evet, fakat ilâhlar değil. Ölümün kaçınılmaz olduğu

biçimindeki inanç bir köylü söylencesidir. Basit insanlar gerçek ve derin doğalarının sadece küçük bir bölümünden haberdardırlar. Oysa sen o kategoriye girmiyorsun."

Âfât cevabını vermeden evvel kurt ormandan çıkageldi. Çenelerinin arasında beyaz bir tavşan bulunuyordu. Büyük usta hayvanı aldı ve ay ışığı altında kontrol etti.

"Bak Âfât, vahşî iştahına karşın bu kurt onu bana sağlam bir vaziyette getirdi. Neden? Çünkü ben onu almasını biliyorum. O kurt bana duyduğu sevgiden dolayı değil, korkudan dolayı boyun eğiyor. Ben ateşin, okun ve ölümün büyüsünü yapıyorum. Sen de eğer hayatını ve iktidarını muhafaza etmek istiyorsan halkınla bu temelde ilişkileneceksin."

Levi tavşanı yavaşça yere bıraktı ve avucunu açtı. Tavşan çalıların arasında gözden kayboldu. Kurt kıpırdamadı bile. *Aaron* elini yukarıya doğru kaldırdı ve Âfât'a uzattı. Âfât, *Levi*'nin baş parmağının üzerinde belli belirsiz bir leke fark etti. *Levi* bu lekenin fark edilmesiyle beraber kurdun büyük bir panik içine girdiğini gördü.

"Ben sana 'sağlam' demiştim," diye kükredi *Levi*.

Hayvanı ağzından ve böğürlerinden tuttu ve bir saman yığını gibi fırlatıp attı. Kurdun kemikleri tuz buz olmuştu; hayvan atılmış pamuk gibi yere savruldu. İnsana *Kâriah suresi*ni hatırlatan bir manzara vardı ortada. Âfât'ın gözleri faltaşı gibi açılmıştı. *Levi* ona sakin bir havayla baktı.

"Ben kurdu avlarım ve beni de ilâhlar avlarlar."

"**Çok iyi anlıyorum.**"

"İyi, o hâlde şimdi avlanmayı öğrenmenin zamanı geldi."

* * *

"O, bu şehre hükmedemez! Mukaddes mekâna daha hiç ayak basmadı!"

*Olyan'*ın gürültülü konuşmaları büyük bir alkış aldı. Meclis çok nadiren bu kadar dolu olurdu: Talebeler, asiller, kanun adamları, tacirler ve ileri gelen şahsiyetler büyük salonda bir aradaydılar.

"Efendiyi öldüren bir adam bir kahraman olamaz! Bu olsa olsa bir canavardır! Ben şehrimde böylesi bir hükümdarı istemiyorum! Bu adamdan derhâl kurtulmalıyız!"

"Bırak da ben senin o zehirli dilinden kurtulayım!" diye patladı bir ses salonun arka tarafından.

"Efendi! Bakın bu efendi Âfât!"

Âfât, öfkeden kızarmış bir hâlde yanında *Aaron Levi'*yle birlikte kalabalığı yararak ilerledi.

Efendinin podyuma yaklaştığını gören *Olyan* korkudan titremeye başladı. Tam, konuşmaya başlayacaktı ki, Âfât lafı ağzına tıkadı ve kendisi konuşmaya başladı:

*"****Arkadaşım ve ustam Aaron Levi*** *beni bu toplantıdan haberdar etti. Ne hikmetse davetiniz bana ulaşmadı... Bu çok galiz bir unutkanlık..."*

Olyan cevap verdi:

"Bu bir unutkanlık değil efendi Âfât. Bu salon sana ait değil ve senin burada yapacağın hiçbir şey yok."

"Ben efendiyim! Buraya bütün koşulları sağlamak suretiyle geldim."

"*Ya, ya, tabii. Nasıl oldu bu? Yıkıp yakarak ve öldürerek.*"
"*Salonu derhâl terk et, bu bir emirdir. Muhafızlar çıkarın şu adamı dışarı.*"
"*Gerek yok, yüzbaşı teğmenleriyle beraber aramızda zaten. Hepimize karşı mı savaşmak istiyorsun?*"
"*Hayır Olyan. Sen bu meclisin sözcülüğüne oynuyor görünüyorsun. Ben seninle savaşacağım.*"
"*Ben bir yetimle ağız dalaşına girmem.*"
"*Bu durumda silahları seç.*"
"*Hayır, bu gerçekten de komik olur.*" Kan ter içindeydi. "*Her neyse, ben kılıcı seçiyorum.*"
"*Mükemmel. Sen silahları seçtin, ben de koşulları belirleyeceğim: mücadele, ölüm gerçekleşene kadar devam edecek.*"
"*Bak seni uyarıyorum efendi. Ben bu şehrin en iyi kılıç kullanan adamıyım, haberin olsun.*"
"*Ben de seni uyarıyorum. Bu eller bir efendinin sonunu getirdi.*"
"*Bu sefer seni hiçbir güç kurtaramayacak.*"
"*Bu cümleni cehennemde sürekli tekrar etme fırsatın olacak.*"

İnsanlar savaşçıların etrafın bir daire oluşturma temelinde geri çekildiler. *Aaron Levi* birinci halkanın içinde bulunuyordu. *Olyan* getirilen kılıçlardan bir tanesini seçti. Efendi ilk defa eline kılıç alıyordu. Birkaç teknik hareket yaptıktan sonra *Olyan* salonun arkasına gitti. Efendi de öyle yaptı. İki rakip yüz yüze konumlandılar. Salonda çıt çıkmıyordu.

İlk hamleyi *Olyan* yaptı ve kılıcıyla efendinin kalbini hedef aldı. Çevik bir hareketle bu hamleden sıyrılan efendi,

*Olyan'*ın karnını gördü. Bu hareketi yaparken dengesini kaybetti ve yere düştü. Bunu fırsat bilen *Olyan* kılıcını efendinin boğazına dayamakta gecikmedi. Bütün bunlar yarım dakika içinde olup bitti.

Sanıyorum artık hayatının sonundasın. Bu dünya üzerinde geçirdiğin yılların, utancın, aşağılanmanın hesabını hemen yap. *Olyan'*ın kılıcı efendinin boğazına saplanmak üzereydi ki, iki el onu omuzlarından tuttu.

"*Herhâlde yerde yatan bir adam öldürecek değilsin,*" dedi bariton bir ses.

"*Aaron Levi!*" diye geveledi *Olyan*.

Olyan, kalabalığa gülümseyerek kılıcını geri çekti. Aaron tarafından desteklenen efendi yerden kalktı. Büyük usta, onun kulağına şunları fısıldadı:

"*Parçala onu efendi. Pençelerinle ve dişlerinle parçala. Avcı içgüdünü ve kan iştahını uyandır.*"

"*O çok güçlü, bunu yapamam.*"

"*Kendini ona kötülük yapmaya planla. Onu yarala ve bana doğru gönder, gerisini ben hallederim.*"

Bu sibilik dili anlamayı reddeden efendi rakibine yoğunlaştı. Dişleri sıkılmış bir vaziyette şimşek hızıyla onun üzerine atladı. Sayısız darbe vurdu fakat *Olyan* yere düşmedi ancak sersemledi. Efendinin kılıcı ilk defa olarak harekete geçti. Aldığı derin darbelerle *Olyan* acı bir çığlık attı ve sendeledi. Efendi onu *Levi'*ye doğru sürdü. Nihayet *Levi'*nin kollarına düştü. Yüzünde acı bir tebessüm vardı.

Aaron, *Olyan'*ı şiddetle efendinin dimdik ve hazır duran kılıcının üzerine itti. Kılıç, son nefesini vermekte olan

*Olyan'*ın göğsüne saplandı; *Olyan* külçe gibi yere yığıldı.

Kılıcından destek alan efendi'nin kıvılcımlar saçan bakışları Hazirûn'un üzerine yöneldi:

"Şimdi alanı hemen terk edin solucan sürüleri! Eğer aranızdan birini yolumun üzerinde görürsem, ölünceye kadar peşinizi bırakmam! Hiçbirinizin suratını unutmuyorum! Defolun!"

Kalabalık çıkışa doğru hareketlendi, kimse ardına bakmıyordu. Efendi, omzunda bir el hissetti.

İlk ders böyle neticelendi.

Efendi cevap vermeksizin mutfağa yöneldi ve kapıyı arkasından kapattı. Serinlik ve loşluk bedenine huzur veriyordu. *"Dönüşmem lâzım. Bu yaraların bir an evvel iyileşmesi gerekiyor,"* dedi kendi kendine.

ON BİRİNCİ BÖLÜM

"*Âfât."*

Duyduğu tok ses genç efendiyi şaşırttı. İulyâ oturduğu koltuktan kalktı ve gülümsedi. Tarık kapının eşiğinde ayakta duruyordu.

"Tarık, nihayet uyanmışsın."
"Âfât, ona bizi yalnız bırakmasını söyle."
"Fakat İulyâ bizim yanımızda..."
"Ona buradan gitmesini söyle Âfât."

İulyâ zaten ayaktaydı ve odadan çıkmaya hazırlanıyordu. Sessizce odadan çıktı. Suratı kıpkırmızı kesilmişti.

Âfât yutkundu ve Tarık'a döndü.
"Ayağa kalkmandan memnunum."
"Ona sarıldığını gördüm Âfât. Bunu nasıl yapabilirsin?"
Âfât şaşkındı.

"Nedir bu hikâye, yoksa kıskandın mı?"
"Kendinin ne olduğunu bile bile buna nasıl cüret edebiliyorsun?"
"Sen neden bahsediyorsun?"
"Geçen akşam seni Kızıl Buz'da gördüm. Ne yaptığını ve ne olduğunu biliyorum."
"Tam olarak ne gördün?"
"Sen lânetli bir yaratıksın Âfât. Bir kurtsun..."
Âfât'ın gırtlağı kurudu.
"Sen insan falan değilsin. Bir katilsin, bir canavarsın..."
Tarık biliyor diye geçirdi içinden *ve benden nefret ediyor. Her şeyi İulyâ'ya söyleyecek, herkes bunu er geç öğrenecek.*
"İyi ya, böylece benim sırrımı öğrenmiş oldun."
"Sen bir insan değilsin, bildiğim bu."
"Peki ya insan olsaydım. Her neyse, haklısın bende insana ait hiçbir şey yok. Hayatım boyunca bununla savaştım ve hep kaybettim. Yapacağım bir şey yok Tarık. Bu nedenle güney vadisinden aşağı atladım. Beni orada sen kurtardın."
"Kaç kişi öldürdün Âfât? Fakirhaneden her ayrılışında bir insan, öyle değil mi?"
"Evet."
"Bunu benden daha ne kadar saklamak istiyordun? Ya da, ben bunu keşfetmeden evvel beni de öldürmeyi planlamış mıydın?"
Kan Âfât'ın beynine sıçramaya başlamıştı. Dönüşüm başladı.
"Kime karşı hazırlanıyorsun? Evvelâ hayatın boyunca seni rahat bırakmayan kaderinle savaş sonra beni yargıla!"
"Evet belki seni de öldürmeliydim. Bir yetim daha ek-

silmiş olurdu."

Tarık yatağın üzerine oturdu. Kollarını iki yana açtı ve sakin bir biçimde:

"Haydi öyleyse öldür beni lânetli varlık! Bir canavarın arkadaşı olmaktansa ölmeyi tercih ederim."

Âfât cinnetin eşiğindeydi. Kasları irileşti, dişleri dudaklarına doğru yaklaştı. Sırtı kambur hâle geldi ve gözleri kıpkırmızı oldu.

"Kudretim göreceği en son şey olacak," dedi içinden.

Tarık tir tir titriyordu. Sesinin yumuşaklığı Âfât vücudunda meydana gelen değişiklikler üzerinde bir yankı uyandırdı.

"Öldür beni. Yıllar evvel yapman gereken şeyi şimdi gerçekleştir, haydi."

Âfât ikileme düştü. ***Eğer onu öldürürsem, gerçekten bir canavar olacağım. Fakat eğer Tarık benim sırrımı yayarsa, takibe uğrayacağım ve beni öldürecekler.***

Yarı insan yarı canavar yaratık aniden odanın diğer tarafına sıçradı ve köşeden gümüş bir hançer aldı ve yatağa doğru fırlattı.

"Öldür beni Tarık, öldür beni, hemen şimdi."

Hançer Tarık'ın yanında yatağın üstünde duruyordu.

Tarık'ın gözleri bir Âfât'a bir hançere gidiyordu. Çok tereddüt etti. Sonra hançeri yere bıraktı ve Âfât'ın başını elleri arasına aldı. Âfât tekrar eski hâline döndü.

"Ne yapacağız Tarık? Ne ben seni öldürebiliyorum ne de sen beni."

"Belki... İyileşebilirsin."

"Evet hep denemek ve umutlu olmak lâzım."
"Hemen bu akşam gidiyoruz."

* * *

Efendi Âfât yüzünü saran siyah örtüyü indirdi ve arabadan indi. Hava çok ağırdı; böylesi aysız havalarda, kendini daha iyi hissediyordu. Tarık'la birlikte mabedin basamaklarından hızla çıktı.

Hafifçe aydınlatılmış bir odaya girdiler. Kesif bir tütsü kokusu vardı. Köşedeki orgun başında bir gölge bulunuyordu. Yaklaştıklarında onu daha önce görmemişlerdi. Gizemli adam başıyla onları selâmladı ve kendisini tanıttı:

"İyi akşamlar beyler, ismim Mersin. İlâhiyat doktoru olarak mabede araştırmacı olarak dün geldim."

"Mâhir nerede, haberiniz var mı?"

"Kendisi burada değil, bir süre şehir dışında bulunacakmış."

"Müzik ilâhının öfkesi... İlginç, beni haberdar etmedi. Her neyse..."

"Müziğin kudretini küçümsemeyin efendi. Ruhları çekip alan melekler gibidir. Naziat bahsini bilir misiniz?"

"Evet... Kâfirlerin canını boğarak, inananlarınkileri bir kadifeyi, örttüğü eşyanın üzerinden sessizce alır gibi alan melekler meselesi. Bu arada, benim ruhum seni ilgilendiriyor mu? Onu istemez misiniz?"

"İktidarınızı taşıyabiliyorsa sorun yok."

"Sadece ben değil artık Mahir de iktidarda. Fakat kalbinde neler olup bittiğini bilemiyorum. Bu orga dokunmayalı

çok zaman geçmiştir herhâlde. Siz çalar mısınız?"
"Evet. İktidarın aslı sedadır. Sonra kelâm derler. Başlangıçta kelâm vardı."
"Gecenin bu saatinde sizi rahatsız etmemizin bir sebebi var ve bunu anlatmak oldukça zor."
Tarık söze girdi:
"Sizin yardımınıza ihtiyacımız var.
Kurtlar yavrularını sürekli sert yiyeceklere yönlendirirler ve kısa sürede sütten kesilmelerini planlarlar. Kurtlar insanların ittifakını kazanmak zorunda oldukları için acele ederler. Siz de acele edebilirsiniz."
Tesadüfün bu kadarı çok fazlaydı yani tevafuk lafı daha uygundu. Yine de Âfât ve Tarık şoka girmişti.
"Konumuz Âfât," dedi Tarık.
"Her şeyin bir tedavisi olduğu genel bir kabuldür. Kurt'un simgelediği şeylerden biri değişimdir.
Konumuz kurt ve insan, her ikisi birden yani kurt-adam!
Anlaşılıyor. Bir kadın kalbinde iki kurt taşır, aşk ve nefret."
"Ben, kendi kalbimde kaç kurt taşıdığımı bilemiyorum. Müziğin ilâhı, senin yardımına ihtiyacım var. Size bir iktidar verildi, ben de ruhumu geri istiyorum."
"Ruhunuz sizin dışınızda değil, fakat sırrını bir başka varlıkla paylaşıyor. İkisi birlikte bir sır saklıyorlar. Biri çekilirse diğerinin niteliği dağılır. Varlığın bir manası kalmaz."
"Beni bendeki canavardan kurtarmazsan o beni mahvedecek ve tabii ki, seni de ve bir sürü başkalarını da!"
"Efendiler efendisi azgınlıkları eşit dağıtmadı. Bunu da kanunlara bağladı. Sağ elin sol ele karışmaması için kanunlar gereki-

yordu. Bu kanunların üzerinde de ahengi hâkim kıldı. Ahenk üç şeyi engeller: Küfür, umutsuzluktan doğan intihar ve cehaletten kaynaklanan cani kişilik. Allah'tan başkası bir varlığın şarkısının ne zaman sona ereceğini bilemez. İsyan ve inkâr örgütlü hâle gelip hazinenin bekası tehlikeye girerse varlık da küllen çözülür. Kıyamet kapıya dayanır. Siz bu suçları işlediyseniz zaten varlık belirtemezsiniz."

"Peki ne yapmalıyım?"

"Geleneğe göre kulağınızdan üçgen biçiminde gümüş bir bıçakla bir parça alacağım, Tabii ki izniniz varsa."

"Kabul ediyorum."

İki gölge mabedi terk ettiklerinde endişeliydiler.

ON İKİNCİ BÖLÜM

Kermes etkinlikleri nedeniyle her taraf insan doluydu. Sonbaharın hoş havasına rağmen Âfât huzursuzdu. O gece dolunay vardı.
 Birkaç adım önünde İulyâ ile Tarık alışveriş yapıyorlardı. Âfât büyük bir melankoli içindeydi. Acaba ayinin bir faydası olacak mıydı?
 "Hayat, ölüm, başkalaşım," diye söylendi derinden. Öte yandan omuzlarında çok büyük bir yük vardı. Toplumu dönüştürmek...
 Âfât, *Aaron*'un iri gölgesini fark etmekte gecikmedi. *Aaron* tebessüm etti ve elini Âfât'a uzattı. Avucunda yeşil pırlantadan bir pandantif bulunuyordu.
 "Sana bir şey getirdim."
 Oval yeşil taşın içinde kanatları kapalı bir kelebek bulunuyordu.

"Metamorfoz: Hayat üzerinden yükselen ölümün dansı."
"Bugün felsefî bir mizah hâli içindeyiz herhâlde?" dedi, Âfât, pandantifi eline alarak.
"Bu seni rahatsız mı ediyor? Hava çok güzel, her taraf sonbahar kokuyor, bu gece dolunay var ve bu ülkenin yüreği senin elinde. Olyan'ı öldürdün, onun işbirlikçileri hapishanede ve meclisin denetimi senin elinde. Gerçek bir avcı olma yolundasın. Olaylar çok hızlı gelişiyor."
"Olyan'ı ben mi öldürdüm yoksa sen mi?"
"Bu çok mu önemli?"
"Olyan'dan nefret ediyordum fakat onu öldürmemeyi tercih ederdim. Zaten avcı rolüm de bitti."
"Benim derslerimden faydalanman için ölümü tatman mı gerekiyor? Eğer Olyan'ı öldürmeseydin o senin boğazını kesecekti. Onları birer av olarak kabul etmelisin. Ve onları asla gözden kaçırmamalısın."
"Yeter. Eğer nefret ve vahşetle idare edeceksem, benim öldürülmüş olmam daha iyi olur."
"Vahşîlik bir bütündür ve çözülüp bölünemez. İktidarın en önemli parçasıdır. Bunu çürüten sen değilsin, insanlığın ta kendisidir. İnsan vahşetle özdeşleşmiştir ve geri dönemez."
"Benim de bu işin bir parçası olduğumu unutuyorsun."
"Belki yeni bir derse ihtiyacın var. Bu akşam nehrin diğer yakasındaki koruda buluşalım."
"Daha önemli bir randevum var. Daha ötesi vakit kaybediyorsun: Yarın ölmüş olabilirim."
"Sen beni dinle ve gece yarısı dediğim yerde ol."

* * *

Mabede karanlık inmişti. Mersin orgun başındaydı ve ustalığını tuşlar üzerinde icra ediyordu. Mabedin kubbeleri bu muhteşem müzikle dolmuştu. Dünyevî kubbelere bir ruh üfleniyordu adeta. Mersin ellerini fildişi tuşlardan kaldırdı ve rezonansı ölçtü. Ses direnç gösteriyordu. Bu nedenle eseri bir türlü bitiremiyordu.

Tek bir nota üzerindeki tatlı, saf bir ses bütün mabedi dolduruyordu. *Acaba birisi flût mü çalıyor?* diye düşündü. Fakat flüt hemen yanı başında yerli yerinde duruyordu.

Belki de rüzgârın org üzerindeki etkisi diye düşündü ve iki oktav yukarıdan denedi. Sesin tonu değişmedi. *Bu, orgdan gelmiyor.* Ayağa kalktı ve odanın ortasına doğru yürüdü.

Sesin şiddeti düştü. Mersin etrafına baktı. *Kemerlerin altında dolaşan rüzgâr mı bu işi yapıyor? Hayır bu ses farklı. Orada birisi mi var?*

Çok eski bir ilâhî yankılanmaya başladı kubbede:
"Göklerdeki Arş Melekleri korosu
İnsanların kulaklarını doldurur,
Onları huzur şarkısıyla doyurmak için.
Öyle lâtiftir ki, ölümlüler onu işitmezler,
Ta ki, ölüm onların kapısını çalar."

"*Yıllar sonra Allah'ın sesi bu mabede geri döndü. Acaba bu gece öleceğime mi işaret?*" dedi, Mersin. Bir sütuna dayandı. *Bütün sadık kullar henüz mabede gelmediler.*

Ses kesildi. Derin bir sessizlik meydana geldi. Ölüm sessizliği.

Odayı merkezî kürsü mahalline bağlayan koridorun ucunda bir insan silueti belirdi. Bir süre sonra gölgeler iki oldu.

"Ah! Efendi Âfât ve Tarık! Sizi tekrar görmekten dolayı mutluyum."

"Bu gece dolunay."

"Evet, biliyorum."

"Güneşin batışından evvel ayine başlamak isteyeceğini düşünüyordum."

"Geliniz... Bu tören için bir sunak hazırladım."

* * *

Âfât kelepçeleri gördüğünde huzursuz oldu. Kelepçelerden hiç hoşlanmazdı.

"Sembolik olarak da olsa aşağılanmak hoşuma gitmiyor."

"Bir kurt-adama direnmek için gerekli."

"Anladığım kadarıyla beni ya öldüreceksiniz ya da tedavi edeceksiniz."

"Evet. Ne olursa olsun bu hayırlı olacak. Fakat ayin ancak senin dönüşmenden sonra başlayabilir."

"Dönüştüğüm zaman tehlikeli olurum. Dürtülerim, iştahım artar. Davranış modum değişir ve buna direnemem."

"İşte bu nedenle seni bağladım. Artık dönüşebilirsin."

Zincirler yeri sarsmaya başladı. Dişleri sivrildi. Boynu kalınlaştı ve elleriyle zincirleri koparmaya çalıştı. Yarı-insan yarı-kurt hâlde bağırdı:

"*Çekilin! Dönüşüm tamamlanıyor!*"
Tarık ve Mersin geri çekildiler. Tarık nefesini tuttu ve Âfât'ın arka tarafına geçti buna mukabil Mersin dikkatli adımlarla Âfât'a yaklaştı. Müthiş gürültüler çıkaran varlığa doğru, üzerinde bir lir kabartması bulunan madalyonu tuttu. Lir, eski bir efsanenin sembolüydü.

"*Ey efendiler efendisi, ey kadir-i mutlak. Ey kâinatın hâkimi...*"
Bu sözleri duyan kurt-adam'ın ağzı köpüklerle doldu. Mersin sözlerine devam etti:

"*Sen, kakafoniyi senfoniye dönüştüren, seslerin krallık tahtında oturan, ahengin mutlak sahibi yüce Efendi. Varlığını bize göster!*"

"**Senin efendin gelmeyecek Mersin!**" diye bağırdı kurt-adam.

"*Sana bu mahluku getirdim yüce efendi. Kirlerinden arındı. Kaderinin değişmesini istiyor.*"

"**Seni öldüreceğim Mersin ve seni de Tarık. Sizi parçalayacağım. Cesetlerinizi bile bulamayacaklar.**"

"*Duamı duy yüce efendi. Efendimiz üzerindeki lâneti kaldır. Ay'ın onun üzerindeki tesirini bitir. Kaderini özgürleştir!*"

Âfât birden sakinleşti. Gözleri kapandı. Sendeledi ve yere yığıldı. Vücudu titremeye başladı ve elleri ve ayakları biçim değiştirmeye başladı.

Mersin, çekinceli gözlerle gelişmeleri izliyordu.

"*Eğer iyileştiyse, Allah duamızı kabul etmiş olmalı!*"

Tarık, umut dolu bir vaziyette, elini Âfât'ın omuzlarına koydu. Âfât insan formuna geri dönmüştü.

"*İyileştin Âfât! Tamamen iyileştin!*"

"**Gerçekten tamamen iyileştim mi?**"

Mersin soğuk bir ifadeyle Âfât'ın gözlerine baktı. Sonra tam kulağının üzerine güçlü bir yumruk indirdi. Sonra bir iki tane daha vurdu. Tarık elini tuttu.

"Bırak beni," dedi Mersin. "Görmüyor musun, rol yapıyor. İyileştiği falan yok. Bak şuna!"

Mersin'in yumruğu bu kez Âfât'ın suratında patladı. Daha sonra belindeki kemerde bulunan bıçağı çıkardı ve Âfât'ın boğazına dayadı.

"Şimdi, bu senin son şansın. Bu çelik bıçak bir kurt-adama hiçbir şey yapamaz. Ama bir insanı öldürebilir. Eğer insansan ölürsün. Derhâl dönüş ya da öl!"

Âfât güçlükle nefes alıyordu. Umutsuz bakışları Tarık'ı aradı. Tarık ise korkudan dehşete düşmüş bir biçimde bir köşeye çökmüştü.

"Yapamam, hiçbir şey yapamam."

"İyi öyleyse, ben de sen babanı nasıl boğazladıysan seni öyle boğazlayacağım. Ve hangi hızla iyileştiğini göreceğim."

"Peki, öldür beni!"

"Hayır, sen tamamen iyileştin," dedi Mersin. Fakat buna inanmıyordu.

"İşte bu bir mucize," dedi Âfât yerinden kalkarak.

Mersin, Âfât'ın zincirlerini çözdü.

"Sana vurduğum darbeleri unut Âfât. İyileştiğinden emin olmam gerekiyordu."

Daha zincirler yere düşmeden Âfât'ın yumruğu Mersin'in suratında patladı. Mersin yere yıkıldı.

"Özrünü kabul ediyorum Mersin. Bir dahaki sefer bana vurduğunda başın bir kazığın ucunda sallanıyor olacak."

Tek bir kelime etmeden iki adam alanı terk ettiler. Mersin yerde yüzüstü yatıyordu. Mefluç bir durumdaydı ve nefes alamıyordu.

Mükemmel ses yeniden işitildi.

Bu garip müziğin etkisi altında Mersin son nefesini verdi. Bir damla gözyaşı yanaklarından aşağı döküldü. Gözleri açılmamak üzere kapandı.

* * *

"Bunun tutmayacağını biliyordum," diye mırıldadı Âfât. Aynaya baktığında yüzündeki yaraların ne kadar dehşet verici olduğunu gördü.

"Tarık, Mersin'e yaptığınız ziyaretin çok iyi geçtiğini söyledi," diye yorumladı İulyâ. *"Hava muhteşem ve dolunay var. Haydi, gezmeye çıkalım."*

"Be, ben... Çok isterdim fakat... Bu akşam olmaz İulyâ..." Dudaklarını ısırdı.

"Yolunda gitmeyen nedir Âfât? Yoksa korkuyor musun? Bana güvenebilirsin."

Âfât kızın gözlerinin içine baktı sonra onu kollarının arasına aldı. Kendisini kızın kokusuna bıraktı. Birden tırnaklarının sivrildiğini fark etti ve kızı iterek uzaklaştı. Koşarak koridora yöneldi.

* * *

"*Randevu daha sonrasına planlanmamış mıydı?*"
Âfât derin bir soluk aldı, çam kokularını içine çekti.
"*Evet... Daha sonraya planlanmıştı...*"
"*Yaralanmışsın, kim yaptı bunu?*"
"*Bunu nereden biliyorsun?*"
"*Benim sayısız ustalığım vardır Âfât. Bunları kendi başına mı becerdin?*"
"**Hayır, mabette biraz sıkıntı yaşadım.**"
"*Ah, evet mabet. Mersin sana bir şeyler yapmak istedi.*"
"**Bu akşam, onu yerine yerleştirdim.**"
"*Ah, çok iyi. İşte, artık sorun çıkarmayacak.*"
"**Levi, buraya sohbet etmeye gelmedim. Bana, ikinci bir dersten bahsetmiştin, nedir o?**"
"*İki hafta önce benim derslerimi dikkate almıyordun. Fikrini değiştiren şey ne ola ki?*"
"**Hayatta kalma arzusu.**"
"*Güzel. İnsanlar iki ayakları üzerinde yürürler, hayvanlar dört. İnsanların kalpleri midelerinin üzerindedir, başları da kalplerinin üzerinde. Hayvanların başı, kalbi ve mideleri aynı düzlemdedir.*"
"**Yine fikir oyunları.**"
"*Evet. Fakat bu kolay. Başını, kalbinin ve midenin üzerine yerleştirdiğinde iyi bir yönetici olacaksın.*"
"**Neden olmasın? Zaten sen biraz evvel böyle olduğunu söylemedin mi?**"
"*İnsanlar için evet. Fakat sen yarı-insansın.*"

Âfât bir adım geri attı ve saldırı konumuna geçti ve dönüşüme hazırlandı.
"Seni böyle bir şeyi düşünmeye iten şey nedir?"
"Düşünmüyorum, biliyorum. Aynı kadere sahibiz."
Âfât şaşkınlıktan dilini yutacak gibi oldu. Levi'nin boğazında sert bir kıl belirdi. Büyük bir kahkaha attı ve kabanını çıkarıp yere bıraktı. Kemikleri uzadı, boynu kalınlaştı, gözleri eflâtun bir renk aldı.
Âfât bir adım daha geriledi. Hemen dönüşmeye başladı.
"Seni ilk gördüğüm anda bir kurt-adam olduğunu anladım. Taşıdığın kurt kanını hissetim."
Birbiri ardına gölgeler çalıların arkasından çıktılar. Bunlar kurtlardı.
"Gel Âfât. Kendi benzerlerinin arasında yerini al. Senin gerçek ailen burada."
"Benden ne bekliyorsun?"
"Anlamıyor musun? Seni eğitiyorum. Hakikî tabiatına uygun bir biçimde eğitiyorum. Bunu yapacaksın."
"Beni eğitiyorsun? Neden beni eğitiyorsun?"
"Çünkü sen tekâmülünü tamamlamakta olan bir azizsin, efendisin."
Âfât altüst olmuştu.
"Haydi gidelim, zayıflık gösterme! Dolunay'da avlanmamız için sadece birkaç saat kaldı."
"Ben zaten çok adam öldürdüm, gelmeyeceğim."
"Biz avcılarız Âfât, katiller değil. Geyikleri avlıyoruz. Gerçekliğini kabul et. Bizimle gel!"
Âfât önce tereddüt etti bilâhare sürüye katıldı. Az sonra

burnuna uzak mesafeden bir av kokusu geldi. Ağaçların arasından koşarak türdeşleriyle beraber koşmaya başladı. Geyiğin kokusu artık daha yakındı. *Levi* ve Âfât omuz omuza geyiğin peşindeydiler. Tepenin yakınlarında bir yerlerde dişi bir geyik sivri bir kayanın tepesine çıkmıştı. Âfât bütün vadiyi saran bir ulumayla saldırıya geçti. Bunu *Levi*'nin ulumaları takip etti. Geyik heykel duruşunu değiştirmedi. Sonra aniden sıçradı ve çalıların arasına daldı. Âfât ve sürü geyiğin ardından uçarcasına koşmaya başladılar.

    Yetiştiler. Âfât doğrudan geyiğin boynuna saldırdı. Parlak derisi kan içinde kaldı geyiğin. Âfât diğer kurtları şölene davet etti. Hepsi avın üstüne çöktüler. Orman sessizliğe bürünmüştü.

ON ÜÇÜNCÜ BÖLÜM

Güneş damların üzerinden yükselmeye başlamıştı. Odasının balkonunda, Âfât gökteki kuşları seyrediyordu. Kışı haber verdiklerini düşündü. Sürüyle beraber yeniden avlanmayı hayal ediyordu. Artık yalnız değildi.

"Günaydın efendi Âfât."

Hizmetkâr Âfât'a yaklaştı.

"Affedersiniz efendi Âfât. Mersin öldü."

Âfât yutkundu.

"Mersin? Öldü?"

Gözleri uzaklara daldı.

"Tarık'ı çağır."

Hizmetkâr ayrıldıktan sonra Âfât başını ellerinin arasına aldı.

"Kurt yine vurdu. Bu hiçbir zaman durmayacak. Asla

tedavi olamayacağım. Bu lânet bir türlü bitmeyecek!"
"Kapı çalındı.
"Tarık, lütfen gir."
"Âfât, ne oldu?"
"Mersin ölmüş Tarık."
"Ölmüş mü?"
"Dün akşam ona çok kuvvetli vurmuş olmalıyım."
Tarık elini Âfât'ın omzuna koydu.
"Kendini zorlama Âfât. Sen onu öldürmek istemedin."
"Yine de ona kötülük yapmayı istedim."
"Şükürler olsun, ölmeden evvel seni tedavi etti." Tarık'ın sesi titriyor, kendi söylediklerine tam olarak inanamıyordu.
"O beni tedavi etti ve ben onu öldürdüm."
"Yapılacak bir şey yok."
"Görkemli bir cenaze töreni düzenlemeliyiz. Bütün yurttaşların katılacağı bir tören olacak ve mabette düzenlenecek. Org tamir edilmeli. Her şey külte uygun olmalı."
"Bütün bunları ayarlamak için sana bir kanun adamı çağırayım mı?"
"Hayır bu işleri senin yapmanı istiyorum. Mabetten vadiye kadar yürüyecek olan korteji ayarla. Mersin'in benim atladığım uçurumun kenarına gömülmesini istiyorum. Bir heykeltıraşa Mersin'in heykelini yaptırt ve mezarının üzerine yerleştir. Sonra, meclise git ve bir koro ve bir org sanatçısı ayarla."
"Koro ve org sanatçısı? Peki ya merasimi yönetecek bir kişi?"
"Onun yetkisi şu anda bende. Ben yetkimi sana devrediyorum."

"Ne?"

"Koro şarkıları seslendirecek, org sanatçısı orgunu çalacak ve ben de diskur çekeceğim. Sana kalan dua etmek. Mabedin yeni hâkimi sensin."

"Kimse beni dinlemez ki."

"Beni dinlerler."

"Olacak gibi değil Âfât."

"Oldu bile."

* * *

Koro ilâhileri seslendirirken orgun sesi ayyuka çıkıyordu. Hamd ve senalar eşliğinde duaları okuyan Tarık çok iyi konsantre olmuştu:

"Bu mukaddes kış asla bitmesin. Lânetleri örtsün."

Âfât yan gözle Tarık'a baktı. Dua hiç bitmeyecekmiş gibi görünüyordu. İnançla inançsızlık arasında bir yerde asılı duran insanlar bugün coşmuşlardı. Bu kaotik ortamda yükselen tiz bir ses Tarık'ın dikkatini çekti. Bir trompet veya bir flüt sesi olmalı diye düşündü. Kimseyi göremedi. Gaipten geliyor gibiydi. Hayır, korodan geliyordu. Ses yaklaştı.

"Tarık."

Tarık'ın sırtından soğuk terler boşandı. Duada bir hata yapmış olabileceğini düşündü. Topluluğa rezil olacaktı.

"Ne var?"

"Kendine ve bize bir fenalık yapma Tarık."

"Sen de kimsin?"

"Canavar hâlâ hayatta."

"Hangi canavar?"

"Âfât."

Tarık afalladı. Meçhul ses ısrarlıydı:

"Öldür onu Tarık."

Ayakları birbirine dolaşan Tarık bir sütunun arkasına geçti. Bu sesten nasıl kurtulacaktı? Bu kargaşanın içinde belki de rüzgâr zihnini bulandırıyordu. Ses onu sütunun arkasında da takip etti. *"Canavarı öldür Tarık. Onu öldürmelisin."* Ses giderek daha ısrarcı olmaya başlamıştı. Tarık, elleriyle kulaklarını kapatmış bir vaziyette mabetteki sunağın gölgesinin arkasına sığındı.

* * *

İhtiyar çiftçinin büyük tarlasında, yağan kar artık buzul karakterine dönüşmüştü. Onun ardında bir muhafız ve genç bir din adamı krepitasyonu tahrik ediyorlardı.

"Nerede bu meşhur depo?"

"Bu karda seni yürüttüğüm için üzgünüm Tarık efendi, fakat bunu görmelisin. İşte. Rampanın arka tarafında. Orada suyla dolu bir çukur var. Ondan herkes tarlalarını ve hayvanlarını sulamak için faydalanır. Tabii, şimdiye kadar…"

Tarlanın sınırına vardılar. Tarık kendini taşın içine oyulmuş bir yalağın karşısında buldu. Suyun yüzeyi, göğün grimtırak yansımasına rağmen kızılımsıydı.

"Bu su pasla dolmuş," dedi muhafız.

"Pas mı?" diye itiraz etti çiftçi, "Sen ne konuşuyorsun efendi?"

Tarık hareketsiz suya doğru eğildi ve derinliğini anlamaya çalıştı. İşte o anda içindeki bedenleri fark etti. Yalağın içi cesetlerle dolmuştu.

* * *

Malikânenin kütüphanesinde buz gibi bir hava esiyordu. Tarık, vitraydan sızan güneş ışığını alabilmek için koltuğunun yerini değiştirdi. Gergindi.

"Fakat bu kadın ne yapıyor? Buraya kadar gelmesi için ona zaman gerekir!"

Tarık ile tek umut kaynağı arasına bir bulut girdi. Renkli vitraydan dışarı doğru bakmayı denedi. Birden karşısındaki tepenin eteklerinde melek suretlerini andıran dev gölgelerle karşılaştı. Gözlerini ovuşturdu. Evet, doğru görüyordu ve bu bir rüyetti. Çok heyecanlandı. İmaj şimdi daha netti. Tarık bir an için bir dalınç hâli yaşadı. Meleklerin imajları arasında ikinci bir daire daha fark etti. Bunlar başlarını Ay'a doğru çevirmiş uluyan bir kurt topluluğuydu. Duyularının kendisine bir oyun oynadığını düşündü. Daha yoğunlaşarak baktıkça aslında meleklerin kurt formundaki imajlar olduğunu gördü.

"Beni mi görmek istiyordun?"

İulyâ kütüphaneye girmişti.

"Ee.. evet, çok acil bir nedenle, mabet hakkında."

İulyâ bir koltuğa oturdu ve hırkasını iki eliyle sıktı ve önde birleştirdi. Tarık utangaç bir ifadeyle ona gülümsedi.

"Çok iyi biliyorum ki, bu benim işim değil fakat sana bir soru

sormak istiyorum. Âfât'ın, şehrin ve kültün esenliği için."
"İulyâ'nın elmas bakışları Tarık'ın üzerindeydi.
"Devam et."
"Bunu formüle etmek çok zor. Âfât'la senin ilişkiniz nasıl gidiyor?"
"Ne gibi?"
"Evet, seninle iyi mi ilişkisi? Seninle çelişkiye düştüğü veya seni dövdüğü falan oluyor mu?"
"Kesinlikle hayır. Mükemmel davranıyor. Neden?"
Tarık umutsuzluk içinde saçlarını karıştırdı.
"Bu soruyu sadece ve sadece kültün hayrı için soruyorum. Siz... Ruhta da beraber misiniz?"
İulyâ ayağa kalktı.
"Bu bilginin külte ne faydası var?"
"Rica ediyorum İulyâ, lütfen otur. Henüz bunun nedenini söyleyemem. Ama bana güven. Neyi niçin söylediğimi biliyorum."
"Evet, ruhta da beraberiz."
"Bu çok iyi bir haber değil."
"Sorun nerede? Hangi yasayı ihlâl ettik?"
"Konu bu değil İulyâ. Âfât formunda değil."
"Formunda değil mi?"
"Ne kadar solgun olduğunu görmedin mi? Simyacı Ruhî de, ben de Âfât'ın neyi olduğunu bilmiyoruz. Sen onun hastalığını etkiliyorsun."
"Eğer hasta ise onu iyileşene kadar tedavi altında tutacağım."
"Onu tedavi etmeden evvel senin sağlığının yerinde olduğundan emin olman gerekir."
"Ne demek istiyorsun?"

"*Ruhî ve ben, senin Âfât'ın hastalığını azdırdığını düşünüyoruz.*" Tarık yalan söylüyordu. "*Fakat endişelenmene gerek yok. Ben bir Kuzey bakiresi tanıyorum. Çok üstün bir gizemci. Seni onun yanına götüreceğim ve tedavi olacaksın ve Âfât için de bir tedavi şeması önerecek.*"
"*Peki Âfât neden gelmeyecek?*"
"*Seyahat onu öldürebilir.*"
"*Ne zaman gidiyoruz?*"
"*Bu akşam.*"

* * *

Âfât çamurlu vadiyi zorlukla tırmandı. Ay, erimeye yüz tutmuş kar tabakasını aydınlatıyordu. İlkbaharın eşiğindeydi, ülke.

"*Selâm sana eşsiz efendi!*" diye eğildi Aaron Levi. "*Bu akşam ne avlayacağız efendi? İnsan mı, hayvan mı?*"

"*Ne önemi var? Her ikisi de kandır. Geçen dönemde yeterince insan avladık. Sence de öyle değil mi?*"

"*Evet fakat geyik avının fazla bir heyecanı yok.*"

"*İyi de, insanlar senin için bir av değil. Çünkü onların koruması yok. Fizikî olarak çok zayıf varlıklar.*"

"*Sen bu akşam pek havada değil gibisin. Sebep de herhâlde şu mabet komedisi olsa gerek. Seni uyarmama rağmen o mabetle uğraşmaya devam ediyorsun.*"

"**Hayır, hiç alâkası yok.**"

"*Senin, şu ölen Mersin ile ilgili olarak, küllen cahil bir adam, dediğini ve sırtında büyük bir yük oluşturduğunu düşündüğünü duydum.*"

"Yanlış duymuşsun."

"Peki, bu çocuksu duruşunun sebebi nedir? Neden altın ağızlı din adamı bu kadar üzgün? Üstelik sen onu mabedin başına getirip onurlandırdın ve itibarını iade ettin."

*"**Bilemiyorum.**"*

"Bana katılıyor musun?"

*"**Ayı avlasak nasıl olur?**"*

"Yeni uyanmış bir ayı bulabilmek için çok yol yapmak lâzım. Uzun zamandır buralarda ayı görmedim. Kuzeye doğru gitmemiz gerekir. O, lânetli kuzey bakiresinin bulunduğu alanlara."

Âfât uzun tuniğini çıkardı ve bir ağaç dalına astı.

*"**Neden olmasın?**"*

Hiç beklemeksizin dönüşmeye başladı.

* * *

İki kurt-ruh hızla ormanları, sarp kayaları ve çayırları kat etmeye başladılar. Hiçbir avı dikkate almadan ayı arayışı sürüyordu. İstikamet kuzeydi. Yolla büyük vadinin çatallandığı yerden yukarı doğru yöneldiler. Birkaç köyü geçtiler. *Trakhan* köyüne yaklaştıklarında uzaktan bir grup atlı fark ettiler. İnsan kokusu ağır bastı ve Âfât saldırı konumuna geçti fakat *Levi* onu engelledi.

Birden Âfât'ın burnuna tanıdık bir koku ulaştı. Bu İulyâ'nın parfümüydü. Tarık'ın kokusunu da aldı. Âfât havayı bir kez daha kokladı. Hata yoktu, kesin onlardı.

İnsan formuna geri dönen *Levi*:

"Herhâlde senin din adamı elbiseli Tarık bir şeylerden şüphe

duyuyor. Çok ciddîyim. Sana bir komplo hazırlıyor. Şu sıralar İulyâ'nın hayatından endişe ediyor. Bu konuda İulyâ ile konuşmuş olmalı. Öyle ya da böyle, İulyâ'nın bıçağı sana doğrultmasına yardım ediyor."
Âfât burnundan soluyordu. Derhâl dönüştü.
"Beni tasfiye etmeden evvel ben onu parçalarına ayıracağım."
Levi, Âfât'ı elinden tuttu.
"Bekle. Eğer Tarık'a saldırırsan İulyâ kuzey bakiresinin yanına gidecek ve senden sürekli kaçacak. Onu bir daha göremeyeceksin. Başka bir çözüm var. Bu senin üçüncü dersin olacak."

Teatral bir hareketle kollarını bir orkestra şefi gibi kaldırdı ve havada bir hat çizdi.

Çevredeki ormandan garip bir ses yayıldı. Bir su damlasının yaprağın üzerinden kayarken çıkardığı sese benziyordu. Yavaş yavaş dilsiz ve devamlı bir mırıltı, otları harekete geçiren rüzgârın melodisine eşlik ediyordu.

İulyâ, ormanlardan gelen ezgiyi dinlemek için atını durdurdu. Birkaç adım önde bulunan Tarık da aynı şeyi yaptı. Her ikisi de hareketsiz bir biçimde kulak kesildiler.

Levi gülerek Âfât'a döndü.

"Görüyor musun Âfât, hayvanî kudretini kabul etmediğin müddetçe davranışını seçmekte zorlanıyordun ve kendini aşağıların aşağısında buluyordun. Şimdi ona emrediyorsun, irade senin elinde. Sana kalan, potansiyelini gerçekleştirmek. Bu bir aperatif lezzet."

Âfât yolda duran arkadaşlarına baktı.

"Sağlıkları yerinde. Ruhumun gücüyle onları yataklarına

göndereceğim. Yarın sabah uyandıklarında bunun bir rüya olduğunu düşünecekler. Fakat yeni bir yolculuğa güçleri yetmeyecek."

Sessizlik melodinin yerine geçti. On adım ötede *Levi* gözlerini yola dikti. Birden, atlar huysuzlandılar ve binicilerini yere fırlatarak ormana doğru kaçmaya başladılar. Âfât sordu:

"Başka hangi güçlere sahipsin efendi Levi?"

"Ders bitti. Sen de melodiyi işittin değil mi? Sen de onlar gibi uyanacaksın efendi. Ve hiçbir şüphe olmaksızın, bu olup bitenlerin bir rüya olmadığını göreceksin."

ON DÖRDÜNCÜ BÖLÜM

Göz kapakları yarı açık Âfât, uyumakta olan İulyâ'ya bakıyordu. *Beni terk etmeye kalkıştı. Belki de kaçmasına izin vermeliydim zira benim iflâh olmam mümkün değil* diye düşündü, büyük bir azap içinde.

Pencereye konan küçük bir ispinoza baktı. Yüzünü buruşturdu. Onu asla bırakamayacağını biliyordu. Onu bekleyen altüst oluşlar ve kaçınılmaz kaderi arasında İulyâ duruyordu. *O benim yanımda olduğu sürece, hayattan yana olacağım kesindir,* diye geçirdi içinden.

Hafifçe omzunu okşadı. Onu uyandırıp kollarının arasına almak istiyordu. İulyâ gözlerini açtı. Utangaç bir gülümsemeyle yorganı başına çekti.

"*Bu onur veren ziyaretinizin sebebi nedir efendi Âfât?*"

"*Bir rüya görüyordun.*"

"Bu çok mümkün..."
"Bana rüyanı anlat İulyâ."
"Biraz düşüneyim. Eee.. Karışık bir rüya. Bir seyahate çıktığımı gördüm."
"Nereye gidiyordun?"
"Bilmiyorum. Rüyayı tam olarak hatırlayamıyorum."
"Seyahat nereden başladı?"
"Buradan."
"Neden yola çıktın?"
"Bu bir rüya."
"Neden beni terk etmek istedin, İulyâ?"
"Âfât, bir rüyaya bu kadar fazla değer atfetmene gerek yok."
"Bana cevap ver!"
İulyâ tedirgin olmuştu.
"Âfât, sen iyi misin? Solgun ve zayıf görünüyorsun. Gitgide daha asabîleşiyorsun. Trakhan köyü yakınlarında bir kuzey bakiresi var..."
"Büyücülerden, sihirbazlardan, gizemcilerden vs. bahsedildiğini işitmek istemiyorum."
"Senin neyin var? Sağlığının yerinde olmasını istemiyor musun? Geçen sonbahardan beri sende yolunda gitmeyen bir şeyler olduğunu hissediyorum. Bana güvenmiyor musun?"
"Üzgünüm."
İulyâ'nın umutsuzluğu öfkeye dönüştü.
"Tarık ve Ruhî senin hasta olduğunu düşünüyorlar. Fakat ben bunu Mersin'in ölümüyle ilgili olduğunu düşünüyorum. Hatta benim yüzümden hasta olduğunu bile düşünüyorum."
"Yeter, bunu asla söyleme! Evet, efendi olmak zor ve bir

de bunun üzerine Mersin'in ölümünün eklenmesi ve başka bir sürü şey fakat kesinlikle senin dahlin yok. Sen benim yaralarımı iyileştirdin ve kalbimi tedavi ettin. Eğer beni terk edersin öldürmüş olursun."
"Tamam, tamam. Bir dolu süslü kelam."
"Bunlar süslü kelimeler değil."
Âfât sustu. Yatağın kenarına oturdu.
"Benimle evlen İulyâ, seni kaybetmeyi göze alamam."
İulyâ kızardı sonra toparlandı.
"Tabii ki, seninle evleneceğim."
Âfât, İulyâ'yı kollarına aldı ve sıkı sıkı sarıldı. İulyâ'nın kalp atışlarının arttığını hissetti. Daha fazla sıktı. Vücudunun sarhoş edici kokusu iyice belirginleşti. Âfât birden dişlerini kızın boynuna saplama ihtiyacı hissetti.
"Hayır!"
İulyâ'yı itti ve kendisi de geri çekildi. Kan ter içindeydi.

* * *

Bir hafta sonra, Tarık malikâneyi ziyarete geldi. Kapıdan bağırdı.
"Âfât beni dinlemelisin."
Bahçenin esritici kokularını bir bir içine çekmekte olan Âfât cevap vermedi. Tarık ona doğru ilerledi ve kolundan çekti.
"Acil olan hiçbir şey yok Tarık."
"Rica ederim Âfât, beni reddetme."
"Nedir acil olan?"

"Âfât, mabette bir takım sesler işittim. Sadece benim işittiğim sesler. Bana söylenmiş sözler."

"Peki, neydi bu sözler?"

"Senin bana yalan söylediğini belirtiyordu."

"Sana yalan mı söylemişim? Kim bu ve yalan olan nedir?"

"Dedim ya, bilmiyorum kim olduğunu. Bana senin hâlâ bir kurtadam olduğunu söyledi."

"Peki senin buna inanmanı gerektiren sebep ne?"

"Bu ses."

"Nereden geldiğini bilmediğin bir sese mi inanıyorsun?"

"Beni dinle Âfât, buna ister kader de istersen başka bir şey. Ben sendeki o hayvanî varlığı hissediyorum, yüzünde ve gözlerinde. Sürekli kalbine akan ve derinin altında bulunan bir zehir var."

"Mabette söylediklerimin hiçbir anlamı yok mu? Yoksullara yaptığım hizmetler? Halk etkinlikleri ve ortaya koyduğum insanca bir yaşamı ve eşitlikçiliği örgütleyen yasalar? Bunların hiç mi değeri yok? Boşuna mı yapıldılar?"

"Güzel eylemlerle kendini affettirmek istiyorsun fakat eğer lânetin kurbanı değilsen neden bu kadar zorlanıyorsun?"

"Lânetli değilim!" diye bağırdı.

"İulyâ bile sende iyi gitmeyen bir şeyler olduğuna inanıyor."

"İulyâ'yı rahat bırak. Onu, benim kaderimle meşgul etme ve sakın onu benden uzaklaştırmaya çalışma."

"İşte benim de söylemeye çalıştığım bu. Nasıl konuştuğunun farkında mısın?"

"Evet lânet uyandı. Ne yapmayı düşünüyorsun?"

"Aynı Mersin'in yaptığı gibi seni lânetten arındırmak istiyorum."

"Zaman kaybedeceksin! Ayin sonuç vermediyse Allah benim lânetten kurtulmamı istemiyor olmalı. Bu benim kaderim. Bu durumda ilâhların irade ve tutumunu mu tartışalım? Onlara saldırmamı veya küfretmemi mi bekliyorsun? Vicdanlarını mı sorgulayalım? Sen, evet sen bile, ey sıradan bir ölümlü olan Tarık, bana acısan ne olur, acımasan ne olur? İlâhın yanında senin yerin nedir? Benim tedavim senin haddin değil. Mersin senden daha mı güçsüzdü?"

"İlâhın olmadığını mı söylüyorsun?"

"Bu mümkündür."

"Buna cüret ediyorsan, lânet ortadan kalkmamış demektir. Senin sözlerin bunu onaylıyor."

"Hangi lânetten bahsediyorsunuz?"

Aaron Levi bu konuşmaya kulak misafiri olmuştu.

"İstenilmeyen şeyler tarafından sürekli rahatsız edilmek."

"Ha, evet, sıkıcı bir durum."

"Bu şerefi neye borçluyum paşam?"

"Özel bir durumla ilgili efendi."

"Benimle Tarık arasında bir sır yoktur."

"Öyleyse bunu başka bir zaman konuşuruz."

Tarık kalktı.

"Hayır Âfât. Ben cevabımı aldım. Efendi Levi'nin geri dönmesini istemem. Ta Trakhan'dan geliyor."

Âfât bir şey söylemedi.

"Umarım önemli bir şeydir."

"Benim işlerim her zaman önemlidir. Çarşıda dolaşırken bunu bir eskicide buldum."

Cebinden bir obje çıkardı ve masaya koydu. Bu, *Gattopardo*'nun maskesiydi.

"Eskici bunu amfitiyatroda bulduğunu söyledi. 6 lira istedi."

Âfât hipnotize olmuş vaziyette, ateşten kararmış maskeye bakıyordu. Gülümseyen maske ateşten sonra ölü gülüşünü yansıtıyordu. *Levi*'nin sesi Âfât'ı uyandırdı:

"*Geçmişi unutmamak lâzım.*"

"*Benim geçmişim hakkında ne biliyorsun?*"

"*Bildiğim tek şey bu: Kurt seni fakirhaneden kurtardı; kurt seni tahta çıkardı ve düşmanlarını öldürdü. Bunun kim olduğunu görmüyor musun Âfât? Sana duyulan sevgi hep hayvandan geldi, insandan ise hep kötülük gördün. Varlığının bu yüzünü görmezsen bir hiç olarak kalırsın. Eğer yaşamak istiyorsan bunu kabul etmelisin!*"

"*Bu dehşet verici ve çok ağır eleştirinin bana yararı nedir?*"

"*Çok basit bir şey. Dün, İulyâ ile yaptığın saçma konuşmalardan haberim var. Aklını mı kaybettin? İnsanî varlığına kendini zincirlemek, bunu mu istiyorsun? Hayatını kaybedip, onu kendinle beraber ölüme mi götürmek istiyorsun?*"

Âfât kömürleşmiş maskeyi inceliyordu.

"*Benim geçmişim bu değil. Sen bana benim gölgemi gösteriyorsun ve sadece bu gölgemi destekleyip onu yaşatmaya çalışıyorsun. O gölgenin ellerimde bıraktığı leke izlerine bak. Onları silemiyorum. Çok denedim. Ama belki İulyâ bunu yapabilir. O çok güçlü ve temiz.*"

Levi, Âfât'ı omuzlarından tuttu ve bağırmaya başladı:

"*İulyâ'yı unut! Sen bir gölgesin Âfât! Sana hayat veren göl-*

genden başka bir şey değil! Evliliği unut! Tarık denen sıradan ölümlüden kurtul! İnsan kimliğini reddet. Sen bir hayvansın, başka hiçbir şey değil! Senin gerçeğin bu!"

Âfât, *Levi*'nin gırtlağına sarıldı.

"Benim mekânımda nasıl bana emirler yağdırabiliyorsun?"

"Kudretimin seviyesini aklından çıkarma!"

"Sana da kudretine de lânet olsun!" Maskeyi göstererek. *"Bu ben değilim!"* Maskeyi yere fırlattı.

Kömürleşmiş maske bin parça oldu ve parçalar salonun her tarafına yayıldı.

"Git buradan Levi. Ne buraya ne de bu kutsal şehre bir daha ayak basma. Senin o karanlık ve berbat hayatını reddediyorum ve kurdun suratına tükürüyorum!"

Levi sessizce ayrıldı. Kapıdan çıkarken:

"Sendeki canavarı ilâhların çıkarmasına imkân yok Âfât. Karanlık hayatı reddettiğini söylüyorsun fakat bu senin elinde değil. Bir canavar olmak istemeyebilirsin fakat yalanların içinde yaşamaya devam etmiş olursun. Yalanın karanlıktan daha üstün olduğunu kim iddia edebilir? Acımasız hakikat hücrelerine kadar kendini hissettirecek. Yeniden öldüreceksin ve bu kez şehirdeki hâkimiyetin sona erecek. Kendine dikkat et."

* * *

"Merhaba köpeklerin efendisi," dedi *Levi*, parktaki banktan kalkmadan.

Tasmasından tuttuğu köpek tarafından *Levi*'nin oturduğu banka doğru sürüklendi, adam. Köpek *Levi*'yi kokladı.

"*Bana 'köpeklerin efendisi' mi dedin?*" diye sordu adam.

"*Elinde tasmasını tuttuğun köpek değil mi?*"

"*Beni ismimle çağırmanı tercih ederim. Adım Vakur.*"

"*Oh, pardon. Tabii ki! Benim ismim Aaron Levi.*"

"*Evet, biliyorum.*"

Köpek, *Levi*'yi koklamaya devam ediyordu.

"*Güzel bir hayvan.*"

"*Misafirlere karşı naziktir.*"

"*Ama başka yaratıklara karşı değil.*"

"*Tabii ki, bu bir av köpeği. Kurtları yakalamak için eğitilmişlerdir.*"

"*Gerçekten mi?*"

Levi, parkın diğer tarafında oynamakta olan bir oğlan çocuğu gördü.

"*Bu park köpeklerin tasmasız dolaşması için ideal.*"

"*Ormandan geliyoruz. Bu köpeğin koşması gerekiyor.*"

"*Bu hissi bilirim.*"

Levi köpeği okşadı ve kulağına bir şeyler fısıldadı.

"*Kulübe parka bitişiktir. Başka bir giriş yolu yok. Sen nasıl buradasın?*"

"*Sevgili Vakur, senin efendinin parkında bulunmamdan rahatsız olmanı gerektirecek bir şey yok.*"

"*Öyle mi?*"

"*O ve ben eski arkadaşlarız.*"

"*Evet biliyorum,*" dedi *Vakur*, köpeği kulübeye doğru götürürken.

"*İyi günler Vakur.*"

"*İyi günler bay Levi.*"
Levi dikkatini kulübenin önünde oynayan çocuğa yöneltti. 4 yaşında olmalıydı. Planı için mükemmel bir örnek olduğunu düşündü. *İçgüdüleri uyandırmak için ideal bir yem.* Bu arada çocuğun annesi pencereden bağırdı:
"*Hân, derhâl eve dön!*"

* * *

Ay bütün haşmetiyle kendini göstermişti. Köpek derin bir uykudaydı. İlkbahar esintileri kulübeye bir hayvan kokusu taşıdı. Köpek uykusunda bu kokuyu aldı. Hemen uyandı. Bu kokuyu tanıyordu. Bu, *Vakur*'un kokusuydu. Hayvan tahta bariyerlere yaklaştı fakat gökteki yıldızlardan başka hiçbir şey görünmüyordu ancak koku hâlâ oradaydı. Adam bölmenin arka tarafındaydı. Arka ayaklarından destek alarak, köpek burnunu bariyerin ötesine uzattı ve kulaklarını dikti.

Adam bir şeyler mırıldandı.

Adamın bu garip mırıltıları köpeğin dikkatini çekti. Toplardamarlarında bir hararet artışı oldu. Hızla bariyerden atladı ve yere düştü. Orada bulunan başka köpekler de uyandılar. Köpek bir daha denedi ve bu kez tahtaları devirdi. İçeri girdiğiyle çıktığı bir oldu. Burnu kan içinde, acıyla kendini kulübenin dışında buldu.

Adam orada değildi.

Burnundan gelen kanı yalamayı düşünmeksizin, hayvan adamın kokusunu ayırt edebilmek için havayı koklamaya başladı.

Adam sırra kadem basmıştı.

Yeniden, köpeğin kulağına ilginç sesler geldi. Yabancı olan bu sesi anlamaya çalışan köpek, ardından kan izleri bırakarak çiyden kayganlaşmış çayırlık alanı kat etti.

Evin duvarının dibine vardığında tüyleri diken diken oldu. Ne avlamaya çalıştığını bilmiyordu ve avının kokusunu alamıyordu. Fakat avlanıyordu.

Büyük pencereler aydınlanmamıştı. Bir pencere dikkatini çekti. Işık yoktu ve aynı diğerleri gibi kapalıydı. Fakat köpek içeride bir şey olduğunu fark etti. Küçük hareketsiz bir yaratık gözlerini ona dikmiş bakıyordu.

Pencerenin önüne gitti. Köpek pencereye atladı ve aniden çakan bir şimşeğin ışığıyla aydınlanan pencerede kendi aksini gördü. Sonra burnunu cama çarptı.

Büyük bir patlama geceyi yırttı ve zifirî karanlıkta gümüşî kıvılcımlar her tarafa yayıldı. Hayvan bir yatağa doğru savruldu. Panikleyen çocuk yorganı başına çekti. Köpek çocuğun yorganını yakaladı ve içindekiyle birlikte pencereye doğru sürükledi. Ayakları, kırılan cam parçalarından yaralanmış ve kanar bir vaziyette pencereden dışarı, karanlığa atladı. Atlar atlamaz canhıraş bir çığlıkla devrildi.

Odanın eşiğinde bir kadın belirdi. Ürpermiş bir hâldeydi. Kadın paniklemiş bir vaziyette bağırıyordu: *"Hân, Hân!"*

* * *

Aaron Levi landonuna bindi. Eldivenli elleri arabanın arkasına koyduğu iki cansız siluetin üzerindeydi. Kapıyı kapattı ve uşağa *gidelim* işaretini yaptı. Arabayı dolduran kan kokusundan mutluydu. Planını kafasında yeniden gözden geçirdi ve lambayı yaktı.

Kanın rengiyle arabanın kırmızısı uyum içindeydi. Deri koltuğun altından katlanmış bir parşömen çıkardı ve gümüş masanın üzerine koydu. İyice yoğunlaştı, tüy kalemi hokkadan çıkardı ve mırıldandı:

"Eşyayı nasıl çekip çevireceğim? Elimde yem var fakat şüpheleri Âfât'ın üzerine çekmeliyim." Kelimeler gelmekte gecikmedi:

"Hanımefendi,

Bir gün çocuğunu yeniden görmek istiyorsan, dolunayda üç gün boyunca efendinin malikânesinin önüne gel. Bu gecelerden birinde dışarı çıkacağım, üzerimde siyah bir kaban olacak. Bana gel ve seni götüreceğim yere kadar bana eşlik et. Çekinme, sana çocuğunu göstereceğim.

Gecenin Kalbi"

ON BEŞİNCİ BÖLÜM

"Bana inanabilirsin efendi Levi, herhangi biri için öngörüde bulunmam, remil atmam," dedi *Sâhire*, küçük bir hanın üst katında. *"Fakat, Aaron Levi'nin bir şanı var. Hayır diyemeyeceğim bir adam."*

Levi, dirseklerini odanın penceresinin pervazına dayamış vaziyette, dışarıda olup biteni izliyor ve yollarda oradan oraya hareket eden ekmek kırıntılarını bile takip ediyordu. Bakışları, çatıların üzerinden yükselen Ay'la beraber eşgüdümlü biçimde hareket ediyor ve oradan ister istemez efendinin malikânesinin alınlığına sabitleniyordu.

Sâhire onu kuşkulu gözlerle süzüyordu. İpekten bir kese açtı ve içindeki küçük kemikleri masanın üzerine boşalttı. Bir süre onları inceledi ve rahat bir ifadeyle:

"Bu kemiklerin söylediklerinden gayrı seni meşgul eden fazladan bir şeyler yok mu efendi?"

Levi ayağa kalktı. Gözlerinde pırıltılı bir ifade okunuyordu.

"*Kusura bakma sevgili Sâhire. Bu son zamanlarda kafam karışık. Sana minnettarım. Beni ilgilendiren burada olup biten şeyler. Senin öngörülerinin bu anlamda bir katkısı olmaz zaten.*"

"*Bu mekân bizden çok daha eski efendi Levi. Bize söyleyeceği çok şey var aslında. Ne bilmek istiyorsun?*"

Levi dışarıya bir göz attı ve *Sâhire*'ye geri döndü:

"*Buraya kimler geldi, kimler ikamet ettiler, neden ve nasıl geldiler ve daha sonra geri gittiler, öğrenmeyi çok isterdim.*"

"*Özellikle merak ettiğin birisi var mı?*"

"*Beni, dangalak biri olmadığımı bilecek kadar iyi tanıyorsunuz Sâhire hanım. Size kimi aradığımı söylemeyeceğim. Söyle bana aklından kim geçiyor. Ben de sana iyi düşünüp düşünmediğini söyleyeyim.*"

"*Ben de salak değilim efendi. On altın, kalitelisinden... Hemen...*"

"*Al sana yirmi altın. Şimdi sanatını icra etmeni bekliyorum.*"

"*Bunlar senin meyvelerin efendi. Ha, ha...*"

"*Sana hakikati ilham ettikleri zaman faydasını göreceğim.*"

Sâhire kemikleri karıştırdı. Kelimeler dudaklarından döküldükçe heyecan yükselmeye başladı:

"*Geçen akşam, o mekân bir erkek ziyaretçiyi ağırladı. Başı ve gövdesi erkekti fakat elleri ve ayakları çocuktu. Garan'dan geliyordu.*"

"*Cüceler beni ilgilendirmiyor. Garip yaratıklarla da ilgilenmiyorum. O gece orada bulunan kimdi?*"

Sâhire kemikleri yeniden karıştırıp masaya fırlattı.

"Bir önceki gece, yasak âşıklar bir yatağı paylaştılar. Yatak, onların duyduğu zevkten pırıl pırıl oldu."
"Ondan bir gece evvel?"
Kemikler bir kez daha savruldu.
"Neler görüyorsun? Üç gece önce orada kim vardı?"
"Bir... Bir şeytan, ya da bir cin."
"Bir şeytan mı?"
"Bir insanî şeytan. Bir insanın derisi vardı üzerinde ama o bir canavardı. İri, ince bir Şeytan. Ağır, soğuk bir şey taşıyordu."
"Ne taşıyordu?"
"Küçük bir oğlan çocuğu ve bir köpek. Her ikisi de ölüydü."
"Onları ne yaptı?"
Eliyle, *"Şu gördüğün bankın üzerine bıraktı ve..."*
"Veee, kılık değiştirdi değil mi?" Hemen dev bir kurda dönüştü ve yeniden sordu: *"Yanılıyor muyum Sâhire hanım?"*
Sâhire felçli gibi ona bakıyordu.
"Ve, bu canavar, Sâhire Hanım, onları yemeye koyuldu, değil mi? Ve bana çok benziyordu."

Beklenmeyen bir hareketle, kadın kemikleri hızla topladı ve *Levi*'nin suratına fırlattı. Tam kaçmak isterken bir el onu boynundan yakaladı. Korkunç bir kemik sesi duyuldu ve kadının bedeni yavaş yavaş yere yığıldı. *Levi* kadının cansız bedenini pencereye kadar sürükledi.

Aşağıda büyük efendinin konağının önünde bir kadın sağına soluna bakınıp duruyordu. *Levi* pencereyi araladı ve temiz havayı içine çekti. Burnuna korku kokusu da geldi.

Pencereden uzaklaştı. Dönüşümünü tamamladı. Kılları ve sakalları kayboldu, saçları beline kadar uzadı, göğüsleri büyüdü, cildi yumuşak bir hâl aldı, yüzü yuvarlaklaştı. Bir kadındı artık.

"Sâhire'nin elbiseleri tam bana göre."

* * *

İulyâ dalgın bir hâlde tabağıyla oynayıp duruyor ve düşünceli gözlerle karşısında oturan Âfât'a bakıyordu. Çok solgun görünüyordu Âfât ve her geçen gün daha fazla içine kapanıyordu.

"Neden Trakhan'daki kuzey bâkiresini görmeye gitmiyorsun? O seni tedavi edebilir."

"*Beni ne için tedavi edecek, ne sorunum var?*"

"Kendine bir bak. Kadavra gibisin."

"*Ben kendimi çok iyi hissediyorum.*"

"*İyi, o hâlde benim durumum iyi değil.* Ayağa kalktı ve kapıya doğru ilerledi. *Bir yıl evvel hayat doluydun. Şimdi bir ölüsün. Bu beni kahrediyor.*"

Âfât, İulyâ'nın ardından baktı.

Yüksek sesle kendi kendine sordu: "*Bana neler oluyor? Üç haftadır avlanmadım ve dönüşmedim. Kendimi daha iyi hissetmem gerekirken her geçen gün kötüye gidiyorum. Çok yorgunum.*" Gözlerini kapadı.

Tabak sesleriyle kendine geldi. Bir uşak masayı topluyordu.

"*Efendi müsaade eder mi?*"

"Tabii, tabii, hepsini kaldır. Ha, İulyâ'ya buraya gelmesini söyle."

"Özür dilerim efendim fakat hanımefendi yarım saat kadar evvel malikâneden ayrıldı."
"Ne? Nereye gitti?"
"Hiçbir şey söylemedi. Bir kaban giymişti ve elinde bir seyahat çantası vardı. Herhâlde genç din adamı onu çağırdı."
Âfât yumruğunu masaya vurdu.
"Hay lânet, yeniden başlıyoruz! Tarık'a kızı rahat bırakmasını söyledim."
"Ayrıca, din adamı mabedin yaşlı bilgelerini de sizinle görüşmeleri için göndermiş. Kütüphanede sizi bekliyorlar."
"Kurbağaları prens yapmaya vaktim yok benim. İulyâ'yı benden koparmasına engel olmam lâzım. Levi haklıydı. Onu bana karşı örgütlüyor bu alçak."

Kütüphane'nin önünden geçerken içeriye bir göz attı. Birden geri döndü. Beş ihtiyar bilge oturuyorlardı. Her birinin çizmesinin kenarında birer hançer parlıyordu. Gümüş hançerler.

"Bu akşam beni öldürtmeyi planlıyordu. Başkalarının eliyle. Benim ölümümü istiyor!"

Ter içinde kalmıştı hemen koşar adımlarla üst kata çıktı. Ayın soğuk ışığı odayı doldurmaya başlamıştı. Havayı olduğu gibi içine çekti.

"Kimin kimi öldüreceğini göreceğiz," dedi uzun kabanını giyerken. "Tarık bu akşam ölecek."

* * *

"*Sâhire hanım nerede?*" diye sordu Tarık, göçer arabasının sürücüsüne.

Uzun saçlı genç bir Çigan Tarık'ın önüne atladı.

"*İşi var, ben Şâla, kızıyım. Seni Trakhan'a ben götüreceğim.*"

Tarık kızın üzerindeki elbiselerle *Sâhire*'nin elbisesinin tıpatıp aynı olduğunu fark etti.

"*Diğer yolcu da birazdan gelir.*"

"*Benim acelem yok, paramı aldım.*"

"*Unutma: Bu bir mutlak sır,*" dedi Tarık. "*Arabaya girer girmez, muhafızların durdurmaları hariç hiçbir yerde durmayacaksın. Onlara yalnız olduğunu söylersin. Heyecanlı bir izlenim verme yeter.*"

"*Tabii, tabii,*" dedi başını sallayarak, "*tabii şahım.*"

"*Şimdi beni iyi dinle, bu önemli. Üç hafta kadar evvel, Trakhan yolu üzerinde çok içli bir melodi işittik.*"

"*Sizi kimin uyandırdığını biliyorum. Kendini germe. Çiganlar büyülü peri şarkılarından etkilenmezler.*"

"*Evet, bana da böyle söylendi. O nedenle sizinle anlaştım.*"

Yaklaşan ayak seslerini duydu ve arabanın arkasına saklandı:

"*Umarım bu gelen Âfât değildir.*"

"*Geciktiğim için özür dilerim,*" dedi İulyâ.

"*Her şey ayarlandı. Mabedin bilgelerini Âfât'ın yanına gönderdim. Onu tedavi olmaya ikna edecekler.*"

"*Bundan ona bahsetmeye başladığımda çok sinirlendi. Umarım bilgeler ona yapması gerekenleri anlatırlar.*"

"*Ben eminim. Kendilerini savunma güçleri var.*"

* * *

Malikâneden çıkan Âfât hızla yola koyuldu. Sivriboynuz hanı çok yakında bulunuyordu. Yolun sonunda ters yönde giden birisiyle karşılaştı. Âfât yere diz çöker gibi yaptı ve kurbanının elini tuttu.

"*Çok pardon, sizi görmedim.*"

Kadın, gözleri korkudan dışarı fırlamış bir biçimde kalakaldı. Çok güzeldi. Kadının güzelliği karşısında Âfât da çakılı kaldı. İkisi de kendilerini birbirlerinden alamıyorlardı. Âfât toparlandı.

"*Gecenin bu saatinde böyle ıssız bir yerde yalnız başınıza dolaşmaktan korkmuyor musunuz?*"

"*Seni takip edeceğim,*" dedi kadın gergin bir üslup ile.

"*Seni takip edeceğim? Fakat nereye gittiğimi bilmiyorsun ki!*"

"*Hayır bilmiyorum.*"

"*Evine dönmeyecek misin yani?*"

"*Rica ediyorum,*" dedi kadın sükûnetini kaybederek. "*Benimle oynama. Oğlumu almadan geri dönmeyeceğim.*"

Bu kadın ya sarhoş ya da deli diye düşündü, Âfât. Öte yandan kadının saldığı koku Âfât'ın dikkatini çekiyordu.

"*Sana refakat etmekten mutluluk duyacağım, nereye gidersen git, ben de geliyorum.*"

Kadın Âfât'ın kulağına eğildi:

"*Lütfen, söyle bana nereye gidiyoruz?*"

"*Haydi mabede gidelim.*"

"*Beni hemen oraya götür efendi.*"

Kadının ifadesi çok melankolikti. Âfât etkilendi. Kanı kaynamaya, pençeleri gelişmeye başladı. İçindeki varlığa direnmek istemiyordu.

"*Rica ederim efendi Âfât, hemen yola koyulalım.*"

Mabet yolunda hiç konuşmadılar. Âfât sadece kadının kalp atışlarını işitiyordu.

* * *

Bir süre sonra üç gölge uzak mesafeden kendilerini takip etmeye başladı. Bir tanesi yolun karşı tarafına geçti ve bir evin çatısının altına girdi.

Evin girişinde bir kadın ona mutfağa doğru gelmesini işaret etti. Bıyıklı adam kapıyı açtığında köpekler havlayarak ona saldırdı. İhtiyar bir adam köpekleri sakinleştirdi.

"*Susun!*" diye bağırdı, *Vakur*.

Köpekler sustu. Üniformalı adam köpeklerin arasından geçip *Vakur*'un yanına gitti.

"*Senin tahmin ettiğinin aksine, Levi değil, Âfât.*"

Vakur şaşırmıştı.

"*Gerçekten efendi Âfât mı?*"

"*Evet. Hilda onu nerede bulacağını sordu ve o da mabetten bahsetti.*"

"*Mabede ondan evvel varmak için köpeklerle bir tur atacağım.*"

"*İyi. Sen hazır ol. Unutma ki Âfât kurnazlığı, ince zekâsı ve acımasızlığıyla bilinir.*"

"*Bilemiyorum.*"

* * *

Âfât ve genç kadın aşağı mahallelerden geçiyorlardı. Ay çok parlaktı ve güçlü bir rüzgâr vardı. Fakirhanenin harabesinin önüne geldiler.

"*Sen beni mabede götürmek istemiyor muydun, efendi Âfât?*"
"*Hayır, seni oraya götürmüyorum.*"
Kadın gözyaşlarına boğuldu.
"*İstediğin her şeyi yapacağım fakat bir şeyi bana söyle lütfen. Oğlum...*"
Âfât dönüşmeye başladı. Kadına sıkıca sarıldı ve dudaklarından ısırdı. Kadın direnmek istedi. Kan önce çenesine oradan da boynuna doğru ince bir yol buldu. Kadın öfke ve korkuyla karışık bir ifadeyle sordu:
"*Oğlum nerede?*"
Âfât soruyu duymadı bile. Dolunay dönüşümünü hızlandırıyordu. Kadının üzerine atladı ve yarı-kurt pozisyonunda iken olgunlaşmamış pençeler kadının kollarına geçti. Kadın Âfât'tan kurtulmaya çalışırken havlama sesleri duyuldu. Âfât seslerin geldiği tarafa doğru kulak kabarttı. Av köpeklerinin hızla kendisine doğru geldiklerini fark etti. Kadın sendeledi. Yirmi kadar köpek fakirhaneye doğru koşuyorlardı. Âfât kadını bıraktı ve oradan uzaklaşmaya başladı. Ara sokaklara daldı.

Köpekler peşindeydi. Yüksek bir duvarın üstüne sıçradı. Oradan bir evin damına ve oradan da avluya atladı. Sesler uzaktaydı ama işitiliyordu:
"*Efendiyi öldürün! Kurdu öldürün! Âfât'ı öldürün!*"

Halk ellerinde meşalelerle yollara dökülmüştü.
Şehir artık ona ait değildi.

* * *

Göçer arabasının içinde Tarık, uyumakta olan İulyâ'ya bakıyordu. Arabanın hoş sallantılarına dayanamadı ve o da uykuya daldı.

Kısa bir süre sonra sarsıntıyla uyandı. Araba durmuştu. Camdan baktı. Zifirî bir orman kütlesinden başka bir şey görünmüyordu. Fakat dışarıda bazı fısıltılar işitti. Bilâhare ses kesildi ve araba yoluna devam etmeye başladı.

Bir dilenci veya seyyah olmalı diye düşündü Tarık.

Ancak bir süre sonra kapının kolu kımıldadı. Sonra hafifçe aralandı ve arabaya bir adam bindi.

"Trakhan'a mı gidiyorsun Tarık?" diye sordu Âfât, sivri dişlerini açık eden bir gülümsemeyle. *"Oraya asla ulaşamayacaksın."*

ON ALTINCI BÖLÜM

"Senden rica ediyorum Âfât, Trakhan'da Kuzey Bakiresi var. O bildiğin türden bir büyücü veya din adamı değil. Beraber gidelim. Bir dene, ne olursun."

Âfât, İulyâ'ya baktı:

"Yalnız kaldığımızda bu konuyu konuşuruz."

"Bizimle Trakhan'a gelecek misin?"

"Beni salak yerine koyma. Trakhan'da kimse yok. Yapmak istediğin tek şey İulyâ'yı benden uzaklaştırmak. Beni sırtımdan bıçaklamak istiyorsun! En zayıf noktamdan yakalamaya çalışıyorsun. Buna inanamıyorum. Malikâneye gönderdiğin katiller kimlerdi?"

"Katiller mi? Onlar ihtiyar bilgeler. Her şeyi tersinden anlıyorsun."

"Öyle mi? bana yaşlı bilgeler gönderdin ama ne hikmetse

hepsi de gırtlaklarına kadar silahlıydı. Sen İulyâ'yı götürürken onlar da beni tasfiye edeceklerdi. Sen de İulyâ'yla yalnız kalacaktın. Ne güzel!"

"O hançerler tamamen savunma amaçlıydı. Senin canavar olup olmadığından hâlâ emin değilim. Anlayışlı olman gerekiyor."

"Çünkü sen benim canavar olduğuma inanıyorsun. Ben seni öldürmedim ancak sen beni öldürmeye çalışıyorsun. İşte senin insanlıktan anladığın bu. Senin çok övündüğün soyunun marifeti bu kadar."

İulyâ gözlerini açtı.

"Âfât! Bizimle Trakhan'a mı geliyorsun?"

"Trakhan'a gitmiyoruz, şehre geri dönüyoruz," dedi Tarık.

"Hayır. Trakhan'a gidiyoruz. Madem benim hasta olduğuma inanıyorsunuz, orada Aaron Levi bana bir tedavi önerir."

Tarık ile İulyâ şaşkındı.

"Onun hiçbir yerde ikamet etmediği, her yerde görüldüğü yolunda hikâyeler duyuyorum. Onu nasıl bulacaksın Âfât?" diye sordu İulyâ.

"Trakhan'ın girişinde bir şale var, orada öğreniriz. Şimdi siz dinlenin."

"Ya sen?"

"Ben bu kutunun içinde uyuyamam."

* * *

Tarık başını pencereye dayadı. *Trakhan'*ın surları, sökmekte olan şafağın ardında yükseliyordu. Gece boyunca gözlerini Âfât'tan ayırmamıştı.
"*Neden şehre geri dönmedik?*"
"*Oraya hiç dönmeyeceğiz.*"
"*Yoksa sırrın açığa mı çıktı? Gerçekliğini mi fark ettiler?*"
"**İulyâ'ya bu konuda tek bir kelime söylersen seni öldürürüm, bundan emin olabilirsin.**"
Tarık cevap vermeden başını pencereye çevirdi. Araba *Trakhan'*a girmekteydi. Birden bir gürültü duyuldu.
İulyâ da yerinden fırladı ve dışarıya baktı.
"*Bu gürültü nedir? Fırtına mı çıktı?*"
Araba bir binanın önünde durdu. "Şaleye vardık," dedi Tarık. Arabadan indiler. Gürültünün nedeni anlaşılıyordu. Şalenin hemen arka tarafında büyük bir şelâle bulunuyordu.
"*Şuna bak Âfât, muhteşem,*" dedi İulyâ.
"*Haydi içeri girelim.*"
Birlikte şaleden içeri girdiler. Sol tarafta boş bir yemek salonu vardı. Sağ taraftaki salonda ise hararetli konuşmalar duyuluyordu. Rosto kokusu da sohbete ayrı bir tat katıyordu. Girişte bir masada bir adam yalnız başına kitaplara gömülmüştü. Başını kaldırdı ve misafirlere baktı.
"*Bize bir oda lâzım.*"
"*Öğleden evvel oda yok.*"
"*Burada bekleyebilir miyiz?*"

"Evet, bekleyebilirsiniz. Kahvaltı da edebilirsiniz, isterseniz. Şu masada oturabilirsiniz."

"Neden yemek salonunda değil?"

"Üzgünüm, orası rezerve."

"Sabahın bu saatinde mi?"

"Kusura bakmayın."

"Her neyse, burada oturup kahvaltı edebiliriz," dedi Tarık. Küçük izole bir mekândaki masaya oturdular. Mekânda bulunanlar meraklı gözlerle yeni gelenleri izliyorlardı. Âfât huzursuzdu. Bodrum katına inen merdivene yöneldi. Kısa bir süre sonra geri döndü.

Rahatsız edici bir sükûnet vardı ortamda. Kimsenin çıtı çıkmıyordu.

"Buradan bay Levi!" diye seslendi birisi.

Âfât sandalyeyi hafifçe geri çekti. Uzun siyah kabanın içinde efsanevî usta *Levi* salonun girişinde belirmişti. Eğildi ve insanları selâmladı.

"Bize bir şeyler söyle," Aaron! dedi, masalardan birinde oturan ciddiyetsiz bir tip.

Levi, o masaya gitti ve çok zarif bir kadının elini öptü.

"Atmosfer şarkıların güzelliğini boğuyor sevgili hanımefendi." Sonra, dekoltesinin arasına kızıl bir gül yerleştirdi.

"Cüruf için değmez. Ama siz başkasınız. Size hangi şarkıyı söylememi istersiniz?"

Levi bir iki adım attı ve bordo renkli kadife perdeyi çekiverdi.

"Bakınız burada kim var! Kutsal şehrin efendisi Âfât hazretleri!" Bütün başlar Âfât'a dönmüştü." Ve mabedin yeni patronu genç din adamı Tarık efendi. Nihayet göz kamaştıran güzelliğiyle altesleri İulyâ.

Efendi Âfât, seni burada görünce çok özel bir şarkı hatırladım."
Herkes susmuştu.
"Parlak güneşin altında, mülteci bir avare.
Kalbi mühürlü, başı dumanlı
Ona bu kaderi yükleyen günahlar nelerdir?
Yalnız, beklerken ölümü.
Çocuktu, ana yok baba yok.
Gönderdiler, gitti
Tesadüfler âlemine
Büyüdü, adam oldu.
Ruhu intikam dolu,
Dolaştı hayatın labirentlerinde.
Kelleler aldı, sağdan soldan
Rahiplerin dillerini kesti, tapınakları yıktı başlarına
Döndü halka fakat halk ona ihanet etti
Ruhu kaçtı, fikri bulandı, kaos yüreğine çöreklendi.
Bu şerefi kime borçluyuz biz zavallılar?
Doğanın terk ettiği, yardıma tekme atan
Ölümlüler mi, aradığın ey hazret?
Biz mültecileriz: alay konusu soytarılar,
Cinler için
Ve ekmeğiyiz,
Şeytan'ın."

Alkışlar koptu. *Levi* kitleyi selâmladı sonra konuklarının yanına döndü.

"Çok etkileyici bir mesajdı."

"Çok teşekkürler efendi Âfât. Güzel şehrimize seni getiren sebep ne ola ki? Yoksa iş için mi geldin? Ya da siyasî iltica talebinde mi bulunacaksın?"

Yemekler geldi ve *Levi*'nin bir işaretiyle garson hemen oradan uzaklaştı.

"Sevgili hanımefendi, gergin bir hâliniz var."

"Evet efendim. Bütün gece boyunca seyahat ettik ve öğleye kadar oda olmadığı söylendi."

"Öğleye kadar mı? Fakat daha üç saat var! Öğleye kadar bu masada oturup yumurta yemeye devam mı edeceksiniz?"

"Başka bir fikrin var mı?"

"Size bir önerim var. Şalenin sahibi arkadaşımdır. Size hemen iki oda ayarlamasını söyleyeceğim. Birinde dinlenmek isteyenler kalsın diğerinde de benimle sohbet etmek isteyen birisi varsa o buyursun."

İulyâ gözlerini zor açıyordu. Tarık ise gözlerini tavana dikmişti. Yorgun olduğu anlaşılıyordu. Âfât hiçbir şey söylemeden *Levi*'nin gözlerine baktı.

"Evet, ne diyorsunuz? Peki, umarım sandalyeler konforludur," diyerek masadan kalktı *Levi*.

"Bekleyin," dedi İulyâ, "ben sizinle geliyorum."

"Hayır, seninle ben geliyorum. Sen ayarla, kahvaltımı bitirip geliyorum."

"Anlaşıldı. Hemen dönerim."

* * *

Âfât ile *Levi, Trakhan'*ın sırtındaki büyük kayanın zirvesine ulaştıklarında güneş artık tepeydi.

"*Trakhan'a neden geldiğini biliyorum Âfât."*
"*Bana bunu söyleyeceğinden emindim.*"
Şehir ormanın ayaklarının altında bir yakut gibi parlıyordu.
"*Kamuoyu, Âfât'ın bir kurt-adam olduğunu ve ülkeyi terk ettiğini söylüyor."*
"*Anlatılanların hepsi..."*
"*Korkmana gerek yok. Avcılar seni burada bulamayacaklar. Kesinlikle böyle bir tehlike yok."*
"*Üzüntümü gidermeye çalışıyorsun."*
"*Nasıl istersen öyle düşün. Sana bir sene önce, efendi olduğunda ustalığını gösterme fırsatı bulacağını söylemiştim. Bu oldu ve sen çok tutkulu bir kadere doğru sürüklendin."*
"*Evet, şarkıdaki avare gibi meselâ."*
"*Hayır, güç avarede saklı olabilir ancak marifet onu fiile çıkarmak. Ben Trakhan'ın efendisi değilim ama buraya hükmediyorum."*
"*Evin nerede, Trakhan sokaklarında mı yaşıyorsun?"*
"*Sana kudretimin yüzlerinden birini göstermeme izin ver. Nehrin üzerinde kurulu bulunan şu değirmene bir bak: Oradaki bütün kârı görüyorum. Sahibi benim emrimdedir. Şimdi de köprüye ve gümrük binasına bak. Oraların gelirlerinin yarısı bana gelir. Bu nehrin meandrosundaki tomruk işleme fabrikasının kazancının dörtte biri benim."*

"Bunca kaynak?"

"Ya... Bunlar başka etkinliklerime örtü teşkil ediyor. Bunlar sayısız günahı gizliyorlar. Tomruk işleme fabrikasının alt tarafında iskeleler var. Orası benim en ideal avlanma mekânlarımdan biri. Değerli ziyaretçilerimi oraya götürürüm ve akşam yemeğini şalede yeriz."

"Şale de sana ait, değil mi?"

"Gizli geçitler, tuzaklar ve gizemli ilişkiler..."

Âfât'ın dikkatini şehrin arka tarafındaki rampaların kenarında bulunan harabeler çekti.

"Peki, şu soldaki virane altıgen?"

"O, dergâhın büyük kulesiydi. Asırlar evvel nehrin en sığ yerini muhafaza etmek için inşa edildi. Şehir bu büyük kulenin etrafında kuruldu. Benim şehre gelişimden kısa bir süre sonra yandı. Benim, bu felâkette hiçbir dahlim yok."

Âfât bir kahkaha attı.

"Ne saçmalıyorsun! Bu virane en az yüz yıllık. O yandığında sen orada bulunuyor olamazsın."

Levi, Âfât'a şöyle bir baktı.

"Evet, buradaydım."

"Dinle, Trakhan'ı yeteri kadar gördüm. Çok kudretli olduğun anlaşılıyor."

"Sen de böyle olabilirsin Âfât. Şehrinde geçirdiğin bir yıl gerçek kudrete ulaşmak için sadece bir prelüt hükmünde."

"Tabii, tabii. Unuttuğun şey şu Levi, bizler canavarlarız, öyle değil mi? Hayatım boyunca bunu kendime itiraf etmekten kaçtım, yani kendi gerçekliğimi reddettim. Şimdi artık bu sırrımı saklayamayacak durumdayım. Ben bir katilim.

Bir canavarım. Sürgünde ve kudretten uzak yaşamam en iyisi. İktidar bana göre değil."

"Sen, ağzına gelen her şeyi söylüyorsun Âfât. Neden canavarlarmışız?"

"Çünkü kurtlara dönüşüp insanları öldürüyoruz."

"Evet, doğamıza ve ihtiyaçlarımıza uygun olarak böyle yapıyoruz. Eğer doğamız bunu emrediyorsa ve bu kötüyse, içgüdülerimiz ölümcül ise, kendimizi suçlamamızın ne anlamı var?"

"Ayakta duramayan kelimeler. Herhangi bir insanî varlıktan çok daha şeytanîyiz."

"Hayır. Eğer biz şeytanlarsak, bunu yapan doğanın kendisidir. İstersen doğaya da hâkim olan irade diyebilirsin. İnsanlar, kendilerini insan olarak seçmedi. Onların insan olmalarına karar veren irade sayesinde öyle oldular ve bunun farkında oldukları da şüphelidir. Netice itibarıyla rafine ve özenli varlıklar olarak ortaya çıktılar. Bir erkek, bir kadını boğazlamak yerine onunla evlenir ve her gün o kadını döve döve helâk eder ve sonunda da öldürür. Zavallı bir şeytanın başını kopartmak yerine, hükümdar onu açlığa mahkûm eder. Bir çocuğu derhâl katletmek yerine, oyun arkadaşları onu, kendini öldüreceği ana kadar maymuna çevirirler."

"Diskurun ilginç. Bildiğim tek şey, en vahşî insandan bile daha vahşî olduğumuz."

"Beni izle."

* * *

"Burada oturan adam bizden çok daha acımasız dedi *Levi*, derme çatma bir evin önünde durarak.

Âfât evi derinlemesine inceledi. Kapılar ve pencereler yeşile boyanmıştı. Duvarlar ise beyazdı. Çatıdaki kiremitler eksikti.

"Burası bir canavarın evine benzemiyor."

Levi, Âfât'ı çenesinden tuttu.

"Sahibi de canavara benzemez. Gel, evde değil."

Levi kapıyı açtı ve içeri girdi. Âfât onu izledi ve kapıyı kapattı. Bir merdivenden aşağı indiler.

Mahzenin duvarları nemliydi ve özel bir kokuları vardı. Tozlu raflarda yüzlerce damacana duruyordu. Çalışma masasında fonksiyonları anlaşılmayan muhtelif kaplar bulunuyordu. Kapların içinde fokurdayan sıvılar vardı. Âfât bunların kan örnekleri olduğunu düşündü.

"Arkadaşın neyle uğraşıyor?"

"Kolayca düşünebilirsin. Veyahut gelmesini bekleyelim, o sana anlatır."

"Bu masalar et kesmek için," dedi Âfât, bir sürü kancayı ve bıçağı işaret ederek. *"Peki, neden böyle bir mahzeni kasaphane olarak kullanıyor ki açık havada bir dükkânda çalışmak yerine?"*

"Uygun kelimeyi söyledin: Kasaphane. Fakat düşünceni sonuna kadar götürmedin. Ben sana yardım edeyim."

Levi kahverengi bir deri çanta aldı ve içinden bazı âletler çıkardı. Âfât bu âletlerin biçimlerine baktı ve çoğunun üzerinde kan lekeleri tespit etti.

"*Nereye varmak istiyorsun?*"

"*Hâlâ anlamadın mı? Bu adam insanlar üzerinde bir faaliyet yürütüyor. Ruhun huzuru ve dinlenme yöntemi yerine matkap ve iğneyi kullanıyor. Bu kavanozlarda araştırmaların sonucu bulunuyor.*"

"**Bunda ne kötülük var? İnsanları ve hayvanları tedavi etmek için operasyon yapıyorsa sorun nedir?**"

"*Tedavi için değil... Tedavi için çok geç.*

İşe, insanlardaki hastalıkların sebeplerini keşfetmek için ölü tavşanları, sincapları ve rakunları teşrih yoluyla inceleyerek başladı. Fakat tedavi denen şey aslında lânetli bir uyanışa tekabül eder: Sır cesetlerde saklı değildir. Arkadaşım bilme istemine bir cevap bulamadı. Hayatları kurtarma arzusuyla yanıp tutuşmasına rağmen **Bilgi** *ondan kaçıyordu.*

Ona, çocukluğum boyunca öğrendiğim bir şeyi gösterdim: Canlı kalmalarını sağlama temelinde demir bir telle bir tavşanın beyninin nasıl nötralize edileceğini ona anlattım. Bu yöntemle ilk çalıştığı tavşan üzerinde çok şey öğrendi: Kalp atışları, toplardamarların faaliyetlerini, hayvanın gözlerine yansıyan ıstırabı.

Daha da önemlisi bundan zevk almaya başladı. Kudretinden ve hâkimiyet duygusundan çok büyük bir keyif alıyordu. Onu hiçbir şey durduramadı. Tedavi etme arayışından vazgeçti. Büyük ve güçlü yaratıkların beyinlerinde kısa devre oluşturma yetisini kazanmıştı. Onları günlerce hayatta tutabiliyordu. Zamanla bunu daha da uzatmayı başardı. Zaten, tahminimce, şu kapının arkasında son deneyinin objesi bulunuyor."

Birden kapının tokmağı kımıldadı. *Levi* sustu. Âfât heyecanlandı. Kapı açıldı ve bir ışık huzmesi mahzeni taradı. Merdivenin başında uzun paçalı bir pantolonun bitimindeki sabolar göründü.

İki farklı yaşı bir arada yansıtan bir adam belirdi. Cildi çok parlak ve yumuşaktı. Tebessüm etti.

"Hangisiyle bir işim olduğunu bilmememe rağmen misafirlerim olduğunu görmek beni mutlu etti."

"Aziz insan Esfel, benim, Aaron Levi. Yanımda bir arkadaşım var."

"Büyük ihtimalle Âfât olmalı, ondan bahsetmiştin."

Âfât'ın yanına geldi ve onun elini sıktı.

"Âfât, bu sıktığın el çok sayıda operasyon gerçekleştirdi. Öyle değil mi büyük Esfel?"

"Evet. Özel bir tozun ve demir bir telin yardımıyla bu el insanı kendisiyle buluşturdu. Yanlış anlama, ben yabancılarla her zaman bu kadar sıcak değilim fakat efendi Levi bana senden çok bahsetti. Haydi, yukarıda bir çay içelim."

"Sağol, fakat yapacak çok işimiz var Esfel."

"Sen bu enstrümanlardan gerçekten yararlanıyor musun?"

"Evet."

"Demir telin ne işe yaradığını biliyorum fakat özel toz?"

"Konsantre Endorfin'i toz hâline getiriyorum. Kireç tozuyla karıştırıyorum. Uyutmaya yarar."

"Bütün bunları niçin yapıyorsunuz?"

"Eminim ki, korkunun kokusunu biliyorsundur, efendi Âfât. Acı şaraptır, korku ise onun buketi. Korku, şarabı sarıp sarmalar,

onun gerçeğini örter. Korku, şarabın maskesidir. Ben, her ikisini de severim ama en çok sesten hoşlanırım."
"**Ses?**"
"Her türden sesler. Sanıyorum, kemiklerin binden fazla değişik ses çıkardığından haberin yok. Muhteşem sesler çıkarırlar, dinlemeyi bilenler için."
"**Bu kadarı yeterli, gidebiliriz Levi.**"
Esfel tebessüm etti ve duvarda asılı duran bir çekiç aldı.
"*Leylâ'yı tanıyacaksın.*"
Âfât merdivene doğru yürüdü.
"**Ben gidiyorum.**"
"*Âfât bu seansı görmek istemiyor. Öğreneceği daha çok şey var. Korkma Esfel, sırrın sonsuza kadar saklı kalacak.*"
"*Leylâ'yı görmeye geleceğine söz veriyor musun?*" diye sordu Esfel, mahzenin sonundaki kapıyı işaret ederek.
"*Bir başka zaman, kesinlikle Esfel. Hoşça kal!*"

ON YEDİNCİ BÖLÜM

Evden çıktıktan sonra, Âfât kendisini garip bir yolda buldu. *"Şaleye nasıl gidebilirim?"* diye sordu kendi kendine. Bu yoldan hiç geçmemişti. Adeta bir animasyon yoluydu. Rengarenk kumaşlar, örtüler, sağda solda cıvıltılı dükkânlar. Aklında ise *Esfel*'in ürkütücü mahzeni vardı.

"Buradan gitmeliyim," diye mırıldandı.

Levi onu bulmakta gecikmedi.

"İnsanoğlunun bizimle ürküntülere uyum konusunda rekabet edemeyeceği konusunda ikna oldun mu?"

"Esfel bir insan değil, tabiatın bir sapması!"

"Bir sapma, olsun, fakat her insanda mevcut bulunan **Kötü**'*yü ete kemiğe büründürüyor."*

Âfât yolun ortasında durdu ve parmağını *Levi*'nin iman tahtasının üzerine koydu.

"Salak rolünü oynamaktan vazgeçti. Hangi sağlıklı ruh sahibi beni zehirlemek için mahzenine çekip bir domuz gibi doğramak isteyebilir? Bir tane örnek verebilir misin?"

"Tarık," dedi Levi. "Sadece sağlıklı bir ruhu yok onun, aynı zamanda o artık bir din adamı ve dahası senin en yakın arkadaşın. Buna mukabil, sana bir fırsat bile vermeden seni öldürecek. Al sana sağlıklı bir insan!"

Âfât tek bir kelime söyleyemedi. Kafasından sayısız korkunç imaj geçti. Tek bir şey istiyordu: Şale'ye dönmek ve uyumak.

"Yanılıyorsun."

"Seni Esfel ile tanıştırdım çünkü **Kötü** onun şahsında karşı konulamaz ve reddedilemez bir gerçeklik. Fakat bütün insanlar vahşî avcılardır Âfât. İnsan aslında bir canavardır, hiçbir varlıkta görülmeyecek kadar azgın ve kudurmuş bir canavar. Nefsini zulümle donatmış ve gözü egosantrizmden ve sınırsız menfaatlerden gayrı hiçbir şey görmeyen bir hasta, ağır bir hasta. Sen bana sürekli bu hastalığı savunuyorsun. Ahsen-i takvim ve esfele sâfilin gerçekliğini anlaman gerekir. Ya da, hanginiz çocuk arılığındaysanız beni takip etsin mesajını söyleyebilirim. Sen yalnızca kendindekini mahkûm etmek istiyorsun. Bu neye yarar ki? Senin değişmen, insan soyunun değişmesine bir katkı sunmayacak, hatta belki de daha fazla azacaklar, zafer naraları atacaklar. Herkes egemenlik istiyor, bütün nefisler çıldırmış durumda ve öldürmeye göre planlanıyorlar. Her türlü silâh kullanılıyor: Kelimeler, kavramlar, âletler, cihazlar hatta dişler ve bazen de tırnaklar."

Âfât, düşüncelerinden kurtulmak istercesine elini alnına koydu.

"Şaleye dönelim."

"Dinle Âfât, bu akşam sana öğreteceğim çok şey olacak fakat nereden başlamamı istersin?"

"Sen neden bahsediyorsun?"

"Bak," dedi Levi, kollarını yukarı kaldırarak. *"Güneşin şu an nerede olduğunu görüyor musun?"*

"Tabii ki."

"Tam tepede. Benim gündüzün sona ermesine ihtiyacım var." Aniden gün ışığı tükeniverdi. Yol çölleşti ve karanlığa gömüldü. Kapalı kapılar ve pencere kanatları Ay ışığı altında parlıyorlardı.

"Ne oldu? Güneş nerede?"

"Ormanda işimiz var. Dua ettim güneş kararsın diye, kabul edildi."

Kendilerini yeşil-siyah bir ormanın içinde buldular. Ayaklarının altında humuslu toprak ev sahipliği yapıyordu. Ay yeşille siyahı kalaylayan bir usta gibi ışığını değişik dozlarda körüklüyordu.

"Levi, sen neler yaptın?"

"Olup biteni anlamaya başlıyorsun bu akşam, değil mi Âfât? İnsanî görüntün bir maskeden ibaret."

Âfât başını olumsuzca salladı. Bu sözlerin onun ruhunda bir karşılığı yokmuş gibiydi.

"Sen kelimelerle oynayan bir cambazsın."

"Hayır. Bunun oyunla falan bir ilgisi yok. İnsanların olduğu gibi kurt-adamların da bir insanî ruhu vardır. Öte yandan, kurtlardaki ruh-u hayvanî benzeri bir de hayvanî ruhları vardır. Senin ise hem iki ruhun var hem de hiç yok."

"Bunu nereden biliyorsun?"

"Aynı soydan olduğumuz için biliyorum."

"Senin böyle bir varlık olman mümkündür Levi; fakat ben değilim. Babam Kreon bir kurt-adam'dı."

Levi başını havaya kaldırdı:

"Evet, Kreon bir kurt-adam'dı. Ama o senin baban değildi."

"Nasıl olur? Tabii ki, babamdı! Annemle evliydi. Benimle ilgili gerçekliği öğrendikten sonra onu öldürdü."

"Beni iyi dinle Âfât. Sen doğduğun günden beri Kreon senin kurt-insan olduğunu biliyordu. Kendi iktidarını paylaşabileceği bir oğul sahibi olmaktan mutluluk duyuyordu. Anneni bunun için öldürmedi. Fakat senin bir başkasının oğlu olduğunu fark ettiği için öldürdü."

Âfât'ın dizlerinin bağı çözüldü.

"Sen ne diyorsun, ne saçmalıyorsun? Peki, o hâlde benim babam kim?"

"Benim!"

"Bu mümkün olamaz," diye fısıldadı Âfât. Levi'nin, annesinin çok eski bir arkadaşı olduğunu hatırladı.

"Bu, hakikatin ta kendisi. Kreon, şehrin efendisi olduğunda, eşinin üzerinden etkimi arttırmak istedim. Annenin bir çocuğu oldu. Yani sen, Âfât; sen benim oğlumsun. Kreon, bu çocuğun kendisinden olduğuna inanıyordu. Ama senin ismini ben verdim ve seni ben yetiştirdim. Kreon, beni senin vasîn olarak tayin etti. Senin her şeyinden ben sorumluydum. Sendeki kurdu beslemek için her şeyi yaptım. Umudum Kreon'u öldürmen ve onun yerine geçmendi.

Bir gün, Kreon eşine yazılmış aşk mektuplarını buldu. Hepsi-

nin altında aynı imza vardı: Kurdun Kalbi. Mektuplarda Âfât'tan bahsediliyordu. Kreon çıldırdı ve seni bir hançerle öldürmeye karar verdi. Bunu başaramadı. Umutsuz bir biçimde muhafızlara seni ve anneni yakma emrini verdi."

Âfât dikkat kesilmiş dinliyordu. Benzerlikleri dikkatini çekmişti; zariflik, siyah parlak saçlar, derinlik vs.

"Aman Allahım, sen benim babamsın!"

"Evet."

"Evet, eğer bu anlattıkların doğru ise, beni neden terk ettin? Neden, sefalete ve kapkara korkunun içine ittin? Neden yetim kıldın?"

"Seni terk etmedim. Üç sene boyunca beyhude aradım. Ölmüş olabileceğini düşündüm. On beş sene sonra, seninle efendiler yarışmasında karşılaştım. Seni hemen tanıdım."

"Niçin hiçbir şey söylemedin?"

"Senin konumunu tam olarak anlamaya çalışıyordum. Verdiğim eğitimden geriye bir şeyler kalıp kalmadığını ve aradan geçen yılların neleri götürdüğünü görmek istedim. Hayal kırıklığına uğramadım. Senin müthiş yükselişini ve olağanüstü gelişimini gördüm. Kendi kendime, işte bu, mükemmel dedim. Kreon'a karşı duyduğun kinin önünü açmak için fakirhaneyi yaktırdım; senin için Mersin'i öldürdüm; İulyâ ile Tarık'ın birlikte yola çıkışlarını sana haber verdim; kafasında bir ihanet bulunduğunu sana hissettirmesi için Tarık'ın aklına şüpheler düşürdüm; hanın önde kadınla karşılaşmanı ayarladım ve nihayet benimle burada buluşabilmen için senin bütün zaaflarını tahrik ettim. Seni Trakhan'a getiren göçer arabasını kullanan bendim. Senin selametin için bunları yaptım!"

"*Demek, cinnetin eşiğine gelmemin sebebi sendin!*"
"*Hayır, ben seni kurtardım. Efendiliğin sırtındaki yükü seni yavaş yavaş öldürüyordu. Kaç defa kendi varlığına son vermek istediğini hatırlıyor musun? Kaç kez, işlediğin suçlar için pişmanlık diledin, haberin var mı? Âfât, sana zarar vermedim, bilakis seni kurtarmak için yırtındım. Bu bir ayindi.*"
"***Beni selamete kavuşturacak ve özgürleştirecek olan şey nedir?***"
"*Gel benimle, gerçek tabi'atınla bütünleş. Ondan kaçman mümkün değil. Sen, içinde sakladığın ve sürekli direnmeye ve çatışmaya kalkıştığın kurtsun!*"
"***Hayır, ben, bu parçamdan nefret ediyorum. Ben, kendimdeki insana inanıyorum ve ona tutunuyorum!***"
"*Sendeki insan bir illüzyondan ibaret, o bir tiyatro maskesi! Ona asılı kal. O zaman sefaleti ve ölümün yüzünü göreceksin. Başına gelen şey bu. Bundan kaçamayacağını çok iyi biliyorsun.*"
"***Ruhum olmadığını bilerek yaşamam mümkün mü?***"
"*İstersen ilahlaşabilirsin. Maddî varlığına bağlı olan benlik gerçekliğinden sıyrıldığın takdirde tatmin olmaya başlarsın. Esaretten kurtulmak ve hürriyete kavuşmanın yolu budur. Hakikatin sırrına ermek. İnsan kimliğinle bu sırra eremezsin. Bütün insanların çelişkisi de buradadır. Fakat onlar sadece insandır, sureta insan. Sıretâ insanı bilmekten uzak düşüp rezilliğin içine batmışlardır. Onların kurtuluşu yoktur, helâk olacakları kesindir. Sen, onlardan değilsin, onlar gibi olmanı gerektiren hiçbir doğru gerekçe de yoktur. Bir varlık kendi helakını dileyemez, dilemesi onun cehaletini anlatır. Çünkü neyle karşılaşacağını bilmez. Sen, bir senedir, bilerek ya da bilmeyerek helakını istiyorsun. Belâ*

kırlangıç gibidir; kimi zaman alçaktan bazen de yüksekten uçar. Benliğini terbiye edebildiğin ölçüde ilâhlık bilincine yaklaşacaksın ve bilâhare o bilinçte sonsuzluğa ulaşacaksın. Maşiah'ın dediği gibi; üst dil, üst bilinç, üst mana. Kurdun manasını bilmeden insanınkini bilemezsin ve tersi. Ruhunun olması değil, ruhunun varlık belirtmesi önemlidir. Bunu ortaya koymanın yolu sana anlattıklarımdan geçiyor."

"Sen Maşiah'ı nereden biliyorsun?"

"O benim yol göstericim. O, sadece insanların değil varlıkların hepsinin öncüsüdür. Ben de onun yolundan gidiyorum. Haberin bile yok."

"Peki, onunla görüştüğümü de biliyor musun, mabette?"

"Evet, sana anlattıklarını da biliyorum. İstediğin sırrı bir virtüöz ustalığıyla cümlelerin arasına sakladığını da."

"Sence nedir?"

"Onun söylemediğini ben nasıl söyleyebilirim ki? Sen bunu çözecek güçtesin, senin derinliğin bunun için yeterli."

"Sen, Tarık ve kimse olmadan İulyâ'yı alıp buradan gitmek istiyorum. Siz benim düşmanlarım değilsiniz, benim gerçek düşmanım bizzat kendimim."

Levi hızla koşmaya başladı. Âfât da peşinden gitti. İkisi yan yana koşuyorlardı.

"Biz karanlıkların çocuklarıyız. Melekler bizim yoldaşlarımız. Onlar tertemizlerdir ve İyi'nin hamallığını yaparlar ve sadece şükrederler ama kader ilmini bilmezler. O nedenle insanın yaradılışını önce şüpheyle karşılamışlar sonra derhâl kabul etmişlerdir. Biz ise **Kötü**'yü temsil ediyoruz. Bu, bize verilen misyondur. O nedenle **Kötü**'yü banalleştirmemek gerekir. **Kötü** olmasaydı

İyi zahir olmayacaktı. Herkes aydınlığı sever ancak bilmezler ki, **mutlak cehl** yani mutlak bilgisizlik makamı karanlığın sarayında oturur ve aydınlık denilen varlığı aslında karanlık besler. Bizim nurumuz siyahtır. Aydınlık basit gözlerin kapasitesine hitap eder, ardındaki batını ise **üst bilinç** ve **üst mana** görür. Bu üst bilinç **üst dil**le konuşur. Üst dil Maşiah'ın konuştuğu dildir. **Kötü**'yü indirgemeci gözle ele alan üst dili anlayamaz. Maşiah bu sırrı hiç kimseye vermez."

"*Sana büyülü bir güç kazandıran şey bu mu? Ormanları dile getiren ve gündüzü geceye dönüştüren gücün kaynağı bu mu?*"

"Ben gücümü Üst Dil'i anlamaya çalışarak inşa ettim. Büyü değil, büyüyü bile büyüleyen bir dildir bu. Bütün kapılar Maşiah'ın diliyle açılır. Kadir-i Mutlak olanın evrendeki gölgesi ve kutuplar kutbu odur. Aslan'ın meclise gelişiyle tavşanın titremesi misali. Katman katman yukarıdan aşağı tenezzül. Farkında olmayan varlıklar ve özellikle de insan bunu anlamaz. Bir kurt, Maşiah'ı daha doğru anlar. Sen de bunu yapabilirsin. Özünde bu var. Fakat evvelâ gerçekliğini kabul etmen gerekir. Bunun yolu, insan gölgenden kurtulmandan geçiyor. İnsan denen sefilden kurtul."

"*Neden peki, insan da varlık değil mi, hatta mahlûkların şahı değil mi? Hâkim olan değil mi? Sen de söylemedin mi, insanlar kurtlara egemen olur ve onları avlarlar diye. Onlar neden bu hiyerarşinin ve bu çarkın dışında kalsınlar?*"

"Kendilerini belirleyen büyük iradenin yerine kendilerini koyup ilâhlık iddiasında bulunma cüretini gösteren tek varlık odur. Onun dışındaki bütün varlıklar doğalarını tespih ederler. Sadece

insan, lâneti çağırıp felâketi örgütler. Aşağılık olan ne varsa o temsil eder. Sen, böyle bir varlığa mı özeniyorsun?"
"Ne yapacağız?"
"Çok şey. Göreceksin. Arınacaksın. Kalbindeki mührü sökeceksin. Üstün olana karşı duyacağın iştah yükselecek. İnsanı aşacaksın. İlâhla bütünleşme sürecine gireceksin."
"Ama Kötü olarak mı?"
"Kötü'yü insanların bildiği gibi biliyorsun. Onların ölçüleriyle zehirlenmişsin. Meselâ, ormandaki ağaçları kesmek, suları zehirlemek, binlerce hayvana eziyet etmek, onları yerinden etmek insan için 'İyi'dir. Tersi de 'Kötü'. İyi ve Kötü'nün Allah'ın ve insanların indinde anlamları çok farklıdır. Allah sahibi olduğu ruhu geri alabilir. İrade onundur."
Âfât'ın bakışları gökyüzüne takıldı.
"Artık 'iyi' olmak istemiyorum."
"Kaderini mi istiyorsun?"
"Evet."
"Bu ilk adım. Maşiah kurtların ilâhı, Sonsuza kadar var ol."
Ormanın orta yerinde ahşap sütunlardan müteşekkil bir bina göründü.
"Bu bir tapınak mı acaba?" diye sordu Âfât kendi kendine. "Karanlığın Çocukları'nın tapınağı?" "Doğduğundan beri seni bu olaya hazırladım. Seni şekillendirdim ve nihayet işte buradayız. Biraz ilerle."

Âfât yıldızlara baktı, doğumunu, çocukluğunu, düşüşünü, yükselişini ve bütün bu süreçlere şahitlik eden Kötülüğün Krallığı'nı düşündü. Bütün bunların kendi ölümünde de böyle olacağını hayal etti.

Levi'ye baktı ve gülümsedi.

Binlerce göz, Ay'ın ışığında yaprakların arasından kendisini izliyorlardı. Geyikler, kurtlar, baykuşlar, ayılar, yılanlar, sincaplar, şahinler, kemirgenler, avcılar ve avlar yan yana hareketsiz bir biçimde Âfât'a sabitlenmişlerdi. Âfât, ormanın bütün kokularını içine çekti. Rüya görmüyordu. Hakikat oradaydı, yanı başında. Eliyle dokunabileceği bir mesafede.

"Bak Âfât. *Hayvanlarla yan yanayız, bir arada, iç içe ve sorunsuz. Onlar da bizim gibiler. Onları, senin kendi doğana dönüşüne tanıklık etsinler diye çağırdım. İstersen Kötülüğün Krallığı da diyebilirsin. Seni insan yanından kurtarmanın zamanı geldi. Şimdi yarı-kurt durumuna geçmeni istiyorum.*"

Âfât bedenine dönüşme emri verdi. Beden bu emre uydu.

"*Âfât, geçiş bir bedeli gerektiriyor, her itaatsizlik sürecinde olduğu gibi. Fakat bu geçiş hakkının altın değerinde olması için bedelin büyük olması gerekiyor. Bunun bedeli kandır. Senin kaderinin sembolü olan bir kurt öldür ve onun kanını iç.*"

Levi ormana döndü ve bir hareket yaptı.

Büyük bir kurt çalıların arasından çıktı. Adımları yeri sarsıyordu. Dişi bir kurttu. Âfât'ın önüne gelip oturdu.

Levi kurdu okşadı.

"*Ne kadar güzel bir kurt. Hızlı, yırtıcı ve yenilmez. Kara meleklerin yerdeki bir görüntüsü.*"

"*Öldür onu!*"

Âfât bir yılan gibi kurdun üzerine atladı. Dişlerini kurdun boynuna sapladı. Kan ağzına ana sütü gibi aktı. Kurt debelendi, ayakları titredi. Dişler vücudunun her tarafına birer neşter gibi saplanmaya başladı. Kurdun başı yana düştü. Âfât, kurdun gözündeki korkuyu fark etti. Kurt güçlü ayakları üzerinde yeniden dikilmeye çalıştı. Fakat başaramadı. Yırtıcılığı gitgide zayıfladı, geriye doğru düştü. Can çekişiyordu.

"İlk adım atıldı," dedi Levi. *"Kurdun kanını akıtmakla gece dünyasına kabul edilmiş oldun. İnsan kimliği illüzyonu ortadan kalktı."*

Âfât sivri dişlerinde acı bir tebessüm belirdi. Hayatında ilk defa kendini çok hafif hissediyordu. İlk defa, ne olduğunu bildi. Kafasındaki çelişkiler kayboldu. Bütün gücüyle uludu. Ay bu ulumaya eşlik eder görünüyordu.

"Dişi kurdun kanı sayesinde kendinde saklı kurdu özgürleştirdin. Şimdi, insandan geri kalan ne varsa öldürmen için en yakın arkadaşının hayatî sıvısını içmelisin."

"Ne demek istiyorsun?"

"İnsan gölgenden kurtulman için, insan hayatın boyunca taşıdığın bütün duygulardan kurtulman için."

Âfât bir adım geriye çekildi. Gözlerinin önünden Tarık'ın görüntüsü geçti. *Evet, Tarık ölmeli* diye düşündü. Aklından başka bir şey geçmiyordu. Çelişki yoktu.

"Tarık ölmeli!"

Cümle ruhunda gezindi ve sonsuzda kayboldu.

Ayağını dişi kurdun cansız bedeninin üzerine koydu. Bu kadavra artık sıradan bir cüruf yığınıydı.

"Yola koyulmalıyım."

* * *

Şale'deki odasında Tarık, İulyâ'nın soluk alışverişini dinliyordu. Uyuyamıyordu, yatakta dönüp duruyordu.

"Yarın kurtulacağız," dedi kendi kendine.

Pencereden gelen bir tırmalama sesi dikkatini çekti. Tarık pencere kanatlarının aralığından dışarıya bir göz attı. Sesler ağaç dallarından kaynaklanmıyordu. Ses tekrarladı. Bir şey ya da birisi pencereyi tırmalıyordu. Tarık iyi endişelenmişti. Ses kesildi. Sonra yeniden başladı. Tarık cesaretini topladı ve pencereden bakmaya karar verdi. Görünürde hiçbir şey yoktu. Ses, şelâle tarafından geliyordu. Huylandı ve pencereyi sıkıca kapattı. Birden pencere gürültüyle açıldı. Tarık paniğe kapıldı. Ne olduğunu anlamadan üzerine çullanmış bir kurtla karşılaştı.

"Âfât?"

Yaratığın gözleri öfkeyle doluydu. Ne duygu, ne empati, ne esneklik işareti vardı.

Tarık üzerindeki basıncın etkisiyle patlamak üzereydi. Gözleri yuvalarından fırlama noktasına geldi. Yaratığın alnındaki bir işaret Tarık'ın dikkatini çekti. Bu, *Gattopardo*'nun yüzünde maskenin bıraktığı yara iziydi.

O hâlde bu Âfât'tı.

Tarık ölümün eşiğinde olduğunu düşündü. Derken, yanağında bir bıçağın gezindiğini hissetti.

"Elveda Âfât."

Âfât'ın bakışları birden sesin geldiği tarafa yöneldi. Pen-

çelerini, Tarık'ın boğazından çekti:
"*Tarık, kendini koru.* İulyâ'*yı Levi'den uzaklaştır.*"
Komşu odada bir soru duyuldu:
"*Ne oluyor?*"
Tarık, İulyâ'ya cevap verdi:
"*Bir... Bir kâbus gördüm.*"

ON SEKİZİNCİ BÖLÜM

Âfât yeni varlığıyla daha doğrusu asıl varlığıyla daha farklı şeyler düşünmeye başladı.

Ars longa Vita Brevis: Hayat kısa sanat uzundur.

Ve Casus Belli: Savaş İlânı, savaş hâli.

Casus Belli diyebilmek için hangi kişisel özellikler gerektiğini bilmek ve onları taşımak gerekiyor. *Caesar Iulius*'a bakılabilir:

Caesar armorum et equitandi peritissimus, laboris ultra fidem patiens erat. Longissimas vias incredibili celeritate confecit. In obeundis expeditionibus dubium cautior an audentior.

Mealen;

Sezar silahları kullanma ve at binme konusunda çok becerikliydi: Ağır işlerdeki direnci inanılması zor düzeydeydi. İnanılmaz bir hızla çok uzun etapları gerçekleştirirdi.

Talimleri esnasında, eğer çok daha dikkatli ve muhteris ise, şüphe etmek gerekirdi.

Demek ki, Sezar çok dirençli, iyi at biniyor, iyi silah kullanıyor, ağır işlerin altından inanılması zor bir ustalıkla kalkıyor, çok süratli, çok dikkatli ve muhteris, hırslı. Sürat felâketti(r). Hayır ve yanlış, doğru yer ve zamanda sürat felâket olmadığı gibi olmazsa olmaz bir değerdir. Sürat hayatın ivmelendiği yerde, vehim atına binebilmek ve onu yelelerinden yakalayarak istediğin yere sürebilmektir. Sürat, vehmin kontrolü ve onun üzerindeki tahakküm gücünün adı oluyor. İvme ise vehim atının maksimum enerjisine egemen ve sahip olmayı anlatıyor. *De te fabula narratur*: Anlatılan senin hikâyendir. Anlatılanlar bizim hikâyemiz ve doğal olarak herkesin hikâyesi. *Casus Belli* diyebilmek için *Caesar* olabilmek şart. Fakat, *Kleopatra*'ya dikkat, *Caesar*'ı öldüren *Brutus* ne ki? *Brutus*,'brutal'dir, kaba saba, inceliksiz, akılsız bir vassal. *Caesar*'ın korktuğu ve rahatsız olduğu *Brutus* olamaz, *Brutus* basit bir hain olarak sahnede rolünü oynar, oynatılır. *Caesar*'ın miadı dolduğu için birileri ona bıçak çekecekti. Tedavülden kalkmak zorundaydı, kalktı. Ancak, *Caesar*, Mısır'da yani Şark'ta bitti. *Kleopatra*'nın aşkı *Caesar*'ı bitirdi. Katilin adı *Brutus* değil *Kleopatra*, Patralı Kadın olmaktadır. Bıçak *Kleopatra*, bıçağı sokan *Brutus*. Ben, bıçaktan korkarım, bıçağı saplayandan ziyade. *Casus Belli*, *Sezar*'dır, *Sezar*'ın dirayeti. *Sezar*'a karşı ilân edilen *Casus Belli* ise kadın'ın dirayetidir, *Kleopatra Sezar*'dan daha kudretlidir ve öldürür. *Casus Belli*, *Caesar*'da olmayanı da gerektirir; Aşkla yanıp tutuştuğun, adına şiirler düzebildiğin bir dilberi, bir ala gözü, bir cins-i latifi, bir deli maşukayı gözünü kırpmadan kurban edebilmek. Ne adına? Galibiyet adına. Zafer adına ve tarihîlik adına. İdeoloji'yi de ekle. Hegemonya'yı da.

Tarihte var. Hançer'in en keskini ve tarihin en büyük âşıklarından birinin adı *Yavuz* oluyor. Hicâz'a giderken kendisine, *'savaşa gitme, yanımda kal'* diyen ve çok sevdiği kadının yüreğindedir artık hançer. *Yavuz* unutmak zorundadır, kadını hayatta bırakırsa savaşı kaybedecektir. Savaş hayat olmaktadır ve önündeki en mühim engelin adı kadın. En sevilen aslında en katil pelerini içindedir. En katil, en kaybettirendir. Hançerin iki tarafı gibi, iki gırtlak, iki boğaz arasında ve ikisine çok yakın bir yerlerde duruş. Hayat orada buz mavisi ve kan kırmızısıdır. Kayser savaşa yürürken hep buz mavisi giyer, kuşanır, hançeri buz mavisidir. Basıp geçtiği yerde önce al kanlarla kaplı bir elbise ve teni kızıl bir yâr vardır. İhtirasın olmadığı yerde Casus Belli yoktur. Modern dönemin ihtirası çok amatör ve çok kifayetsizdir. İhtiras, *Casus Belli*'nin anahtarlarından biri belki de en mühimidir. *Casus Belli*, latif bir bedeni zerre kadar çelişki hissetmeden çiğneyebilmek ve esas latif bedenini en yağız atlara bindirerek uçup gitmek, esip gürleyebilmektir. Ruh, Vehim gadanasına binmedikten kelli, beyaz tenli kadının ne faydası olabilir? *Caesar*'ın kaybettiği yer burası. Çiğneyemediği kadın! ve kadın onu tepeleyebilmiştir. Kadın, dünya ve semalarında dolaşan çok güçlü bir *savaş kararı*'dır. Belâ'nın en büyüğüdür.

Peki *Casus Belli* böyle de, *Ars Longa* ne hâlde?

Sanat uzundur, sanat en ince, kalemden de ince, keskin, alımlı, hoş, güzel ve kadın, yani yine katil. Katil olduğu için ömrü uzundur ve hatta sonsuz. Denklemde, *'vita brevis'* tir. Aslında kısa olan hayat sıradan adamların, ordiner varlıkların hayatıdır. Büyükler hayatları da uzun olanlardır. Denklemde 'kısa' olan taraf niye o duruma düşmüştür. Onu kısaltan nedir? Cevabı denklemin içinde buluyoruz, *'Ars Longa'*. Kısa'ya yol açan, kısaltan yani, uzun olandır. Uzadıkça uzayandır. Sanat bir şeyleri kısaltıyorsa orada başvurulan bir silah (kesici âlet) olmalıdır. Sanat insandır ve insan eşitlikçi olamaz, demokrat falan hiç. Kendini uzatmak zorundadır ve bunu yaparken hâliyle başkalarını kısaltacaktır. En keskin ve en rafine neşter sanat oluyor ve insanın en fazla uzayabildiği metottur. O uzun şeridin üzerinde ise, kısaların canhıraş çığlıkları ve safra, kan ve salya izleri vardır. Sanki o bandın üzerinde akıl almaz mücadeleler ve boğuşmalar yaşanmış ve ortalık birbirine girmiştir. Girmiştir; sanat ruhundan çıkardığı bisturiyle 'kısa'lara ayırmış, parçalamış ve lime lime etmiştir. Kara gözlü, sürveyan, sağır ve dilsiz, cani bir sanat perisi şuurların üzerinde sürekli keşif uçuşu yapar. Sanat ajandır, istihbaratçıdır ve sayısız muhbir çalıştırır maiyetinde. Egemendir ve dayatmacıdır. Ölmez, ölümsüzdür. Bıçağı şahdamarımıza dayalıdır. Tedhişçidir, saldırgandır ve korku salar. Kısaların altından kalkacağı bir iş değildir. Eğer direnmekten söz edilecekse sanata *Casus Belli'* nin kumandanlık makamına oturtulacak irade sanatın üzerinde olabilmeli ve *'Ars Brevis'* e dönüştürebilmelidir. Var mıdır, böyle bir irade? Olmalıdır. Arayıp bulmak gerekiyor.

Tarihin en büyük devrimi Sanatı katletmek, sanata kılıç çekmek ve sanatı boğazlamak suretiyle kısaltıp dumura uğratmaktır. Kadük olmalıdır. Kısaların lânetinin temsili makamında bir müntakîm gibi durmak. Sanata dikilmek...

ON DOKUZUNCU BÖLÜM

Ertesi sabah, yoğun bir sis tabakası Şale'yi kuşatmıştı. Tarık'ın ilk aklına gelen İulyâ oldu. *Artık gündüz, tehlike geçmiş olmalı. Buradan ne kadar erken gidersek o kadar iyi olur. Derhâl harekete geçmeliyim* diye düşündü.

Sabah olmasına rağmen salon kalabalık sayılabilirdi. Hizmetkârlardan birinin yanına gitti. Bu arada patron da yanlarına geldi.

"Merhaba efendi Tarık, nasılsınız. İstediğiniz bir şey var mı?"
"Bu sabah Aaron Levi'yi gördün mü?"
"Bu sabah, herhâlde kimseyle sohbet etmek istemiyor."
"Onu nerede bulabilirim?"
"Şurada, üçüncü bölmede."
"Teşekkürler."

Üçüncü bölmenin perdesini aralayan Tarık, simsiyah ve

parlak saçlarla donanmış bir başın kendisine çevrildiğini gördü. Adam, tekli gözlüğünü masaya, şamdanın yanına bıraktı.

"Merhaba efendi Tarık," dedi Levi, *asidik bir ses tonuyla.*
"Görüyorum ki bu gece hayatta kalabildin."

Tarık hafifçe gülümsedi. Gerilmişti.

"Bu söylediğin durumu bile aratacak berbat bir yatakta uyudum."

"Âfât nasıl?" diye sordu Levi.

"Oh! Şafak vaktine kadar deliksiz uyudu. Sonra, gezmeye çıktı." Yalan söylüyordu ve *Levi'*nin bu söylediklerinin bir kelimesine bile inanmadığını biliyordu. *"Efendi Levi, size telkinde bulunmak istemem ama..."*

"Ama ben bir telkinde bulunayım en iyisi. Gir içeri Tarık. Perdeyi çek ve seni bu kadar gerginleştiren şeyin ne olduğunu söyle."

Tarık oturdu. Ne diyeceğini bilemiyordu. Gece boyunca, Levi'ye neler söyleyeceğini planlıyordu fakat şimdi dili dolanmıştı. *Levi'*nin yumuşatıcı ifadesiyle biraz rahatladı.

"Mabetteki sorunlar mı?" diye sordu *Levi*. *"Evet, haklısın, ortalıkta çok entelektüel ve sanatçı var ama buna karşın aziz eksikliği göze çarpıyor."*

"Söylemek istediğim efendi Levi, sizi şok edebilecek bir şey. Muhtemeldir ki bana inanmayacaksınız. Fakat sizi temin ederim ki, söyleyeceğim şey hakikatin ta kendisi."

"Haydi artık gevelemeyi bırak, nedir mesele söyle?"

"Âfât hakkında. Aranızdaki sempatik ilişkiyi biliyorum. Sizinle bizim aramızdaki ilişkiden çok daha gelişkin ancak şunu bilmenizi isterim ki, Âfât hepimizin hayatlarını tehdit eden bir lânetin

taşıyıcısı konumunda. O bir kurt-varlık. Tedavisi mümkün değil çünkü doğuşundan beri böyle. Size, bütün gece benimle uyuduğu konusunda yalan söyledim. Aslında, odama kadar geldi ve başımı gövdemden ayırmak istedi. Allah bilir nedendir, beni serbest bıraktı ve gitti. Sonra... Bana İulyâ'yı şeye karşı korumamı..."

"Bir kurt-adama karşı mı, benim mekânımın çatısı altında?"

"Çok özür dilerim efendi, daha erken söylemediğim için. Onun hakikî tabiatından emin değildim... Ta ki..."

Levi bir el hareketiyle Tarık'tan kendisini takip etmesini istedi. Tarık boğulur gibi oldu.

"Ne yapabiliriz?"

Tarık boş gözlerle *Levi*'ye baktı. *Levi*'nin bir çözüm bulmasını bekliyordu fakat beklediğini bulamamış gibiydi.

"Çok açıktır ki, burada bu şalede, bu şehirde kalamaz."

"Kendi kendine gitmek istemeyecektir, en azından yanına İulyâ'yı almak isteyecektir. Fakat bu, İulyâ'nın da sonu olacaktır."

"Evet, o kızı seviyor."

"Maalesef öyle, dünyadaki her şeyden daha çok seviyor gibi. Hatta uğruna hayatını bile verebilir, her şeyi göze alabilir. Ben, o kıza zarar vermesini istemiyorum."

"Onu kaçırsak felâket olabilir. Bu durum onu perişan eder. Hatta intihara sürükleyebilir."

"Bu kesin değil," dedi Tarık. *"Cinnet geçirip deliye dönebilir. Yüzlerce insanı öldürebilir."*

"Burada kalmaması gerektiğine göre, İulyâ'sız gidemiyorsa ve ona bir tuzak da kurulamayacağına göre bu işi nasıl çözeceğiz?"

"Onu ben öldüreceğim."

"Nasıl?"

"Bu gece geri geleceğini söyledi. Yemeğini odasına götüreceğim. Akşam yemeğini yerken onu hançerleyeceğim."

Gözleri yaşla dolmuştu ve çok üzgün görünüyordu. Devam etti:

"Bir kurt-adamı öldürmek için, sıradan bir silah kullanamam. Büyü gerekir..."

"İhtiyacın olan silahı bu akşamdan evvel bulacaksın Tarık. Sen ve İulyâ ne yapacaksınız?"

"Gideceğiz. İki kez Trakhan'a gitmeyi denedik. Birincisinde birden kendimizi yataklarımızda uyurken bulduk. Bu bir kaderdi. Öğrendim ki, çiganlar duyarsız davranmışlar. İkinci defasında Sâhire isimli büyücü bir çiganı ayarladım. Onun yerine kızı geldi. Fakat Âfât bizi yolda buldu."

"Bu konuyu işittim. Büyülü bir şarkı işittiğini, ata binerek kaçtığını."

"Başka bir seçeneğimiz yok. Onu ister öldüreyim isterse başarısız olayım. Bu gece geri döneceğiz."

* * *

Esfel'in evinin yeşil kapısı yeni gibi görünüyordu; ne yıllar ne de misafirler orada bir iz bırakabilmişti. Âfât kapıyı çaldı.

Bir dakika sonra *Esfel* kapıyı açtı.

"Merhaba, efendi Âfât. Sizin için ne yapabilirim?"

Âfât cevap vermekte güçlük çekti. *Esfel*'in çok rahatsız edici bir koku saldığını fark etti.

"Boş zamanlarını neye adadığını bildiğimden yeni bir

objenin seni ilgilendireceğini düşündüm."
"İçeri gelsene. Çay ister misin?"
"Teşekkür ederim fakat çay için gelmedim."
"Öyleyse otur. Hiçbir şey içmeyecek misin?"
"Hayır. Yeni bir inceleme objesinden bahsettiğimde kendimi kastetmedim."
"Görüyorum ki efendi Levi sizi, benim ilâçlar konusundaki metotlarımdan haberdar etmiş."
"Evet. Ama konu bu değil. Düşündüğüm inceleme objesi benden de ilginç biri."
Esfel büyük bir koltuğa oturdu ve ayaklarını bir tabureye uzattı.
"Gereksiz tevazuu sevmem efendi Âfât. Dürüst davranışımı bağışla ama sizi teşrih etmekten büyük bir zevk duyacağımı belirtmek isterim."
Âfât'ın sırtından soğuk bir ter boşandı.
"Yanlış anlamadıysam, kendini evvelâ hayvanların teşrihine adamışsın daha sonra daha hacimli örneklere yönelmişsin. Evet sevgili dostum. Senin ellerine çok daha üst düzey bir örnek vermeye hazırım."
"Üst-düzey'den kastınız nedir? Bir ilâh falan mı?"
"Evet bir ilâh. Onun insanlar uyurken bir şarkı söylediğini ve bu şarkının etkisiyle insanların yattıkları yerden 20 kilometre uzakta bir yerde uyandıklarını gördüm. Ormanın bütün yaratıklarını kendisine itaat ettirdiğine şahit oldum. Kendi iradesiyle bir kurda ve bir kadına dönüşebildiğini izledim."
"Aaron Levi'den bahsediyorsun, öyle değil mi? O bir kurt-ruh efendi Âfât, bir ilâh değil."

"Ete kemiğe bürünmüş bir ilâh o. Teşrih edebileceğin bir bedeni var. Şu ana kadar onun gibi kudretli birini görmedim, ya sen?"

"Ben de görmedim."

"İster bir ilâh olsun isterse olmasın, Aaron Levi senin insan ve hayvan diseksiyon çalışmalarını taçlandıracak bir örnek teşkil ediyor zira hem bir hayvan hem de bir insan."

"Doğru fakat benim kurt-adamları teşrih etmeyi hiç düşünmediğimi mi sanıyorsun? Üstelik bunu daha evvel yaptım. Bu, sayısız problem oluşturuyor, özellikle de Aaron Levi vakasında."

"Ne tür zorluklar?"

"Önce, zehir. O, benim bunu nasıl ve nerede imal ettiğimi biliyor."

"O hâlde bu zehri benim vermem gerekiyor. Bu Şale'de gerçekleşecek."

Esfel uzun uzun düşündü.

"Doz problemi de var. Bu zehir genellikle insanlara uygulanıyor, kurt-adamlara değil. Kurt-adamların dönüşümlerini engellemek için bir zehir imal etmem gerekir. Başarılı olmayabiliriz de."

"Benim için mesele değil, o nedenle ilâcı vermeyi öneriyorum."

"Her eylemin bir amacı vardır Âfât ve her amaç da bir motivasyona işaret eder. Senin akıl hocanın tasfiye olmasının faydası ne?"

"Çok basit olarak intikam. Aaron Levi beni kendi tehlikeli dünyasına daldırdı. Gitgide karanlık derinliklere itti ve nihayet insanî varlığımı benden çaldı. Beni tuzağa düşürdü. O bir iblis. Şimdi de beni Dokuz Cehennem'e sokmaya çalışıyor. Fakat gitmeyeceğim. Ya da oraya gitsem bile yanımda

Aaron Levi olmayacak. Başka bir deyişle, belki de ben onu oraya göndereceğim ama ben gitmeyeceğim."
Esfel ayağa kalktı.
"Bir adamın dürüst olmasından hoşlanırım. Yalanlar, aynı tüm bayağı duygular gibi, büyük adamlara yakışmaz. Cinayet ve ihanet benim damak tadıma uymuyor."
"Onu sana getireceğim Esfel."
"Onu bana hâlâ daha acıyı hisseder hâldeyken getir."
"Anlaştık."
"Zehrin bileşenlerini hazırlayacağım. Onu ne zaman bana getireceksin?"
"Yarın. Bu akşam arkadaşlarımla buluşacağım ve onları Levi'ye karşı koruma altına alacağım."
Esfel cevap vermedi. Aşağıya indi ve gözden kayboldu. Bir süre sonra hıçkırık sesleri duyuldu. Sesler mahzenden geliyordu.
"Endişelenme. Bir şey yok. Dün zamanım olmadı bugün Leyla işini bitireceğim."
Âfât, *Levi*'yi bu vahşî adamın kollarına nasıl teslim edeceğini düşündü. Evet çelişkileri vardı ama çok özel ilişkileri mevcuttu. *Esfel*'in verdiği ilâcı cebine koydu ve ürkütücü mekândan ayrıldı.

* * *

Trakhan meydanının havası çok ağırdı. Gökyüzü kara bulutlarla kaplanmıştı. Tarık bir göçer arabasının önünde durdu. İri kara gözlü genç kız dans etmeye başladı. Etrafını hemen çocuklar sardı. Küçük bir kez elini Tarık'a uzattı ve avucuna bir şey sıkıştırdı. Bu bir duka altınıydı. Tarık önce buna dikkat etmedi. Sonra, kıza doğru eğildi ve onu yanağından öptü. Sonra kulağına bir şeyler fısıldadı. Küçük kız onu bir arabanın önüne götürdü ve basamakları hızla tırmandılar.

"*Füsun hanım, buraya gel seni görmek isteyen bir cübbeli palikar var.*"

* * *

İulyâ endişeliydi ve pencerenin önünden ayrılmıyordu. Saatler ilerliyordu. Âfât dünden beri ortalarda yoktu. Tarık ise sabah ortadan kaybolmuş ve geri dönmemişti.

"*Aaron Levi'yi bulmalıyım. Neler olup bittiğini ona sorsam iyi olur. Onun mutlaka haberi vardır,* diye geçirdi içinden. *Hayır, hayır, Tarık burada kalmamı tembihledi. Muhtemelen Âfât'ın sıkıntıları var. Herhâlde Tarık da onun yardımına gitti. Başları bir türlü dertten kurtulamıyor.*"

Birisi bitişik kapıyı çaldı. İulyâ koridora bir göz attı. Bir çift ayakla karşılaştı. Odanın kapısını kilitlemek üzere ilerledi. Birden yan kapı açıldı. İulyâ korktu ve geri çekildi.

Uzun boylu bir adam odaya girdi. Siyah mantosunun altında bir hançer parlıyordu. İulyâ kapıyı onun üzerine doğru çarptı. İki odayı birbirine bağlayan ara kapıyı da kilitlemek istedi fakat anahtar kapının üzerinde değildi. Kapının kolunu sıkıca tuttu fakat kol elinin içinden kayarcasına hareket ediyordu. Kolu bıraktı ve bütün gücüyle kapıya abandı.

Sert bir darbeyle kapı açıldı ve İulyâ yere yuvarlandı.
"İulyâ, kusura bakma," dedi *Aaron Levi,* eğilerek. *"Ara kapının açık olabileceğini düşünemedim."*
"Siz girmeden önce açık değildi!"
"Tarık'ın odasını karıştırmak istediğimi düşünmüyorsundur umarım."
"Hançer neyin nesi oluyor?"
"Bu bir ayin için."
"Âfât nerede?"
"Dün akşamki gezintimizden sonra benden ayrıldı. Nereye gittiğini bilmiyorum."
Levi, İulyâ'yı omuzlarından tuttu ve sakinleştirmeye çalıştı.
"Beni bırakın efendi Levi."
"Beni affetmenizi diliyorum hanımefendi. Kendimi nasıl affettirebilirim?"
Levi, birden İulyâ'nın gözüne Âfât gibi göründü. Göz göze geldiler. *Levi'*nin ellerini tuttuğunu fark etti. Büyülenmiş gibiydi. Pencereye doğru geri çekildi.
"Hatamı nasıl telafi edebilirim? Belki, Âfât'ı buraya getirebilirim. Tarık'ı bulabilirim. Korkma, Âfât'ı bulacağım."
Hançeri yatağın üstüne bıraktı.
"Geri dönerse Tarık'a bu hançeri verebilirsin."
"Eee.. Evet, tabii."
Levi kapıyı açtı ve odadan çıktı.

* * *

Kapının bakır-pirinç karışımı kolu döndü. Sarı kapı aralandı ve uzun kızıl saçlı, çakır gözlü genç bir kadın kapıda belirdi. Gözlerinin derinliği ama daha da ötesi yakıcılığı Tarık'ı korkuttu. Kadın, Tarık'ı tepeden tırnağa inceledi.

"*Şehirden ayrılmak ister gibi bir hâlin var.*"

"*Öyle bir izlenim mi veriyorum?*" dedi ve kadının elini öptü.

"*Bana öyle göründü. Yanılıyor muyum?*"

"*İçeri girebilir miyim?*"

"*Önce para keseni göster.*"

Tarık elini cebine soktu içi akçe dolu bir kese çıkardı. Altın ve gümüş paralar keseyi epeyce şişirmişti.

"*Altın ve gümüşler. Buyurun bayım.*"

Tarık bir tabureye kadın ise yatağın üzerine oturdu.

"*Nereye gitmeyi düşünüyorsun bayım?*"

"*Trakhan'a.*"

"*Oraya gitmek istediğinden pek emin değilim ve orası çok uzak değil, iki adımlık yol. Şu dağın arkası işte.*"

"*Daha iyi bir fikrin var mı?*"

"*Hayır. Buralar tuhaf yerlerdir bayım. Daha ilginç yerler de vardır mutlaka fakat ben bilmiyorum.*"

"*O hâlde Trakhan'a gideyim, yanımda bir arkadaş olacak.*"

"*Bir sevgili mi, bir kız kardeş mi, bir rahibe mi?*"

"*Hiç biri ve hepsi.*"

"*Kendisinden kaçtığınız bir sevgili, hâl böyle olunca o bir kız kardeş ve Tabii ki, bir rahibe. Hepsi birden ve hiç biri. Yani çok tehlikeli ve karmaşık, sert ve ikircikli. Bedeli de yüksek olacak.*"

"Kişi başı 10 altın. Nasıl?"
"Hayır adam başı 20 altın."
"Bu fiyata bir at satın alınabilir."
"Otur bakalım. Atla gidebilecek olsaydın buraya gelmezdin. Belki de daha önce denedin ve uyuyakaldın. Tartışmanın boş olduğunu düşünüyorum."
"10 altın kendim için ve 12 altın hanımefendi için."
"22 altın tehlikeye atılmaya değecek bir meblağ değil. 38 diyelim."
"Kişi başı 14, eder 28. cömertliğimi kabul et."
"35."
"32."
"Hayır 35."
"Özgürlüğün bedeli ne olacak? 34 diyorum."
"Peki."
"Bu akşam yola çıkmalıyız."
"Bu akşam mı? Başka? Eğer bu akşam istiyorsan bunun ücreti iki katına çıkar. Ya da yarın gidiyoruz."
"Yarın mı?" Bu akşam başarılı olursam yarın gitmek zorunda kalmam. Ama sağlama alalım, diye düşündü. "O hâlde ödemeyi yarın yaparım. Öğlende buluşalım."
"Sen nasıl istersen. Ben buradayım."
"Yarın görüşmek üzere."
Kapıya geldi ve orada durdu.
"Ülkeden kaçmak istediğimi nasıl anladın? Ve arkadaşımın kadın olduğunu nereden bildin?"
"Yüzünde yazılıydı. Korku değil, endişe vardı. Bir erkek, kimin için endişelenebilir, bir kadından başka? Onun için korku

duyuyorsun fakat ihanet sadece seni ilgilendiriyor. Eğer bir hain varsa o sensin, onun bununla bir ilgisi yok. Hançeri kendine yönelt. Adres sensin."

"Yüzleri okuduğun kadar araba kullanmakta da yetenekliysen, ücreti yeniden gözden geçirebilirim."

YİRMİNCİ BÖLÜM

Tarık anahtarı kapıya taktı. Koridor boştu. Ne hizmetçi, ne müşteri ne de Âfât. Anahtarı çevirdi fakat kapıyı açamadı. Kulvarın sonunda bir ses işitti.

"Tarık!"

Bu Âfât'tı ve üzeri kan revan içindeydi. Görüntü birden kayboldu. Hayalet misali. Tarık'ın sinirleri çok gerilmişti. *Halüsinasyonlar görüyorum* diye düşündü.

Âfât yakınlarda bir yerlerde olmalıydı.

Ey müşfik arkadaş, ey ölümcül düşman. Bu akşam en değerli dostumu öldüreceğim. Levi hançeri getirmişse...

Aklına Âfât'ın karanlık imajı geldikçe daha da korkuyor ve görevini yerine getirememekten endişe ediyordu.

Belki de hançer burada değildir, dedi içinden. *Âfât'ı öldürmeden buradan gideriz.*

Kapının kolunu çevirdi. Bu sefer başarmıştı. İçeri girdi. Karanlıktı. Pencereden sızan loş ışığın yardımıyla yatağa doğru yürüdü. Geri döndü ve kapıyı kapattı. Âfât'ı düşünüyordu; ne zaman geleceğini.

Peki ya İulyâ? Yan odaya geçti ve uyuduğunu gördü. Acısını dindirmek için neler vermezdi. Kızın masumiyeti ve kırılganlığı içini parçalıyordu. *Bu son ürküntü gecesi olacak,* diye söz verdi, kendi kendine. Onu uyandırmamak için kapıyı yavaşça kapattı.

"Mükemmel bir sahneyi kaçırdın," dedi bir ses.

Tarık yine gaipten ses duyduğunu düşündü. Yanılıyordu. Bu gerçek bir sesti.

"Âfât, ne zamandır buradasın?"

"Bu kapıyı neden kapattın Tarık?"

"Onu uykusunda rahatsız etmek istemedim."

"Ama ona uyurken bakma ihtiyacı hissettin. Ben kapatmadan evvel kapı açıktı."

"Beni, bir kitabı okur gibi okuyorsun Âfât. Bir kez olsun böyle yapmasan olmaz mı? Kapıyı kapattım çünkü seni bekliyordum. Senin sırrını bilmiyor. Bizi işitirse rahat konuşamayız."

"Peki lambayı neden yakmadın?"

"Işık onu uyandırırdı."

"Anlıyorum."

Âfât masaya doğru yürüdü ve masada duran tabağın üzerindeki örtüyü kaldırdı.

"Kokusu mükemmel, tadı da öyle olmalı."

"Bu senin için. Geri döneceğini söylemiştin. Aç olacağını tahmin etmiştim."

"Aç olacağımı biliyordun, diyorsun? Ve bir parça kuzu etinin seni parçalamamı engelleyeceğini düşünüyorsun."

Sonra bir kahkaha attı.

Tarık şaşkındı. Karşısında bulmayı beklediği yırtıcı Âfât'ın yerine şakacı bir adamla karşılaşmıştı. Cesaretini topladı:

"Bu koyun budu hoşuna gitti mi?"

"Mükemmel! Biraz soğumuş. Sağol. Peki, hançer de benim için mi?"

"Hançer mi?"

"Evet, yatağının üzerine bıraktığın hançer."

"Bu hançeri sana karşı kullanmayı düşünseydim yatağımın üstüne bırakmazdım."

"O hâlde kimin için?"

"Onu bugün pazardan satın aldım. Kendimizi korumamız gerekiyor. Ben ve İulyâ, Levi'ye karşı."

"Çok asil bir düşünce ama bir o kadar da gereksiz. Levi'ye karşı bir hançer çok yetersiz."

Tarık gergin bir biçimde yatağa gitti.

"Bir hançer hiç bir şeyden iyidir. Sahi, nerede?"

"Orada yatağın üstünde. Onu orada buldum."

"Onu başka bir yere koyayım." Hançeri al, geri dön ve onu öldür. Yoksa o seni öldürecek, diye düşündü.

Tarık hançeri eline aldı. Gümüşten değildi fakat çok daha ağır ve garip bir metalden imal edilmişti. Uzundu ve usta bir elin tutması gerekiyordu. Âfât'a doğru döndü, bir iki adım attı. Sonra yatağa geri döndü. Hançeri çekmeceye koydu. Sonra oradan alıp yatağın altına yerleştirdi. Âfât'a döndü:

"Fikir mi değiştirdin?"

"Nasıl yani?"

"Geçen gece beni öldürmek istiyordun."

"Evet. Lânetli bir geceydi."

"Ne oldu? Söyle bana."

"Uzun hikâye. Benim bir deli olduğumu düşünebilirsin."

"Bu yeni bir şey değil."

"Nereden başlamalıyım, bilemiyorum. Bu sene senin için bir arkadaş olmaktan ziyade bir düşman oldum. Şimdi bana inanmanı istiyorum. İkimizin de ortak ve çok tehlikeli bir rakibi var. Gerçek Nemesis'imiz Aaron Levi."

"Aaron Levi mi?"

"Evet, o bir kurt-adam, benim gibi. Dış görünüşü insan, yani bir suret."

"Bunu nereden biliyorsun?"

"Bir yıldır biliyorum. Fakat geçen gece çok daha kötü bir şey öğrendim. Bir tür ilâh o. Yıllardır kötülük yayıyor. Biz, onun avuçları arasındaki kuklalarız."

"Bir tür ilâh? Ne demek istiyorsun?"

"Hatırla. Hani, sen İulyâ ile beraber Trakhan'a gidiyordun. Ben bu yolculuktan haberdardım. Bana bunu Aaron Levi anlattı."

"Gerçekten biliyor muydun?"

"Hatta yanındaydım demek daha doğru olur. Sizi uzaktan fark ettik. Beraberdik. Beni oraya götüren Levi'ydi. Orman'ı şarkıya kaldıran oydu. Sizi uyutan o şarkı. Sonra, size mekân değiştirtti, daha doğrusu sizi yönlendirdi. Hatırladın mı?"

"O Aaron Levi miydi?"

"Evet. Ve mabette duyduğun o sesler. Yine, Aaron Levi'ydi."

"Âfât, kaç tane kurt-adam var ortalıkta? Söylesene kaç tane? Ben, seninle Kreon'un dışında başka kimsenin olmadığını düşünüyordum. Fakat eğer Aaron Levi de öyleyse, başkaları da var demektir. Daha kaç tane var Âfât?"

"Çok var, Tarık, çok. Tahmin edemeyeceğin kadar çok."

"Söyle bana Âfât, İulyâ da enfekte mi yoksa?"

"Hayır, seni temin ederim ki, İulyâ kurt değil. Ondan hep uzak kaldım. Ona zarar vermek yerine kendimi öldürürüm."

"Bunları duymaktan memnunum."

"Levi'yi öldürmeme yardım edecek misin?"

"Hiç tanımadığım birisini öldürmemi istiyorsun."

"Hayır Tarık, onu ben öldüreceğim. Sadece senin yardımına ihtiyacım var. Eskiden olduğu gibi. Bir kez daha vebadan kurtulmak için."

Bir kahkaha attı. Ağzından çıkan tükürük kana bulaşıktı. Âfât'ın kendi kanıydı. Sonra sol küreğinde bir acı hissetti. Bu bir hançer darbesinin sonucuydu. Sol küreğinin altına bir hançer saplanmıştı. Ölümcül bir darbe değildi ancak derindi. Tarık bütün ağırlığıyla Âfât'ın üzerine çullandı. Sonra ağlamaya başladı.

"Beni affet Âfât. Seni öldürmek istemezdim."

Tarık'ın sözleri biter bitmez dönüşüm başladı. Bir dirsek darbesiyle Tarık'ı itti. Tarık yere düştü. Âfât onu yerden kaldırdı ve elinin tersiyle ona bir tane vurdu ve onu soydu. Elbiselerini aldı, mantosunu giydi ve odadan çıkıp gitti.

* * *

Aaron Levi'nin ağır adımları Şale'nin girişinde duyuldu.
"Efendi Levi, efendi Levi," diye seslendi kapıcı.
"Çok önemli değilse, hesabını verirsin."
Adam, Levi'ye bir parşömen uzattı.
"Bu gece buradan garip bir tip geçti. Bana bu mesajı dikte etti ve size vermem konusunda ricada bulundu."
"Nasıl bir tipti?"
"Saçları diken dikendi. Kendine göre kısa bir paltosu vardı, elleri cebindeydi ve sol omuzu sanki yaralı gibiydi."
"Senin hafızan kutsal," dedi Levi ve parşömeni okumaya başladı:
"*Efendi Levi,*
Adak yerine geldi. Tarık'ı ziyaret edersen bunu görebilirsin. Gece yarısı seni Şale'nin tavernasında bekleyeceğim. Ava gitmeden evvel bu mutlu hadiseyi kutlayacağız."
Levi parşömeni katladı ve cebine koydu.

* * *

Tarık yavaş yavaş ve ağrılarla uykudan uyandı. Kendini bir külçe gibi hissediyordu. Boynunda bir ağrı vardı. Gözkapakları kalın bir maddeyle kaplıydı. En ufak bir hareketi bir ıstırap nöbetini harekete geçiriyordu.
Acı.
Bu acı hayal gücünü çok zayıflatıyordu. "*Acı duymadan*

uyumayı çok isterdim," dedi kendi kendine.
Fakat odayı, sevimsiz bir vızıltı kaplamıştı. Bu ses İulyâ'ya aitti. Fakat onun sesine bir başka ses karışıyordu. Sanki ince bir demir şeridinin örste dövülmesi gibi. Bu da Âfât'ın sesiydi.
Dün geceki hatıra ruhunda hâlâ canlıydı. Dirseklerinden destek alarak ayağa kalkmaya çalıştı. Başı dönüyordu. Bir türlü hareket edemiyordu. Midesi de bulanıyordu.
"Eminim ki, bu akşam gözlerin açılacak."
"Ben körmüşüm gibi konuşuyorsun," dedi İulyâ.
"Kör değilsin fakat değişken koşullardan dolayı biraz kafan karışık. Bu akşam Âfât'ı göreceksin! Ancak gördüklerinden pek hoşlanmayacaksın."
Tarık huzursuz oldu. Bu ses Âfât'ın değil, *Aaron Levi*'nin sesiydi.
"O nerede?" diye ısrarla sordu İulyâ.
"Sen ve ben ava gideceğiz."
Tarık ayağa kalkmak için bir girişimde daha bulundu fakat boşunaydı.
"O uyanıyor, hemen gitmen lâzım," dedi İulyâ.
"Bu akşam gelmen koşuluyla gideceğim."
"Tamam, geleceğim."
İulyâ elini Tarık'ın alnına koydu.
"Sakin ol dostum, her şey yoluna girecek."
"Gitti mi?" diye sordu Tarık, güçlükle.
"Evet, gitti."
"Buradan gitmen lâzım İulyâ. Dinle, buradan derhâl kaçman gerekiyor."

"Dün akşam başına gelenlerden sonra seni bırakamam. Hiçbir yere gitmiyorum."

"İulyâ gitmelisin, hayatın tehlikede."

"Âfât'ın başına ne geldiğini biliyor musun? Üç gün ortadan kayboldu, ortalık birbirine girdi. Endişelenme, Aaron Levi'nin koruması altındayız. Hançeri çekmeceye koydum ve Levi de bir gözcü bırakacak."

"Ben gerçekten ne durumdayım?" diye sordu Tarık.

"Kolların ve bacakların kırık, kaburgaların çatlak ve yüzün yaralarla dolu."

Tarık gözlerini tavana dikti.

"Bensiz gitmelisin İulyâ, ben her şeyi ayarladım. Para kesemi al ve çiganları bul. Bu akşam Pazar meydanında olacaksın. Onlara 17 altın ver, seni uzağa götürecekler."

"Fakat bu akşam Aaron Levi'yle buluşacağım."

"Hayır. Aaron Levi bir kurt-adam İulyâ, Âfât da öyle."

"Ne?"

"Sana bunu kanıtlayacak gücüm yok şu anda. Tek kanıt benim, benim şahsım. Beni bu hâle getiren senin sandığın gibi bir hırsız veya bir serseri değil. Bunu Âfât yaptı, Levi ile birlikte hareket ediyor. Bana zerre kadar değer veriyorsan, hemen bu gece kaç, yarını bile bekleme."

İulyâ şaşkındı.

"Sana inanasım gelmiyor."

"Aşkın gözü kördür. Senin Âfât'a duyduğun aşk da böyle. İkiniz arasındaki aşk beni bile kör etti."

"Hayır, bunu yapamam. İmkân yok."

"Kendi kendine sorular sorma, alanı terk et. Derhâl."

İulyâ'nın gözleri yaşla doldu.
"Ben seni bu ikisiyle yalnız bırakamam Tarık."
"Ben pratik olarak zaten ölüyüm İulyâ. Eğer beni götürürsen ruhumu yolda teslim edeceğim."
"Seni ölüme terk edemem."
"Bunu yapman gerekiyor."
İulyâ, Tarık'a doğru eğildi ve kollarından tuttu. Sonra ondan uzaklaştı.
"Elveda büyük dostum."
Tarık, kızın yakut gözlerini bir daha göremeyeceğini anladı.
"Saat kaç?" diye sordu Tarık.
"Bir saat içinde hava tamamen kararacak."
"Şafakta çiganları bul. Kesemi al ve hemen yola koyul ki, seni kimse görmesin. Orada Füsun hanımı bul."
"İyileşmeni dilerim Tarık."
"Allah seni korusun İulyâ."
İulyâ odadan çıktı.
Yarım saat kadar sonra Tarık, kaotik bir uykudan uyandı. İulyâ'nın hançeri unuttuğunu düşündü. Çok huzursuzdu.

* * *

Aaron Levi karanlık bölmede oturuyordu. Masanın ortasında yedi kollu bir şamdan duruyordu. Siyah güllerle dolu vazoyu kendine doğru çektiğinde işaret parmağında bir kan damlası fark etti.
"İulyâ," diye fısıldadı.

Elinde iki kadeh bulunan biri perdeyi yavaşça araladı. Koyu kahverengi parlak kadife elbisesiyle daha önce hiç görmediği genç bir adam içeri girdi. Parlak siyah saçları konuğu ele veriyordu.

"*Perdeyi kapat Âfât.*"

"*Hayat hepimize perde. İyi akşamlar diliyorum efendi Levi.*" Etrafı köpüklerle dolu kadehi *Levi*'ye sundu. "*İçtiklerin arasında böyle bir lezzetle karşılaştığını hiç sanmıyorum efendi.*"

"*Bu akşam şu senin Tarık'ı ziyaret ettim.*"

Âfât, *Levi*'nin içkisinden bir yudum aldı ve ağzını çalkaladı.

"*Eserim hakkında ne düşünüyorsun, efendi. Tarih bu eserde saklı.*"

"*Gördüğüm tek şey onun hâlâ hayatta olduğu. Senin eserlerin hep böyle yarım mı kalıyor?*" diye sordu *Levi*, siyah bir gülü masaya koyarak.

"*Evet yaşıyor fakat bir büyük depremle sarsıldı. Hem yaşıyor hem de acı çekiyor. Buna her gün ölmek de diyebiliriz. İster Prometheos de, istersen Phoenix kuşu. Anatomi'nin ve Fizyoloji'nin dehası Esfel'den çok şey öğrendim.*"

Levi, parmağındaki kan damlasını cıva topu gibi avucunda gezdiriyor ve ona yeni yollar buluyordu.

"*Anlamadın Âfât, Tarık'ın acıları yeterli bir adak eylemi değil.*"

Âfât, kadehi sert bir biçimde masaya bıraktı ve ses tonunu yükseltti.

"*Beni görmekten mutlu olacağını düşünüyordum. Seni bu akşam buraya geleceğimize kadeh kaldırmak için davet ettim ve Tabii ki, eski dostum Tarık'ı öldürdüğümü görmen için."*

"Tarık'ı beraber öldürelim, kadehimizi buna kaldıralım ve daha sonra da ava gidelim, ne dersin?"

Âfât gülümsedi.

"Geleceğimize. Vahşî canavarların geleceğine, baba, oğul ve belki de, Kutsal Ruh! Hayatlarımızın son kan damlasına kadar en üstün düzeyde yaşanması gibi, kadehlerimizi de son damlalarına kadar tüketelim!"

Levi gülümsedi, kadehini Âfât'ınkiyle tokuşturdu. Bir dikişte içtiler. Âfât, babasının güldüğünü fark etti ve ayağa fırladı. Perdeyi çekti, Levi'yi kollarından tuttu ve ayağa kaldırdı.

"Haydi gidelim Levi, daha fazla beklemeye gerek yok. Odasına çıkıp Tarık'ı öldürelim!"

Tam o sırada, dışarıdan meraklı ve genç bir kadının geçmekte olduğunu fark ettiler.

Levi kadına baktı:

"Ah gençlik," dedi.

"Tarık'ı nasıl öldüreyim, kurda mı dönüşeyim yoksa insan görünümümle mi bitireyim?"

"Sana zehirlerden bahsetmek isterim Âfât.

Zehir, hücrelere ve yaşayan dokulara kimyasal ya da biyokimyasal nitelikte zararlar veren her türlü maddedir. Zehrin en tipik özelliği bu zararlı etkisini en küçük dozlarda bile göstermesidir.

Ağız yoluyla alınma ya da bir şekilde emilmeyle biyolojik sistemlerde hasar ve ya ölüm oluşturan maddeler zehir ya da Toksin, bu maddeleri inceleyen bilim dalına ise Toksikoloji denir.

Zehirler; düşük dozda kullanıldığında tedavi edici madde olsalar da, yüksek dozda kullanıldıkları zaman öldürücü etki yaparlar. Büyük usta Paraselsus '**Tüm maddeler zehirdir, ilacı zehirden ayıran dozudur**' diyerek zehre doz kavramını getirmiştir.

Eski çağlarda zehir genelde avcılıkta, savaşta ve idam cezalarının infazında kullanılıyordu. Romalılar ve Yunanlar zehirleri; hızlı etki eden ve yavaş etki eden, ya da bitkisel, kimyasal ve mineral zehirler olarak sınıflandırmışlardı. Lekeli baldıran (conium maculatum), Su baldıranı, Kurtboğan, Güzelavratotu, Şeytan elması (tatula) gibi bitkiler ve mantarlardan, bunların dışında Akrep, Yılan ve Karakurbağası zehirleri ve antik çağlarda bu amaçla Cıva, zincifre, Arsenik de cadı kazanlarında yer almıştı.

Zehirlerin tanınması ve sınıflandırılmasıyla; panzehir yapımı geliştirilmeye başlandı. Bu dönemde Yunanlar 'Alexipharmacia' ve 'Theriac' adını verdikleri zehre karşı koruyan manasına gelen panzehiri geliştirildi. Tiryaki kelimesi buradan gelir. Romalılar zamanında yapılan 'Mitridatum' ise örümcek, yılan, akrep zehirlerine karşı etkiliydi.

Çağın en ünlü zehirlerinden olan Arsenik yani Zırnık; 8. yüzyılın sonlarında Arap simyacı Cabir Bin Hayyan tarafından işlenerek beyaz, kokusuz ve tatsız olan arsenik tozu haline getirildi. Bu toz bilinen tüm zehirlerden daha zehirliydi. Deha hekim Ebu Beqr Razî arseniği cıva ile karşılaştırırken "**Ötekilerle karşılaştırıldığında arseniğin kesinlikle öldürücü etkisi var ve yan etkilerinden kurtulmak da mümkün değil**" diyerek etkisini belirtmişti. O dönemde arseniğin belirtileri kolera gibi başka hastalıkların belirtileriyle karıştırılıyordu. Bu yüzden teşhis edilemiyordu. 1840'lı yıllara kadar hekimler tarafından vücutta teşhis edilememişti. Öldürücü olabilmesi için çeyrek gram kadar doz yeterli oluyordu ve bu miktarı yemeklere, içkilere karıştırmak hiç zor değildi.

O dönemlerde insanlar zehirlerin gerek öldürücü etkilerine, gerekse teşhis edilememesinin cazibesine karşı koyamıyordu. Hekimler zehirlerden ve özellikle arsenikten kesin olarak kurtulmanın hiçbir yolu olmadığına kanaat getirmişti. İnsanlar nefret edilen kocalardan, miras yüzünden ölümü beklenen aile büyüklerinden, rakiplerinden bu yolla çok kolay kurtulabiliyordu. Bu yüzden hükümdarlar zehir yapımını, ne sebepten olursa olsun kullanımını, satılmasını hatta niyet edilmesi hasebiyle şikâyet edilenleri ağır idam cezalarıyla cezalandırıyorlardı. Kadınlar boğuluyor ya da yakılıyor, erkekler aslanların önüne atılıyor ya da çarmıha geriliyordu.

Tarih boyunca yürütülen entrikaların, politik cinayetlerin gizli kahramanları hep zehirler olmuştu. Sokrat, devlet kararıyla Baldıran zehriyle bitirilmiştir. En ünlü anekdotlardan biri ise tarihçi Plinius tarafından anlatılan; Kleopatra ve sevgilisi Marcus Antonius ile ilgili olanıdır. Marcus Antonius, Kleopatra'yı ziyarete gittiğinde yemekleri mutlaka bir hizmetkârına tattırıyordu. Kleopatra ise bunu hakaret addetmişti. Tarihçi, bir gün Kleopatra'nın tacından bir çiçek çıkardığını ve Marcus Antonius'a bu çiçekle şarap ikram ettiğini, Marcus Antonius'u ise şarabı içmekten az önce durdurduğunu anlatır. Kleopatra şarabın yapraklarına zehir sürmüştür ve Marcus Antonius'a **"Seni rahatlıkla öldürebilirdim"** der. Sonra bir tutukluya şarabı içirerek haklılığını ispat eder.

Zehirleri en başarıyla kullanan başka bir tarihî karakter ise; Papa Caesare Borgia'dır. Borgia papalık döneminde kardinallere miras bırakmalarını yasaklamıştı. Doğal yollardan ya da yaşlılık sebebiyle ölmeyen kardinalleri zehirle öldürerek mallarına kilise adına el koyuyordu. Hazine başkanı Jean Baptiste Ferrara'yı zehirlettiğinde mezar taşına "**Burada Jean Baptiste Ferrara yatıyor. Bedenini toprak, parasını Borgia, ruhunu da Stiks aldı**" diye yazdırtmıştı. Borgia da bir dehaydı.

Ben bu içkiyi şimdi içtim, çünkü nezaketine karşı kabalık edemezdim. Çok incesin. Fakat şunu hesaplayabilmiş olmalıydın ki, ilâhlar zehirlerden etkilenmezler. Plan aynen işleyecek. Hiç bozma. Beni Esfel'e götüreceksin. Gerisini ben hallederim. Bu da beşinci ders oldu.

Sen bu hâlinle bir çocuğu bile öldüremezsin Âfât."

Âfât şoktaydı.

"**Yapabilirim. Kendimi çok iyi hissediyorum.**"

"Tarık'ı bir kenara bırak, onun vadesi henüz dolmadı. Sen beni Esfel'in yanına götür, zamanı geldi. Şimdi kendimi çok kötü hissedeceğim."

"**Peki, gidelim.**"

YİRMİ BİRİNCİ BÖLÜM

"*Sen ne yapıyorsun Âfât?*"
"*Dönüşüyorum efendi Levi.*"
"*Sen deli misin? Burada ortalıkta olmaz.*"
"*Kana susadım. Bu işin yeri yok.*"
"*İştahına son ver! Arzunu dizginle! Avın yakında değil!*"
"*Aksine tam dibimde duruyor.*"
Âfât dönüştü.
"*Avım sensin Levi.*"
Levi şaşırdı. Âfât'ın yüzünde en ufak bir insanî ifade yoktu ve kızıl gözleri *Levi*'ye odaklanmıştı.
"*Öyle mi, amacın beni öldürmek mi?*"
"*Senden bir farkım yok.*"
"*Ben senden daha büyük bir kurdum, beni buna zorlama.*"
"*O hâlde dönüş!*"
Levi, iradesine dönüşme emri verdi. Cevap olumsuzdu.

Vücudu kayıtsız kalmıştı.

"*Dönüşemiyorsun Levi! Çok bilmek kuşkusuz iyidir fakat çok bilen çok yanılır. Zehir seni etkilemedi ancak endorfin içeriği de vardı işin içinde. Bu da senin iradenle bedenin arasındaki ilişkiyi bloke etti. Doğru, ölmedin, ben de bunu biliyordum. Ancak dönüşme yeteneğini kaybettin. Bunu tekrar kazanman için Esfel'in kanını içmen ve kimsenin bilmediği panzehirini elde etmen gerekiyor. Tabii ki, benden kurtulabilirsen. Bilmek yanılmaktır.*"

"*Göreceğiz.*"

Bir sürü değişik surette varlık aniden Âfât'ı kuşattı. Âfât, Levi'yi gırtlağından yakaladı ve o varlıklara yaklaşmamaları emrini vermesini istedi.

Levi emir vermedi ve siluetler bir adım daha yaklaştı. Âfât, *Levi*'nin boğazını biraz daha sıktı. *Levi* gölgeleri durdurdu.

"*Daha da geriye, hemen!*"

Canavarlar biraz daha gerilediler. Âfât, *Levi*'nin boğazını biraz gevşetti.

"*Peki Âfât, kazandın. Öldür beni.*"

"*Kendine bir bak Levi, ölmek mi istiyorsun. Değerini yitirmişsin, yani zaten ölüsün. Kâğıttan bir kurtsun.*"

"*Öyle mi? Sen benden daha vahşî bir yaratıksın. Benim yerime geçebilirsin.*" Gölgelere döndü ve emretti:

"*Onu yakalayın!*"

"*Boşa çabalama Levi. İkimiz de nefret çeken yaratıklarız. Ben bunun bilincindeyim. Seni öldürürsem lânet bitebilir. Bu bir umut. Seni kimse kurtaramaz.*

Kimse yaklaşmasın! Yoksa onu öldürürüm!"
Levi, bir boşluk anından yararlanarak Âfât'ın ellerinden kurtuldu. Büyük bir çığlık attı, sırtı kan içinde kalmıştı. Merdivenlere doğru koştu. Âfât kararlıydı, o da onun peşindeydi. *Levi'*nin kendisine bağlı birçok benlik de Âfât'ın peşinden harekete geçtiler.
Levi yukarıya çıktı ve doğruca Tarık'ın odasına yöneldi, kapıyı açtı ve içeri girdi.
"*İyi akşamlar Tarık. Nasılsın. Korkma. Sana getirdiğim hançer nerede? Hani şu kullanmayı bir türlü beceremediğin hançer.*"
Tarık cevap vermedi.
"*Ah, güzel. Sen sesini çıkaramıyorsun. Âfât da ikimizi birden öldürmek için buraya geliyor.*"
"*Bilmiyorum,*" diye inledi Tarık.
Levi, masaya doğru ilerledi ve çekmeceyi açtı.
"*Evet işte burada. Muhabbetin için teşekkürler Tarık.*"
Levi İulyâ'nın odasına yöneldi fakat ara kapı kapalıydı.
"*Güzel işimiz tamamlandı.*"
Cebinden bir anahtar çıkardı ve kapıyı açtı. Oda boştu.
"*İulyâ nerede?*"
"*Gitti.*"
"*Anlıyorum. Olaylar buraya vardı. Bu hançeri Âfât'ın yüreğine saplamak için aşağıya mı inmeliyim yoksa onu burada mı beklemeliyim? Önünde sonunda diğer varlıkları yenecektir. Daha ötesi ona karşı bir düşmanlık beslemiyorum, hatta sevdiğimi bile söyleyebilirim. Zavallı İulyâ. Âfât'ın aşkı. Âfât'ı bu adi hançerle öldürmek çok onursuz olur. Başka bir çözüm var. Trakhan'a gitti değil mi?*"

Tarık cevap vermedi.
"*Ben cevabımı aldım dostum, mersi. Sen de onunla gitmek istiyordun. Merak etme Trakhan'a varamayacak.*"
Pencereyi açtı ve gözden kayboldu.

* * *

Aşağıda kan gövdeyi götürmüş ve Âfât diğer benlikleri alt ettikten sonra yukarıya çıkmaya başlamıştı. Bütün kapıları yokladı ve en son odaya geldiğinde durdu. Kapıya vurdu ve bağırdı:
"*Levi dışarı çık!*"
İçeriden cevap alamayınca kapıyı parçaladı ve içeri girdi. Tarık hareketsiz yatıyordu.
"*Levi'yle işbirliği içindesiniz, o nerede?*"
Tarık sessiz kaldı.
Bana onun nerede olduğunu söyleyeceksin!
İulyâ'nın kapısının açık olduğunu gördü ve Tarık'ı bırakıp odaya yöneldi. Kimse yoktu. Geri dönüp Tarık'ı sarsmaya başladı.
"*Levi ona ne yaptı?*"
"*Sana yaptığını yaptı.*"
"*Soruma cevap ver!*"
"*Önce sen bana cevap ver.*"
Âfât, Tarık'ın boğazına sarıldı.
"*Bana cevap ver yoksa seni öldürürüm!*"
"*Bunu zaten yaptın. Beni mahvettin. En güzel hatıralar bile anlamını yitirdi. Sana ne oldu Âfât?*"

Âfât, İulyâ'nın odasına geri döndü ve her tarafı kokladı.
"Hiçbir taze koku yok!"
"Sen İulyâ'yı arıyorsun peki Âfât nerede? Ona ne oldu?"
"O öldü Tarık! Âfât öldü! Onu sen dün akşam öldürdün! O sana hâlâ inanıyordu, seni kurtarabileceğine inanıyordu, kendinden evvel seni kurtarabileceğine inanıyordu. Ancak sen onu sırtından hançerledin. Onu öldürdün. İşte geriye kalan bu!"
Tarık gözyaşlarına hâkim olamadı.
Âfât, pençeleriyle onun gözyaşlarını sildi.
"Benim için ağlama paşam, gözyaşlarını kendine sakla."
Pencerenin kenarına gitti:
"Odada taze koku yok. Demek ki, Levi'yle gitmedi. Tek çıktı. Fakat nereye gitti?
Evet tabii Trakhan'a gitti."
Derhâl pencereden aşağı atladı.

* * *

Araba *Trakhan* yolundaydı. İulyâ endişeli bir biçimde *Füsun*'a bakıyordu. Yanlarında bir de genç kız vardı. İsmi *Delilah*'tı. Soğuk bir kızdı. Bir ses duyuldu.
Bu bir atlı, dedi kız. İulyâ pencereye yaklaştı ve perdeyi araladı. Her tarafını bir korku dalgası kapladı.
"Belki bir elçidir ve kuzeye gidiyordur."
"Hayır arabanın önünden geliyor."
"Belki durur."
Araba durdu. İulyâ pencereye koştu. Hava çok karanlıktı.

"Ne istiyor olabilir?"

İulyâ perdeyi indirdi ve masanın yanına geldi. Genç kız arbaleti hazırlamakla meşguldü.

"Bununla ne yapmak istiyorsun?"

"Silahlanmak. Senin silahın yok mu?"

"Hayır."

"Silahsız bir yolcu?!"

Arbaleti kaldırdı ve pencereye doğru yürüdü. Perdeyi açtı ve pozisyon aldı.

"Füsun hanıma doğru geliyor."

Kapının kolu yavaşça döndü ve kapı yavaşça açıldı.

" İndir şu silahı Delilah," dedi Füsun hanım.

Kız silahı yere indirdi. Kapıdan içeri bir şahsiyet girdi. Kanaması vardı.

"Aaron Levi," dedi İulyâ, şaşkınlıkla. Üstü başı darmadağındı. İulyâ'yı selâmlamak için iyice eğildi.

"Sizi burada bulmak büyük bir zevk İulyâ hanım."

"Rica ediyorum efendi Levi, acelem var, gitmem gerekiyor."

"Nereye gittiğinizi biliyorum hanımefendi. Hiç görmediğiniz bir heyulanın önünden kaçıyorsunuz. Bu çok klasik bir seyahat."

"Rica ediyorum efendi, yaralarınız olduğunu biliyorum fakat benim size yardım edecek vaktim yok."

"Çok nadir rastlanan bir fenomeni kaçırmayacaksınız: Bir canavarla karşılaşmak. Bu bir rüyetten de ileri."

İulyâ, Levi'yi kapıya doğru itti.

"Füsun hanım, bu yolculuk boyunca güvenliğimin size ait olduğunu söylemiştiniz!"

"Levi onu kolundan tuttu ve arabanın dışına çekti."

"Füsun hanım seni götürecek, fakat daha önce Âfât'ın gerçekten kim olduğunu görmeni istiyorum. Onun tabiatının düşüklüğünü bilmeni, ondan nefret etmeni arzu ediyorum."

"Beni rahat bırak Levi!"

"Hayır! Bundan kaçmak için çok geç hanımefendi. Âfât uzakta değil."

İulyâ yolun sonuna baktı. Yolda Ay'ın ışık oyunlarından başka bir etkinlik görünmüyordu. Sadece baykuşların derin konuşmaları zaman zaman bu sahnedeki rollerini hatırlatıyorlardı.

Birden yolun sonunda siyah bir form belirdi. Sahnede yeni bir misafir denebilir. Çok hızlı hareket ettiği anlaşılıyordu. Taşlara çarpan tırnaklar bazen Ay ışığına destek veren kıvılcımlar çıkarıyorlardı. Yeleleri rüzgârda sallanıyordu. İulyâ bir çığlık attı ve arabanın içine kaçtı. İulyâ, kızı saçından tuttu ve kendine siper etti. Kız direndi fakat boynunda bir metal soğukluğu hissettiğinde durdu.

"Kusura bakmayın hanımefendi fakat bu sizin iyiliğiniz için! Bak, sevgiliniz de size doğru geliyor."

Âfât 50 metre mesafedeydi. Rampasından fırlatılmış bir füze gibiydi. *Levi*'nin repliği işitildi:

"Hemen orada dur ya da kızı öldürürüm!"

Âfât yavaşladı ve bir süre sonra durdu.

"Evet Âfât! hepimizin kafası karışık, ama bu karışıklık en çok İulyâ'yı etkileyecek."

Âfât onların etrafında daireler çizmeye ve mesafeyi her defasında azaltmaya başladı.

"Görüyor musun İulyâ? Gerçekten ne olduğundan emin

oldun mu? Pençelerine, kıllarına, ağzının şekline ve her tarafına bulaşmış kana bak!"

İulyâ pürdikkat Âfât'a bakıyordu.

"Tarık bana her şeyi anlattı Levi, sen de bir kurtsun."

"Hayır İulyâ, ben bir kurt değilim. Eğer bir kurt olsaydım hemen dönüşecek ve onun üstüne gidecektim."

"Şimdi, bir mücadeleyi kaybettiğini mi söylüyorsun," dedi İulyâ.

"Masumiyetimi kanıtlayabilirim. Âfât uzaklaş, yoksa kız ölecek!"

Âfât hafifçe geri çekildi.

"Tabii ki, ispatlayabilirim. Âfât'a söyle buradan gitmeme izin versin."

Âfât saldırıya geçebilmek için bir fırsat kolluyordu.

"Seni başka nasıl ikna edebilirim. Peki öyle olsun."

Levi, ani bir hareketle hançeri yere fırlattı, İulyâ'yı Âfât'a doğru itti ve çok büyük bir hızla ve geniş fulelerle koşmaya başladı. Âfât hareketsiz kaldı.

Levi, koşarken bağırıyordu:

"İulyâ, ben bir insanım söyle Âfât'a beni öldürsün."

EPİLOGOS

Anatomi ve fizyolojinin dehası *Esfel*'in cansız bedenini bulduklarında yüzünde mesut bir ifade vardı. Sanki ölmekten mutluydu. Oysa maruz kaldığı eylem şiddetli sayılabilirdi. Üzerinde müthiş bir diseksiyon yapılmıştı. Üç boşluk da açılmış sonra hiç bir sütür izi bırakılmadan estetik olarak yeniden kapatılmıştı. Önce tedricen anesteziye edilmiş, fakat *histerikum* refleksi beklenilmeden buzdan yapılmış bir neşterle sağ kulaktan girmek suretiyle *vagus* sinirinin çekirdeklerine ulaşılmış ve sinir felce uğratılmıştı. *Rhomboid kas* çıkarılmış ve onun lifleri kullanılmak suretiyle sol koltukaltından başlayarak dikey olarak yukarıdan aşağı doğru, *Axilla – Crista Iliaca* hattında, lifler deriye dikilerek ve Bizans karakterleri biçiminde 'Opir Lihjiy Primus' cümlesi yazılmıştı. Sol kol abdüksiyona getirilmiş ve sol elde *İsa eli* formu oluşturulmuştu. Yani, *Radial sinir* felç edilmişti.

Penis alt tarafından vertikal hatta ensize edilmiş ve *corpus* *spongiosum*lar kullanılarak aksesuar bir *vajina* elde edilmiş ve testisler çıkartılarak *'empty scrotum'* (boş kese) elde edilmiş ve bu kese duka altınlarıyla doldurulmuş ve altınsuyuna batırılmak suretiyle elde edilen özel bir boyayla boyanmıştı. Kasıklarında ise vebanın bir bulgusu olan *bubon*lar mevcuttu. *Yersinia Pestis* enjekte edildiği düşünülebilirdi. Sağ avucuna siyah Hint kınasıyla lacivert bir gül figürü çizilmiş ve avucu kapatılmıştı. Gözleri çıkarılmış ve yerlerine ateşte karartılmış birer düzine çuvaldız yerleştirilmişti. Sağ ayak tabanından özenle çıkarılan *aponevroz* tabakası sol ayak tabanına sanki bir çarık gibi monte edilmişti. Üzerine de ***Menon Diyaloğu*'**ndan bir cümle kanla kazınmıştı: *Anitos'un babası bir zanaatkârdı*. Göbeğinde dairevî bir kesi yapılmış ve bu kesi aşağıya doğru dikine uzatılmıştı. Dikine hattın alt tarafında bu hattı kesen yatay küçük bir kesi şekli tamamlıyordu: *Venüs* sembolü.

Sırtına baştanbaşa *Arkadia Çobanları* tablosu resmedilmişti. Ense kökünde sağdan sola doğru Yunan karakterleriyle **Gnvsη sε Autov** (Gnosi se Afton – Kendini Bil) yazısı erguvanî bir boyayla yazılmıştı. Sol meme başının alt tarafına ise İbranî harfleri Şin-Yod-Tov ve Nun bu kez soldan sağa doğru sürfile makasıyla kazınmış ve dağlanarak harfler netleştirilmişti. Tüm bunlara rağmen *Esfel*'in gülümsüyor olmasının nedeni sonra anlaşılacaktı; *maxillo-fasial cerrahî* yöntemine başvurularak gülme kasları gerilmişti. Müessirin imzası da çok manidar bir yerde, tam *perine*de görülmesi çok zor bir yerde duruyordu: *Hara Amalek*.

* * *

Âfât, İulyâ'nın gözlerine baktı.
"*Sana ruhun üç değişiminden söz etmek istiyorum; ruhun nasıl kurt, kurdun aslan ve nihayet çocuk olduğundan.*

Nice ağır yükler vardır ruh için, içinde saygının yer ettiği, tahammüllü bir ruh için; ağıra, en ağıra hasret duyar o ruhun kuvveti.

'Ağır olan nedir?' diye sorar kudretli ruh, kurt diz çöker ve en ağır yükü ister, bunu gördüm ve bildim.

'Nedir en ağır şey, ey insanoğlu İulyâ?' diye sorar kudretli ruh, onu yükleneyim de zevkini tadayım kudretimin.

Şu değil mi; gururunu incitmek için kendini alçaltmak? Bilgeliğiyle alay etmek için cinnetini parlatmak?

Yoksa şu mu; davamız, zaferini kutlamaya hazırlanırken onu terk etmek? Ayartıcıyı ayartmak için yüce dağlara çıkmak?

Veya; bilgi palamuduyla geçinmek ve hakikat uğruna ruh açlığı çekmek?

Belki de; hasta düşmek ve teselliye gelenleri savmak ve senin istediğini hiç duymayan sağırlarla dostluk etmek?

Yoksa; bizi hor görenleri sevmek ve bizi korkutmak isteyen hayalete el uzatmak? Hakikat suyudur! diye enfekte suya girmek ve içindeki soğuk kurbağalarla sıcak kurbağaları defetmemek?

Bütün bu en ağır şeyleri yüklenir kudretli ruh; ve yükünü almış kurt nasıl ateş hızında giderse simsiyah ormanlara doğru, ruh da öyle hızlanır kendi kara ormanına doğru.

Lâkin karanlık ormanda ikinci değişim gerçekleşir; burada ruh aslanlaşır, hürriyeti zorla ele geçirmek ve kendi ormanında efendi olmak ister.

Son efendisini arar burada; düşman olmayı diler ona ve son ilâhına; zafer için büyük ejderle boğuşmak ister.

Ruhun artık efendi ve ilâh olarak tanımak istemediği büyük ejder nedir? 'Yapmalısın'dır bu büyük ejderin ismi. Aslanın ruhu ise 'istiyorum!' der.

'Yapmalısın' isimli büyük ejder altın pırıltılarla durur yolunun üzerinde, onun, dev bir varlık olarak; her tarafında 'yapmalısın' emri parıldar.

Binlerce yıllık kıymetler parlamaktadır aslında ve şöyle der ejderlerin ejderi: 'Nesnelerin bütün değerleri bende parıldar'.

Bütün değerler çoktan yaratılmıştır ve bütün yaratılmış kıymetler bende buluşur. 'İstiyorum!' diye bir şey olmayacak artık.

Böyle der ejder.

Ey ejderler milleti, niçin gereği olsun Aslan'ın ruhta? Niçin kâfi gelmesin feragatli ve saygılı Kurt?

Yeni değerler yaratmak, -aslanın bile henüz harcı değil bu; ama yeni bir yaratma için kendine hürriyet vermek, - buna yeter işte gücü, aslanın.

Hürriyet yaratmak kendine ve mukaddes bir 'Hayır!' demek vazifeye bile; bunun için, ey ejderler, gereği vardır aslanın.

Yeni kıymetlere hak kazanmak, - dayanıklı ve saygılı bir ruh için, ele geçirileceklerin en korkuncudur bu. Hakikaten, böyle bir ruh için yağmacılıktır, yırtıcı hayvanın harcıdır bu.

En kutsal şeyi olarak severdi eskiden bu 'Yapmalısın'ı; şimdi sevgisinden hürriyetini zorla kapabilsin diye, en kutsal şeyden bile kuruntu ve ani bir heves görmeye mecbur; aslan lâzımdır işte bu yağma için.

Fakat söyleyin ey ejderler, yoldaşlarım, çocuğun bile yapıp da aslanın yapamadığı şey nedir? Yırtıcı aslanın neden bir de çocuklaşması gerekli olsun?

Masumiyettir çocuk - ve unutkanlık, bir yeni başlangıç, bir oyun, kendiliğinden dönen bir çark, bir ilk hareket, en eski ile en yeninin buluştuğu varlık, bir kutsal.

Evet. Yaratma oyunu için, ejderler, - bir kutsal 'Evet' gerekir; ruh kendi iradesini ister artık, dünyayı kaybetmiş olan kendi dünyasını kazanır.

Bu hikâyede 'Kurt', emaneti yüklenen – ağır yükü yüklenen ruhîliğin güzelliğini, 'Aslan' iradî davranışın yüceliğini ve nihayet 'Çocuk' aklın, ruhun iradesiyle kendini tüketmesini anlatıyor. Çocuk sırrı, aczin idrakinde teşekkül eden güç anlamında, varlığın en başındaki masumiyet ve saf varlıktır. Kaderdir, Ruh'tur, Mehd'dir.

Ben, siyah ormanlara gidiyorum, aslana ve ejdere doğru. Oradan döndüğümde - eğer dönebilirsem – çocuk olarak döneceğim. Ve çocuk için döneceğim. Sen, ise önce Kurt'u anlayacaksın, sonra ejderi, aslanı ve çocuğu. Onu gördüğünde beni görmüş olacaksın. Büyük bir Mustaribim ve sen de öyle. Vakur'un yanına dön. Orada kal. Tarık'la ilişkini koparma..."

* * *

Tarık yataktan doğrulduğunda müthiş bir yorgunluk hissetti. Kapıda *Vakur*'u gördüğünde çok şaşırdı.

"*Mabedin yeni önderi sensin ben de şehrin yeni yöneticisi oldum. Birlikte yürüyeceğiz, halk böyle istiyor. Araba dışarıda seni bekliyor. Gidelim. Yapılacak çok iş var.*"

Şehir'de büyük değişiklikler olduğu anlaşılıyordu. Devrim bile denebilirdi. Kadife bir devrim ve buz mavisi...

Şehre hâkim iki ayrı ve karşıt tepede iki farklı ve canhıraş uluma işitildi. Biri kızıl diğeri yeşil iki kurt ayrılığa ağlıyorlardı. Bu kez bütün şehir işitti. Tarık son sözü söyledi mabette:

"HOMO HOMİNİ LUPUS..."